수라의 하늘

한수오 신무협 장편소설

ORIENTAL FANTASYSTORY & ADVENTURE

5

낮과 밤의 하늘

dream
books
드림북스

수라의 하늘 5(완결) 낮과 밤의 하늘

초판 1쇄 인쇄 / 2013년 9월 5일
초판 1쇄 발행 / 2013년 9월 13일

지은이 / 한수오

발행인 / 오영배
책임편집 / 편집부
펴낸 곳 / (주)삼양출판사 · 드림북스

주소 / 서울특별시 강북구 솔샘로67길 92
대표 전화 / 02-980-2112 팩스 / 02-983-0660
편집부 전화 / 02-980-2116 팩스 / 02-983-8201
블로그 / blog.naver.com/dreambookss

등록번호 / 제9-00046호
등록일자 / 1999년 3월 11일

ⓒ 한수오, 2013

값 8,000원

ISBN 978-89-542-5016-0 (04810) / 978-89-542-5011-5 (세트)

* 지은이와 협의하에 인지는 생략합니다.
* 잘못된 책은 구입한 곳에서 바꾸어 드립니다.

* 이 도서의 국립중앙도서관 출판시도서목록(CIP)은 서지정보유통지원시스홈페이지(http://
seoji.nl.go.kr)와 국가자료공동목록시스템(http://www.nl.go.kr/kolisnet)에서 이용하실 수
있습니다. (CIP제어번호: 2013017044)

수라의 하늘

한수오 신무협 장편소설

ORIENTAL FANTASY STORY & ADVENTURE

5

낮과 밤의 하늘

dream books
드림북스

수라의 칼

목차

제일장

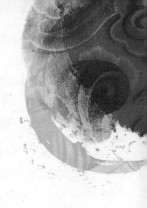

하남성의 서쪽, 황하(黃河)의 남쪽 해안에 위치한 낙양(洛陽)은 오랜 과거 주(周)나라의 수도가 된 이래로 아홉 왕조가 도읍을 정한 까닭에 구조고도(九朝古都)라 불리는 대도시답게 명장의 손길이 닿은 고루거각(高樓巨閣)이 많고, 사방팔방이 명승고적의 요람이다.

경사순천부와 비견될 정도로 화려한 도성의 규모는 굳이 언급을 회피한다고 해도, 이름만 대면 누구나 다 아는 십만여 불상의 안식처 용문석굴(龍門石窟)과 중원 최초의 불교 사원인 백마사(白馬寺), 그리고 그 옛날 유비의 명장인 관우의 한과 의를 기리는 관림당(關林堂) 등, 대소 일천여 개의 유서 깊은 경치와 고적이 발걸음 하나하나마다 눈에 들어올 정도로 천지사방에 산재한 것이다.

그러나 작금의 낙양에서 가장 유명한 것은 용문석굴도 아니고 백마사도 아니고 그렇다고 관림당이나 다른 어떤 명승고적도 아니다. 낙양성 서문 밖에 비스듬히 누운 작은 산, 호와산(虎臥山)이 품은 하나의 장원이다. 해가 저무는 풍광이 화산 낙일애(落日崖)와 비교해도 절대 빠지지 않는다 하여 일명 낙일정토(落日淨土)라 불리는 호와산의 산정을 등에 업고 자리한 그 장원이 이른바 강북사패의 하나인 철혈구호방의 총단이었기 때문이다.

철혈구호방의 부방주 가군자 이소가 서너 명의 측근들만 대동한 채 그 장원, 철혈구호방의 총단에 도착해서 내원의 중심부에 해당하는 대전인 대호각(大虎閣)으로 들어선 것은, 하남성 중남부의 부초평에서 육태강과 엽초의 비무가 벌어진 지 정확히 이틀하고도 네 시진이 지난 날의 정오 무렵이었다.

아는 사람은 다 아는 얘기지만, 대호각은 철혈구호방주인 홍안대호(紅顔大虎) 위지광의 거처였다. 또한 위지광은 별호의 서두를 장식한 홍안이라는 단어가 말해 주듯 불같은 성미를 가진데다가 그 별호만 가지고는 도무지 알 수 없는 예민한 감성까지 소유한 인물이었다.

이런 사람이 아무런 사전 예고 없이 방문하는 사람을 반
긴다는 것은 있을 수 없는 일. 하지만 어디에도 예외는 있는
법이고, 그에게는 가군자 이소가 그런 범주에 있었다.

기실 철혈구호방의 전신(前身)은 구호방(九虎幇)으로 홍안
대호 위지광이 뜻을 같이하는 여덟 의형제와 함께 만들어서
낙양 일대를 장악한 중소방파였다.

그러던 것이 십여 년 만에 세를 불려서 철혈구호방이라
는 이름 아래 강북사패의 한 자리를 차지하게 된 것인데, 이
렇게 되기까지 아홉 의형제들 중 둘째로, 탁월한 지략과 무
공을 겸비한 가군자 이소의 활약이 가장 두드러졌다는 것은
모르는 사람이 드문 사실. 그가 위지광에게 각별한 사람으
로 총애를 받는 것은 지극히 당연한 일이었다.

그러나 제아무리 각별한 사람이라도 예고도 없이 불쑥 들
이닥쳐서 믿을 수 없을 정도로 놀랍고 당황스러운데다가 기
대와 크게 어긋나는 보고를 연이어 털어놓는다면 누구든 기
분 좋을 리 없다. 기본적으로 성마른 성격의 소유자인 위지
광에게는 더욱 그랬다.

위지광은 이소의 보고가 끝나기 무섭게 처음 대면했을 때
의 환대 따위는 말끔히 잊어버린 것처럼 잔뜩 인상을 찌푸렸
다. 그리고 거슬리는 물건을 보듯 이소를 바라보며 따지듯이

이미 들은 보고 내용을 되짚었다.

"동창을 따돌리고 북상하기에 은밀히 따라붙었더니 엽가 놈을 만나더라?"

"예."

"엽가 놈이 대동한 떨거지들이 일만에 달하고 말이지?"

"예."

"그리고 이유도 모르게 비무?"

"예."

"비무의 결과는 육태강, 그 아이의 승리. 엽가 놈이 말없이 일만에 달하는 떨거지들을 물렸고, 그 아이는 그냥 돌아서서 그 자리를 벗어났다?"

"그렇습니다. 상황으로 봐서는 두 사람 간에 무언가 조건이 걸린 것 같은데, 그 내용은 알아볼 수가 없었습니다."

위지광은 신경질적으로 탁자를 두드렸다. 고개를 숙이고 있던 이소와, 경내에 남아 있다가 이소의 복귀와 함께 호출당한 철혈구호방의 아홉 마리 호랑이 중 네 마리가, 즉 네 명의 의형제들이 그 소리에 놀라서 바짝 긴장하며 고개를 쳐들었다.

그러거나 말거나 위지광은 새된 목소리로 악을 썼다.

"알아볼 수가 없었던 것이 아니라 그 아이와 접촉해 볼 생각도 하지 않았다고 했잖아!"

이소는 얼굴을 붉혔다.

"죄송합니다. 그게……."

위지광은 다시금 신경질적으로 탁자를 두들겨서 이소의 입을 막았다. 그는 한동안 이소의 얼굴을 매섭게 쏘아보다가 긴 한숨을 내쉬었다.

"난 말이지. 도대체 이해가 안 가. 난데없이 그 아이와 엽가 놈이 비무를 했다는 것은 그렇다 치자고. 육태강 그 아이의 성격이 어떤지는 몰라도 엽가 놈의 제멋대로인 성격은 나도 익히 잘 아는 바니까. 그리고 그 아이가 엽가 놈을 이겼다는 것도 너무 황당해서 거짓말 같지만, 그럴 수 있다고 생각해. 둘째 네가 그렇다니 그런 것이겠지. 아니, 아니."

그는 서둘러 고개를 저으며 다시 말했다.

"네 말이 아니더라도 그래. 엽가 그놈이 십팔천강 아니라 십팔천강 할아비라고 해도 별수 있나. 더 센 놈을 만나면 지는 거지. 그런데 내가 이해할 수 없는 건 이거야. 이긴 놈은 차치하고, 진 놈이 잔머리 대마왕인 엽가 놈이고, 그놈은 무려 일만에 달하는 떨거지들을 대동했다고 했잖아. 그런데도 그렇게 아무 일도 없었던 것처럼 조용히 물러났다는 것은 분명 그만한 이유가 있다는 건데, 그걸 모르지 않을 네가 어찌 그리 꽁지 빠진 개처럼 물러났냐 이거야. 사정이 그렇다면 당연히 무슨 수를 쓰더라도 그 내막을 알아봤어야지, 이건 정말이지 너답지 않은 짓이잖아! 그래, 안 그래!"

이소의 머리는 점점 더 아래로 숙여졌다.

그야말로 유구무언이었다. 위지광의 말은 하나도 틀리지 않았다.

특히 엽초를 잔머리 대마왕이라고 부르는 이유가 타고난 엽초의 지략을 뜻하는 것임을 모르지 않기에, 또한 여태껏 그가 그게 무슨 일이든 중도에 포기한 적이 한 번도 없었기에 더욱 그랬다.

하지만 그도 그럴 수밖에 없는 이유가 있었다. 그는 따가운 위지광의 시선을 피부로 느끼며 말하기 싫은 그 이유를 어쩔 수 없이 내보였다.

"죄송합니다. 저로서는 그 아이의 신위를 감당할 자신이 없었습니다."

짜증을 넘어 분노가 서리기 시작하던 위지광의 얼굴이 이 순간 차갑게 식었다. 위지광의 성격이 자타가 공인할 정도로 성마른 건 사실이나 아무런 대책 없이 막무가내로 그런 것은 아니다. 그런 사람이라면 제아무리 뛰어난 의형제들의 도움이 있었더라도 낙양의 일개 중소방파에 불과하던 구호방을 명실공히 강북사패의 하나라는 거대방파로 성장시킬 수는 없었을 터이다. 그런 그가 어찌 감정을 앞세울 자리와 그렇지 않은 자리를 구분하지 못할 것인가. 그는 대번에 침착해져서 단도직입적으로 물었다.

"한마디로 철혈구호방의 서열 이 위이자 실질적인 무공 실력으로 따져도 다섯 손가락 안에 들어가는 네가 단지 눈으로 본 그 아이의 신위에 질려서 그냥 물러났다 이거지?"

이소는 비록 붉어진 얼굴이나마 순순히 인정했다.

"그렇습니다."

"그렇단 말이지."

위지광이 진중한 어조로 중얼거리며 잠시 뜻 모를 빛이 담긴 눈동자를 굴렸다.

그는 외모로만 따지면 이소보다 어린 연배로 보이지만 실제는 자그마치 내일모레 팔순을 내보다는 나이였고, 하관을 오가는 몇몇 자상을 논외로 치면 무인이라기보다는 학자에 더 어울리는 순한 얼굴에 엄정한 외관을 갖추고 있었다.

그런 그가 가끔 오롯이 무인으로 보일 때가 있는데 지금이 그랬다. 평시에도 다른 곳과 달리 그의 두 눈에는 남다른 무인의 기세가 풍겼는데, 지금처럼 생각에 잠겨서 눈동자를 굴릴 때는 의식과 상관없이 그 기세가 사뭇 강렬해져서 보는 이로 하여금 절로 위압감을 느끼게 하는 까닭이었다.

이윽고 눈동자를 고정한 위지광이 불쑥 이소를 주시하며 말했다.

"혹시 엽가 그놈이 딴 짓 안 하고 순순히 그 아이에게 길을 내준 이유도 너와 같은 기분이 들었기 때문이라고 생각하느냐? 말 그대로 감당할 수 없을 것 같아서?"

이소는 망설이지 않고 대답했다.

"이미 말씀드렸다시피 그들의 비무는 누구 하나가 쓰러져서 끝난 것이 아니라 엽초가 중도에 칼을 거두고 패배를 자인하며 마무리되었습니다. 그가 저와 같은 생각을 하지 않았다면 그럴 수 없었을 겁니다."

위지광은 입맛을 다시며 혼잣말로 투덜거렸다.

"그럼 정말 불세출의 고수가 나타났다는 거야 뭐야."

굳이 대답을 요하지 않는 이 말을 이소가 받아넘겼다.

"그야 모르겠지만 적어도 우리 철혈구호방은 그자를 적으로 만들지 않아야 한다는 것이 저의 판단입니다."

위지광은 새삼 쓰게 입맛을 다시며 중얼거렸다.

"그것 참 곤란한 일이로군."

이소는 낯빛을 바꾸며 물었다.

"무슨 문제라도……?"

위지광이 눈을 빛내며 말했다.

"곧 강북사패의 수장들이 한자리에 모일 예정이다. 형문산의 회합이 틀어졌다는 네 보고를 받고 나서 내가 계획했다. 그들도 나름 주판을 두들기고 있는 터라 쉬웠지. 강남이 하나로 뭉친다면 강북 역시 마땅히 그래야 하지 않겠나."

이소는 걱정스러운 표정이 되었다.

"설마 전면전을, 북남대전을 생각하십니까?"

위지광은 툴툴거리듯 대답했다.

"북남의 대립이 어제오늘 일도 아니질 않느냐. 뭉친다고 다 전면전으로 이어지는 것은 아니니 크게 염려할 바는 아니나, 나름대로 마음의 준비는 해 두어야겠지."

이소는 심각해져서 물었다.

"허면 육태강 그 아이에 대한 대형의 결정은……?"

"그 판단은 내가 아니라, 아니, 우리가 아니라 그 아이의 태도에 따라 결정될 게야."

위지광은 말을 끊고 다시 덧붙였다.

"육태강 그 아이의 능력이 그토록 뛰어나다면 우리의 결정과 상관없이 강남세가연맹에서 끊임없이 추파를 던질 것이 자명한데, 만일 그 아이가 그들의 제안을 수락하게 된다면 우리로선 선택의 여지가 없지 않느냐."

이소는 묵묵히 고개를 끄덕이며 수긍하다가 조심스럽게 말했다.

"거듭 말씀드리지만 그 아이를 적으로 두는 건 좋지 않습니다. 대형의 생각이 그러시다면 다소 무리가 따르더라도 우리 쪽에서도 그 아이에게 접촉을 시도해 보는 것이 어떻겠습니까?"

"그래야겠지."

위지광은 재우쳐 물었다.

"지금 그 아이에게 누굴 붙여 두었나?"

이소가 대답했다.

"무면호리 악관을 붙여두긴 했습니다만 대형께서 허락하신다면 제가 다시……."

위지광이 말을 잘랐다.

"아니, 악관에게 맡기도록 해. 임기응변이라면 너보다 악관이 낫지 않나."

"그렇긴 합니다만……."

이소가 내키지 않는 표정을 짓는데, 위지광이 안색을 바꾸며 다시 말했다.

"너는 따로 할 일이 있다."

이소는 머쓱해져서 물었다.

"무슨 일입니까?"

위지광이 잠시 여유를 두었다가 밑도 끝도 없이 물었다.

"흑선(黑船)이라고 들어 본 적 있나?"

이소는 고개를 갸우뚱했다.

"중원에 그런 이름의 배가 다 있습니까? 장강십팔타의 총타주가 움직일 때 흑룡선(黑龍船)이라는 배를 타고 다닌다는 것은 잘 알고 있습니다만, 그 배 흑룡선은 어디까지나 검은 용이 그려진 깃발을 꽂고 다니기 때문에 그렇게 불리는 겁니다. 그런데 흑선, 검은 배라뇨? 금시초문입니다."

위지광이 말했다.

"나도 근자에 들었는데, 네가 한번 자세히 알아봐. 그리고 가능하다면 거래를 터."

이소는 더더욱 모를 소리라는 듯 미간을 찌푸렸다.

"거래를 터요?"

"용병을 싣고 다니는 모양이야. 그것도 제법 쓸 만한."

위지광은 처음으로 미소를 보이며 덧붙여 말했다.

"왜 잘 알잖아. 칼은 많을수록 좋다는 거."

위지광의 명령을 수렴한 가군자 이소는 대호각을 나와서 철혈구호방의 대소사를 논의하는 맹호전(猛虎殿)으로 자리를 옮겼다.

대호각에 함께 자리했던 네 마리 호랑이가, 보다 정확히 설명하면 서열 삼 위인 독서생(毒書生) 사천득(司闡得), 서열 육 위인 귀검호(鬼劍虎) 맹사진(孟社震), 서열 칠 위인 소면일효(素麵一梟) 공손후(公孫珝), 서열 팔 위인 구유사검(九幽死劍) 한백(漢柏)이 따라와서 동석했다.

이소는 모두가 자리에 앉기 무섭게 흑선을 언급했다.

"누구 흑선에 대해서 아는 사람 있나?"

동석한 모두를 대상으로 던지는 질문처럼 보였으나, 기실 그의 시선은 공손후에게 돌려져 있었다. 공손후는 대외 감찰 조직인 호밀각(護密閣)의 각주. 그가 모르면 다른 누구도 모를 터였다.

아니나 다를까, 공손후가 기다렸다는 듯이 나섰다. 오십 대로 보이는 그는 철혈구호방의 중핵을 이루는 요인답지 않게 지극히 평범해 보이는 외모의 소유자였는데, 맡고 있는 직책 탓인지 눈빛 하나만큼은 칼처럼 예리했고, 입에서 나오는 목소리 또한 그에 못지않게 날카로운 느낌을 주는 구석이 있었다.

"흑선은 한두 달 전부터 강호에 이름을 알리기 시작한 용병 부대요. 검은 배를 타고 황하를 떠돌아다니고 있어서 흑선이라고 부르는데, 대장이 한천노(恨天老)라는 꼽추노인이라는 것 이외에 일체 장막에 가려져 있어서 어디서 왔는지 또 어떻게 구성되었는지 전혀 알려진 바 없지만, 실력 하나만큼은 대단해서 기존의 청부 단체는 물론 각대문파의 주목을 받고 있소."

이소는 고개를 갸웃거렸다.

"근자에 그들이 개입한 사건이 있었던가?"

공손후가 고개를 저었다.

"아직 그들이 직접 개입한 사건은 없소."

"그럼 그들이 용병 부대라는 건 어떻게 알려진 거지?"

"그들이 용병 부대라는 건 한천노가 직접 밝힌 거요. 그자가 능력 있는 물주를 찾는다는 서신을 각대문파로 보냈소. 물론 우리에게도 도착했고."

"그들의 실력에 대해서는?"

"관심을 보인 몇몇 문파에서 정찰을 보냈는데 몇 명을 보내든 살아 돌아온 자는 한 명뿐이었소. 거래가 아닌 호기심은 사양한다는 통보를 가지고……. 한천노가 꼽추노인이라는 사실은 그 와중에 밝혀진 거요."

이소는 대뜸 물었다.

"우리도 보냈나?"

공손후가 어색한 표정을 지으며 대답했다.

"보냈소."

"결과도 같고?"

"같았소."

이소는 인상을 찌푸렸다.

"누구를 보냈는데?"

공손후가 대답했다.

"소제가 부리는 아이들을 보냈소. 그 아이들 중에는 금상조(金傷爪) 왕인(王麟)이라고, 소제가 꽤나 아끼는 아이도 포함되어 있었소."

이소는 적잖게 놀란 표정을 지었다.

"금상조 왕인이라면 얼마 전 자네가 칭찬하던 호밀각의 사대천왕 중 하나가 아닌가?"

공손후가 쓴 표정으로 대답했다.

"그렇소. 호밀각만이 아니라 철혈구호방 내에서도 상위에 들어가는 아이요. 하지만 살아 돌아온 졸개의 증언에 따르면 한천노도 아니고 그가 부리는 어떤 젊은 녀석에게 당했다고 합디다. 그것도 단칼에."

"그 정도라면……."

이소는 그렇다면 그들의 실력을 인정할 수밖에 없다는 표정으로 고개를 끄덕거리다가 문득 다른 생각이 들어서 물었다.

"그런데 자네야 원체 발걸음이 무거운 사람이니 그런다 치고, 대형께서 그걸 그냥 순순히 참고 넘겼더란 말인가?"

공손후가 쓰게 웃었다.

"그럴 리가 있겠소. 소제가 말렸소."

이소는 선뜻 이해할 수 없었다.

"어째서?"

공손후가 대답했다.

"쉽게 판단할 일이 아니라고 보았소."

"왕인 정도의 아이가 쉽게 당해서?"

"그것도 간과할 수 없는 일이긴 하나, 그보다는 황하수로 연맹의 태도 때문이오. 그간 흑선은 물주를 찾는다는 명목 아래 황하를 떠돌고 있는 중이오. 그런데 황하를 두고는 제아무리 사소한 일이라도 말 많고 탈도 많은 황하수로연맹에서 흑선의 행태를 묵인하고 있소. 비록 그들 간에 충돌이 있었다는 정보는 아직 입수된 바 없으나, 그건 그들이 한패가 아니라면 이미 어떤 식으로든 당할 만큼 당해서 더는 나서지 않고 있다는 결론이 아니겠소. 그런 의미에서 신중을 기하자는 것이 소제의 생각이었소."

이소는 이제 이해하겠다는 듯 가만히 고개를 끄덕거리다가 빙그레 웃었다.

"대형이 큰 맘 먹었군."

공손후가 나직이 말을 보탰다.

"모르긴 해도 육태강, 그 아이의 행보가 크게 작용했을 거요. 형문산에서 동창의 천라지망을 뚫으며 황보세가주인 벽력신군 황보천을 곤죽으로 만들고, 무한 인근에서는 추적하던 동창의 수대 병력을 전멸시키다시피 했다는 사실은 벌써 강호 전역에서 전설처럼 떠돌고 있소이다."

"그런 데다 천하의 독수마군 엽초를 단숨에 찍어 눌렀다는 사실까지 알게 되셨으니, 이젠 정말 잘했다 싶으시겠군그래."

이소의 이 말에 새로운 목소리가 끼어들었다.

"근데 이 형, 그 아이의 무력이 그리 대단하오? 마경칠서에 관한 소문은 익히 들어서 잘 알고 있으나, 아무리 그래도 이제 약관을 갓 벗어난 애송이가 천하의 엽초를 눌렀다니 도무지 믿어지지가 않아서 말이오."

마른 데다가 장신이고 짙은 눈썹에 비해 가는 눈매를 가져서 인상이 강렬한 귀검호 맹사진이었다.

철혈구호방 내에서 연무원(研武院)의 원주라는 직책을 가지고 무사들의 수련을 책임지는 그는 평소 침묵을 금으로 아는 사람이지만 평소 알아주는 무공광답게 엽초를 제압했다는 육태강의 무력에 비상한 관심을 보이고 있었다.

이소는 만일의 경우를 대비해서라도 짚고 넘어가야겠다고 생각하며 한결 목소리에 힘을 주어서 솔직하게 말했다.

"믿기 어려워도 믿게. 한 치의 보탬도 없이 다시 말하지만, 육태강 그 아이는 여력을 남기고도 엽초를 제압했네. 그야말로 내 생애 처음 보는 괴물이었어. 노파심에서 말하지만 혹시라도 향후 그 아이와 조우하게 된다면 다들 무슨 일이 있어도 경각심을 놓지 말아야 하네."

잠시 침묵이 흐르며 대청의 분위기가 무겁게 변했다. 다들 누군가를 이처럼 높이 평가하는 이소의 모습은 처음 보는 터라 적잖게 심각해진 것이다.

이소는 아랑곳하지 않고 진중하게 다시 말문을 열었다.

"일단 그 아이에게 접촉하는 것은 대형의 지시대로 무면호리 악관에게 일임해야 하는데, 그에 대한 부분은……."

그는 말꼬리를 흐리며 독서생 사천득에게 시선을 주었다.

"아무래도 셋째 자네가 맡아 주어야겠어. 악관에게 대형의 명령을 전달하되 자네가 별도로 일이 틀어져도 경거망동을 삼가고 우선적으로 물러나라는 경고도 하게. 무슨 일이 있어도 그 아이를 적으로 돌리는 일은 없어야 한다는 것을 주지시켜야 하네."

사천득은 체구가 작고 갸름한 얼굴에 염소수염을 길러서 외진 시골의 늙은 서생처럼 생겼으나 기실 철혈구호방 내에서 가장 무섭다고 소문이 자자한 인물이었다. 그건 아마도 평소 성격이 외모와 달리 단순하고 거친 데다가 무사들의 일반 생활을 관리 감독, 징벌까지 내리는 교감원(交感院)의 원주라서 그런 것일 텐데, 따지고 보면 그만큼 예의 바른 사람이 또 없었다. 그래서 지금도 그는 이소의 지시가 떨어지기 무섭게 자리에서 일어나서 정중히 포권하며 대답했다.

"알겠습니다. 그리하지요."

이소는 아무리 봐도 잘 적응이 안 된다는 듯 쓰게 웃으며 사천득을 바라보다가 이내 공손후에게 시선을 돌렸다.

"그리고 대형께서 새롭게 지시한 흑선에 대한 문젠데, 그들이 지금 어디에 있는지는 알고 있나?"

공손후가 대답했다.

"오늘 아침에 보고받은 바에 따르면 개봉부(開封府) 어림을 지나는 중이라고 했소. 그간의 정황으로 봐서 그리 빠르게 움직이는 편은 아니니 어느 방향으로 진행하든 간에 서두르면 수일 내로 따라잡을 수 있을 거요."

이소는 고개를 끄덕이며 잠시 여유를 두었다가 물었다.

"넷째와 아홉째는 지금 어디에 있지?"

철혈구호방의 아홉 마리 호랑이 중 유일한 암호랑이인 넷째 소수신안(素手神眼) 여백령(呂白靈)과 막내인 청면귀(靑面鬼) 마등(馬藤)의 위치를 묻는 것이다. 다섯째인 무인검(無刃劍) 채보(債保)를 언급하지 않는 것은 그가 언제나 보이지 않는 곳에서 대형의, 바로 철혈구호방주 위지광을 지키는 그림자 호위임을 알고 있기 때문이고.

공손후가 대답했다.

"넷째 형과 막내는 대형의 밀명을 받고 사패를 돌고 있소. 어제 저녁 마지막으로 들은 북평 금성장(金成關)을 나섰다고 하니 빨라도 수일 내로 도착할 수는 없을 거요."

"그랬군. 넷째의 능력이 필요할 수도 있다고 생각했는데, 그렇다면 어쩔 수 없지."

이소는 나직한 혼잣말로 아쉬움을 털어놓고는 명령을 기

다리는 것처럼 굳은 안색으로 자신을 주시하고 있는 한백을
바라보았다.

"한백, 네가 가자."

한백이 눈을 빛내며 물었다.

"흑선입니까?"

이소는 자리를 털고 일어나며 대답했다.

"그래. 흑선을 방문한다."

땅거미가 늘어지는 신시(申時: 3~5시) 말이었다.

한 마리 비둘기가 철혈구호방의 총단 위를 한 차례 선회
하고는 남쪽 하늘로 사라졌다. 철혈구호방주 위지광의 명
령을 매달고 무면호리 악관에게 날아가는 전서구였다. 그리
고 가군자 이소는 복귀한 지 두 시진 만인 그 시각, 구유사
검 한백과 다섯 명의 측근만을 대동한 채 다시 철혈구호방의
총단을 벗어나서 황하 변에 도착, 특별히 고안된 쾌정(快艇)
을 타고 개봉부를 향해 빠르게 물살을 갈랐다.

흑선을 찾아서였다.

제이장

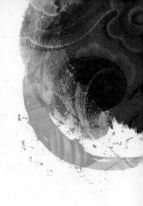

철혈구호방주 위지광의 명령을 하달하는 전서가 무면호리 악관의 수중에 들어간 것은, 가군자 이소가 철혈구호방의 총단을 벗어난 지 불과 두 시진가량이 지난 다음이었다.

이소가 알았다면 적잖게 놀랐을 정도로 빠른 도착이었다.

비록 방향은 약간 달랐으나, 이소가 철혈구호방으로 향하는 동안, 악관도 육태강의 뒤를 따라 계속 북상한 까닭이었다.

이소가 철혈구호방의 총단을 나설 당시, 악관도 어느새 황하의 줄기로 이어진 낙양과 개봉 중간의 대도시이자, 하남성의 성도인 정주(鄭州)를 눈앞에 두고 있었던 것이다.

그래서 악관이 전서를 펼쳐 든 장소는 희미하게나마 정주 도심의 야경이 눈에 들어오는 관도 변이었다.

악관은 혹시 몰라서 은밀히 뒤를 밟던 육태강과의 거리를 보다 길게 늘여놓고 나서 전서의 내용을 확인했다.

전서의 내용은 육태강을 포섭하라는 명령과 몇 가지 주의 사항이 주를 이루었지만, 그 이외에도 작금의 무림 동향과 그에 따른 철혈구호방의 대처도 나름대로 자세하게 기술되어 있었다.

전서를 받는 사람이 다른 누구도 아닌 그, 무면호리 악관이기에 더해진 배려일 터였다.

이소에게 이번 일을 위임받아 전서를 날린 사천득은 악관이 철혈구호방주 위지광의 장자방으로서 적어도 총단이 처한 상황을 알아 둘 필요가 있다고 판단한 것이다.

악관은 전서의 내용을 확인하기 무섭게 삼매진화(三昧眞火)로 태워서 흔적을 지웠다. 그리고 답장을 위해 잡고 있던 전서구를 소매 속에 밀어 넣고는 깊은 고민에 빠져들었다.

전서에 적힌 위지광의 명령대로라면 악관은 당장에 육태강을 만나야 하지만, 그럴 수는 없었다.

위지광의 명령은 이곳의 상황을 전혀 모르는 처사였다.

지금 육태강의 주변에는 강북사패의 하나라는 철혈구호방에서 나름 고수요, 요인에 속한다는 악관조차 슬슬 눈치를 봐야 하는 무림의 고수들이 수두룩하게 따르고 있었다.

이소와 악관이 처음 동창의 무리를 귀신처럼 따돌린 육태강을 찾아냈을 때에도 그런 부류가 있기는 했으나, 그때는 엽초를 포함해서 고작 한둘에 불과했었다.

그러던 것이 독수마군 엽초와의 비무 이후부터 급작스럽게 불어나더니, 지금은 악관이 아는 인원만, 그러니까 밖으로 드러난 인원만 열 명이 넘었다.

모르긴 해도, 드러나지 않은 인원은 그보다 더 많을 터였다.

하긴, 그간 육태강이 벌인 행사의 가공함을 돌이켜보면 그럴 수밖에 없는 일이었다.

철혈구호방과 강남세가연맹의 비밀회합에 나타나서 행패 아닌 행패를 부리고 유유히 떠나더니, 강호십대권사의 수위를 다투는 황보세가의 가주 벽력신군 황보천을 반송장으로 만들었다.

천하의 그 어떤 고수도 꺼려 마지않는 동창의 천라지망을 귀신처럼 뚫은 것도 모자라서, 추적하던 수백의 동창 위사들을 역으로 쳐서 거의 전멸시키다시피 해 놓았다.

그뿐만이 아니었다.

감쪽같이 사라졌다가 느닷없이 나타나서 천하제일고수 자리를 놓고 경쟁한다는 십팔천강의 하나이자, 백만 녹림도의 수장인 녹림도 총표파자 독수마군 엽초를 거꾸러뜨렸다.

이건 거의 신화였다.

세상의 이목이, 무림인들의 관심이 쏠리지 않는다면 그게 오히려 이상한 일이었다.

만일 그 모든 행사가 처음부터 은밀하게 진행된 것이 아니고, 뒤처리가 확실한 동창이 개입된 일이 아니었다면, 지금쯤 육태강의 주변은 천지사방에서 몰려든 군웅들로 인해 인산인해를 이루었을 터였다.

요컨대 당한 자들이 쉬쉬하며 단속하는 바람에 소문이 크게 번져 나가지 않고 아는 사람만 알고 있는 것이 다행이었다.

문제는 그 아는 사람들 중에서 관심을 가지고 모여든 소수가 하나같이 내로라하는 절대의 고수라는 점이다.

뿐만 아니라, 얼마 전 새롭게 입수한 정보에 따르면 지난 일로 수치를 느끼고 크게 분노한 동창의 수뇌부가 대내의 고수들이 득시글거리는 동창 내에서도 전문 살인귀들의 집단으로 취급받는 홍당의 고수들을 동원해서 육태강의 뒤를 밟는 중이라고 했다.

악관이 그 정보를 들은 지 벌써 하루가 지났으니 지금쯤
이면 그들, 살인귀들이 꽤나 지근거리에 도착했을 수도 있
었다.

　설령 그 정보가 사실이 아니더라도 동창의 정보력이라면
전날 객잔에서 우연찮게 정체가 드러난 당소군의 경우나,
엽초와의 비무 사건을 충분히 파악하고도 남음이 있으니,
어떤 식으로든 벌써 오래전에 내려진 조치가 육태강의 뒷
덜미를 노리는 중일 수도 있다는 예상도 가능했다.

　그런 마당에 무공보다는 머리에 의지해서 지금의 자리에
오른 악관이, 육태강은 말할 것도 없고 그 주변을 맴돌고
있는 자들의 눈에도 천박해 보일 수밖에 없는 무공의 소유
자인 그가 무슨 수로 육태강을 만나서 설득할 것이며, 만에
하나 설득한다 한들 또 어떻게 다른 자들의 눈초리를 피해
서 총단에 보고할 수 있을 것인가.

　어려운 일이었다. 아니, 불가능했다.

　가뜩이나 북남무림의 대립이 표면으로 부상하며 흡사 폭
풍전야처럼 변해 버린 작금의 강호에서 육태강의 존재는
그야말로 태풍의 핵이다.

　육태강이 지난 사천혈사의 주역인 육씨 가문의 핏줄이라
는 것과 동창을, 바로 황궁을 향해 칼날을 겨누었다는 사실
이 못내 마음에 걸려서 다들 눈치만 보고 있을 뿐이다.

무엇보다도 실리를 우선으로 하는 것이 변하지 않는 강호무림의 철칙인 이상, 다들 어떻게든 육태강을 수중에 넣으려고 기회만 엿보는 중인 것이다.

어쩌면 그와 상관없이 육태강을 포섭하려는 자들이 벌써 나섰는지도 모른다.

필요하다면, 그리고 가능하다면 육태강의 얼굴에 가면을 씌우는 무리를 해서라도 자신의 전력으로 사용하고픈 것이 야망을 가진 무림인의 진심일 테니까.

그건 즉, 지금의 상황은 육태강을 만났다는 이유만 가지고도 공동의 표적이 된다는 소리였다.

누구든 육태강을 만나면 그게 무슨 이유든 상관없이 그 사람을 향해 서슬 시퍼런 칼날이 사방에서 밀려들 것이 너무도 자명한 것이다.

다른 자들이 선뜻 나서지 못하고 눈치만 엿보는 것도 그런 이유가 적지 않게 작용하기 때문일 텐데…….

맑은 하늘에 날벼락도 유분수지 이 마당에 육태강을 만나서 포섭하라니.

악관으로서는 참으로 난감하기 이를 데 없어서 나오느니 한숨뿐이었다.

이건 섶을 지고 불로 뛰어드는 것과 다를 바 없었다. 육태강을 만나는 것은 고사하고 가까이 접근하기만 해도 누군가의 칼에 맞을 확률이 더 높다고 생각되기 때문이었다.

육태강과 다른 누군가가 손잡는 것은 그도 지극히 꺼리는 일인데 다른 자들이라고 별수 있겠는가 말이다.

"이런 빌어먹을! 그냥 칼을 받고 죽으라는 소리신가!"

악관은 아무리 생각해 봐도 원하는 답은커녕 새로운 문제만 돌출되어서 전전긍긍하다가 도저히 참지 못하고 욕설을 뱉어내며 투덜거렸다.

그러나 입으로는 욕하고 투덜거리면서도 그의 머리는 당면한 난국을 타개할 방법을 모색하느라 쉼 없이 돌아갔다.

죽을 때 죽더라도 철혈구호방주 위지광의 명령은 반드시 따라야 했다. 위지광의 명령을 수행하지 못하면 죽음보다 더한 고통이 따른다는 것을 그는 익히 잘 알고 있었다.

그렇게 골머리를 싸매다가, 악관은 문득 여태까지 간과하고 있던 한 가지 의문을 떠올리게 되었다.

육태강이 지금과 같은 상황을 만든 이유가 바로 그것이었다.

누구나 쉽게 떠올릴 수 있는 문제라서 오히려 무심히 넘겨 버린 의문이었다.

돌이켜보면 육태강은 이러한 상황을 만들지 않을 수 있었다.

처음 육태강이 잠적했을 때, 추종술이라면 천하에서 둘

째가래도 서리워할 가군자 이소조차 사나흘이나 헤매다가 간신히 다시 찾아냈었다.

하물며 다른 자들이라고 해서 다를 바 없을 터이다.

그렇다면 육태강은 언제든지 그때처럼 잠적할 수 있다는 것이고, 지금은 의도적으로 그러지 않고 있다는 뜻이었다.

결론적으로 말해서 육태강은 무언가 목적을 가지고 작금의 상황을 연출해서 강호무림의 중심에 서 있는 것이다.

마음만 먹으면 쥐도 새도 모르게 잠적할 능력을 가졌으면서도 굳이 동창의 위사들을 공격한 것과, 분명 사전에 피할 수 있음에도 피하지 않은 엽초와의 비무가 그 증거였다.

왜?

무슨 연유로?

어떤 목적을 가지고?

악관은 오만상을 찡그리며 자신의 머리를 부여잡았다.

분명 육태강의 행동에 무언가 숨겨진 비밀이 있다는 것은 알겠는데, 대체 그게 무엇인지를 도무지 가늠하기 어려워서 미쳐 버릴 지경이었다.

그러다가 그는 불현듯 두 눈을 빛내며 부르짖었다.

"그래, 비밀!"

육태강의 행동에 무슨 비밀이 있는가를 추론해 보려고 거듭 곱씹은 질문 속에 답이 있었다. 우습지 않게도 바로 비밀이 답이었다.

밝혀지지 않거나 알려지지 않은 속내도 비밀이라고 하지만, 숨기어 남에게 공개하지 않거나 공개하고 싶어 하지 않는 것도 비밀이라고 한다.

악관이 떠올린 것은 그중 후자였다.

다른 사람들에게 공개하고 싶지 않아서 감추는 것!

악관은 육태강이 하지 않아도 될 일을 굳이 하는 것이 그 때문이라고 생각했다.

무언가를 감추기 위해서, 감추지 않으면 곤란하기 때문에 그래야만 했던 것이다.

악관의 머리가 영활하게 돌아갔다.

'그렇다면……?'

육태강이 지금처럼 강호무림의 이목을 한 몸으로 받아야 하는 큰 번거로움을 감수해야만 감출 수 있는 그 무엇이 있다는 뜻이었다.

그리고 그건 아마도 보통의 시국이라면 충분히 주목받을 만한 일이지만 육태강이 벌인 일로 인해 주목받지 못하고 조용히 묻혀 버린 그 무엇일 가능성이 매우 높았다.

악관은 가만히 기억을 더듬어서 지난 일들을 돌이켜보았다.

계산해 보니 설득력이 낮은 육태강의 기행은 철혈구호방

과 강남세가연맹의 회합이 열렸던 형문산에서부터 시작되었다. 결과적으로 그 이후부터 중원 각지에서 벌어진 사건이나 사고를 훑어보면 분명히 답이 나올 것이다.

이것이 확실하다는 결론이 서자, 악관은 서둘러 품속을 뒤져 손가락 굵기의 원통 하나를 꺼냈다.

원통 속에는 장난감처럼 작은 문필 도구와 전서로 활용할 수 있는 종이가 들어 있었다. 그는 문필 도구를 이용해서 지금까지의 추론을, 아니, 그 자신의 확신을 종이에 적었다. 그리고 앞서 답장을 위해 소매 속에 넣어 두었던 전서구를 꺼내서 다리에 매달린 대롱에 그 종이를 밀어 넣고 높이 날려 보냈다.

전서구는 달빛이 비추는 밤하늘을 가로질러서 순식간에 저 멀리 사라졌다.

"이것으로 무언가 협상이 가능할 수도 있겠는걸."

악관은 기분 좋게 중얼거리며 만면에 미소를 지은 채 신형을 날렸다. 만일의 경우를 위한 담보가 확실하다고 생각한 까닭인지, 그의 움직임에는 추호의 망설임도 없었다.

다른 건 몰라도 신법에는 일가견이 있는 악관이 그처럼 거침없이 질주하자, 그 속도가 정말 예사롭지 않게 빨랐다.

얼마 지나지 않아서 육태강과의 거리가 본래대로 좁혀졌다. 그리고 이내 따라잡았다.

일이 잘 풀리려고 그랬는지, 악관은 앞서 우려했던 바와 달리 앞을 막는 칼이나 사람이 하나도 나타나지 않아서 그야말로 무사통과로 육태강을 만나게 된 것이다.

악관은 그러나 정작 뜻을 이룬 그 순간 의지와 무관하게 두 눈을 크게 부릅뜨며 굳어져서 소리가 나도록 마른침을 삼켰다.

어쩔 수 없는 노릇이었다. 일이 잘 풀리려고 악관의 앞을 막는 칼과 사람이 없던 것이 아니었다. 뒤늦게 발견했는데, 그리고 이유는 모르겠지만, 그 모든 칼과 사람이 한자리에 모여 있었다.

육태강 바로 옆이었다.

"늦었군. 좀 더 빨리 올 수는 없었나?"

육태강은 악관을 보자 친숙한 사람처럼 아는 척했다. 무표정한 얼굴이었으나, 마치 오래된 친구를 대하는 것 같은 말투와 행동이었다.

악관은 아무런 말도 하지 못한 채 꿀 먹은 벙어리처럼 우두커니 서 있었다. 가뜩이나 예기치 않은 상황에 당황해서 쭈뼛거리는 차에 육태강이 그런 태도를 보이자 더욱 당황해 버린 탓이었다.

그는 서둘러 마음을 진정시키며 태연함을 가장해서 대답했다.

"미안하오. 조금 멀리 있었소."

그리고 재빨리 장내를 둘러보았다.

장내에는 육태강과 그 동료인 두 사람을 제외하고도 정확히 스물두 명이나 되는 각양각색의 인원이 운집해 있었다.

놀라운 상황이었다.

더불어 한심스러운 일이었다.

이렇게 많은 사람들이 그림자처럼 아무런 기척도 없이 모여 있다는 것이 놀랍고, 아무리 그래도 명색이 나름의 경지를 이루었다고 자부하는 자신이 그런 낌새를 전혀 감지했다는 것이 한심했다. 쥐구멍이라도 있으면 들어가고 싶은 심정이었다.

하지만 후회는 아무리 빨라도 늦다. 지금은 자책할 때가 아니라 조금이라도 더 빨리 장내의 상황을 파악해야 할 때다.

악관은 한층 더 마음을 다잡고 염두를 굴렸다.

아직 육태강 이외에는 아무도 입을 연 사람이 없었으나, 그는 느낌과 눈에 보이는 상황만 가지고도 몇 가지 상황을 유추할 수 있었다.

장내에 모인 자들은 하나같이 육태강의 주변을 맴돌며 따르던 고수들이었다. 더불어 이름난 거대문파 소속으로 그가 안면이 있는 자들이 대부분이었고, 그렇지 않은 자들은 모습만 보아도 대충 누군지 알아볼 수 있을 정도로 무림의 명숙이거나 전대의 거마효웅들이었다.

그런 면에서 그가 그들의 기척을 감지하지 못한 것은 그다지 부끄러운 일이 아닌 것인데, 그들의 기색을 보니 그와 별반 다르지 않아서 다행이었다.

그들도 그처럼 작금의 상황에 당황한 기색이었고, 그건 지금의 사태가 육태강의 독단적이고 돌발적인 행동으로 이루어졌다는 것을 대변하고 있는 것이다.

갑자기 무슨 이유로?

평소 영악하다는 말을 듣는 사람답게 찰나의 시간을 활용해서 그와 같은 질문을 도출해 내는 데 성공한 악관은 한결 평정심을 되찾은 상태로 육태강을 주시했다.

의도적인 것인지는 모르겠으나, 육태강은 그때까지도 무심한 태도로 굳게 입을 다물고 있었다.

'더 기다리는 사람이 있는 것인가?'

그럴 수도 있었다.

작금의 상황을, 육태강이 갑자기 뒤따르던 자들을 소집한 현실을 아직 모르는 자들이 있을 수 있었다.

우연찮게 상황을 모르고도 나선 그는 재수가 좋은 편일 수도 있는 것이다.

'알면서 나서지 않는 자들도 있을 수 있지.'

충분히 가능성이 있는 예상이었다.

고수고 자부심이 강한 사람 중에는 수동적으로 움직이는 것을 지극히 꺼리는 사람이 흔하지 않은가.

육태강도 같은 판단을 한 것일까.

"아무래도 이제 올 사람은 다 온 것 같군."

육태강이 마침내 말문을 열며 장내를 쓸어 보았다.

이때를 기다렸다는 듯 누군가 성질 급하게 말꼬리를 잡았다.

"이제야 말할 기분이 된 모양이군. 지루함이 한계에 달한 참인데, 잘된 일이야. 그럼 여기서 이럴 것 아니라 자리를 옮기는 것이 어떤가? 사내들의 대화에 어찌 술이 빠질 수 있나."

악관은 이 사람을 알아볼 수 있었다.

장대한 체구에 거무튀튀한 얼굴을 가진 호걸풍의 인물, 산동장가(山東張家)의 가주인 하북의 검호 패검(覇劍) 장양(張敭)이었다.

산동장가는 전대부터 강북사패의 하나이자, 북천상계(北天商界)의 수장인 신주제일장(神主第一莊) 금성관(金星關)을 지지하는 가문으로, 당대 가주인 장양은 금성관의 호법 노릇을 하고 있었다.

그런데 육태강의 눈에는 그런 장양이 눈에 차지 않는 모양이었다.

그는 무심하게 힐끗 장양을 일별하고는 그저 자기가 하고 싶은 말을 했다.

"다들 궁금할 거야. 내가 왜 난데없이 당신들을 불러 모았는지. 내가 이렇게 당신들을 불러 모은 이유는 다른 게 아니라 당신들에게 몇 가지 전하고 싶은 말이 있기 때문이다."

그는 찬찬히 장내의 사람들을 쓸어 보며 잠시 뜸을 들였다가 단호하게 말을 끝맺었다.

"더 이상 내 뒤를 밟지 마라. 이건 경고다."

"경고라고?"

반감을 품은 목소리 하나가 툭 튀어나왔다.

백발을 길게 늘어뜨리고 분이라도 바른 것처럼 하얀 낯짝에 계절과 어울리지 않는 털가죽 옷을 걸친 말라깽이의 입에서 뱉어진 말이었다.

악관은 이 사람이 누군지도 알아보았다.

한 번도 만나 본 적은 없지만 눈에 들어온 모습만 보고도 능히 짐작할 수 있었다.

전대의 거마인 천산노괴(天山老怪) 혁자인(革子燐)이었다.

사실인지는 모르겠으나, 지금은 유명무실해도 과거 한때 구대문파의 대열에까지 오른 적이 있을 만큼 부흥기를 가졌던 천산파(天山派)의 파문제자를 자처하는 자였다.

그리고 타고난 포악성과 잔인무도한 손속이 도를 넘어 무림십대악인 중 하나라는 꼬리표를 달아서 그간 숱한 협사들의 도전을 받았음에도 불구하고, 팔순이 넘은 지금까지 꿋꿋하게 살아남은바 지닌 무력이 입증되는 절세의 고수이기도 했다.

육태강이 그 혁자인에게 시선을 주며 말했다.

"충고라고 해도 좋고."

혁자인이 매우 흥미롭다는 듯 중얼거렸다.

"경고나 충고라. 손자를 너무 오냐오냐하면 상투를 잡는다더니, 이게 딱 그 꼴이 아닌가 싶군그래."

그는 대뜸 빛바랜 눈썹을 사납게 곧추세우며 음침한 미소를 흘렸다.

"애야, 너는 정녕 이 할아버지가 그간 너 따위를 두려워해서 나서지 않았다고 생각하는 게냐?"

육태강은 앞서 장양에게 그랬던 것처럼 태연하게 혁자인의 말을 무시하며 다른 말을 했다.

"대신 한 가지 약속하지. 비록 대화를 나누어 본 적은 없지만, 나는 당신들이 무엇을 위해서 그리고 걱정해서 이 자리에 있는 것인지 잘 알고 있다. 그래서 약속하건대, 앞으로 나는 어떤 일이 있어도 내가 하고자 한 일만 하겠다. 내 원한과 관계된 사람이 아니라면 절대 건드리지 않을 것이며, 무슨 일이 있어도 그 어떤 세력이나 사람의 편에 서지 않겠다는 거다. 물론 나를 먼저 건드리지만 않는다면 말이다."

마치 술자리에서 만난 오랜 친구와 담소를 나누는 것처럼 태연하고 담담한 말투였지만, 그 눈빛은 결코 장난이 아니었다.

극과 극은 통한다는 말처럼 너무 무표정한 얼굴에 아무런 감정이 담겨 있지 않는 무심한 눈빛이라서 그런 것일까?

아마도 그럴 것이다.

악관은 그렇다고 생각했다.

너무 뜨거우면 오히려 차갑게 느껴지는 것과 같은 이치일 터였다.

무심의 극치를 달리는 육태강의 두 눈빛에서는 단순한 살기를 뛰어넘는 그 무엇이 느껴지고 있었다.

아득하고 막연하게 보이면서도 두려운 그건 의식하지 않아도 저절로 느껴지는 압박이었고, 압력이었다. 심해처럼 어둡고 암담해 보이는 사신의 그림자였고, 죽음의 냄새였다.

악관은 그런 육태강의 두 눈빛을 바라보면서 의지와 무관하게 절로 가슴이 서늘해지는 것을 느꼈다.

등골이 오싹해지며 전신에 소름이 돋고 축축해지도록 식은땀이 흘러내렸다.

그래도 한다하는 무인으로 한평생 칼끝에 구르며 볼 것 못 볼 것 다 보았고, 산전수전 다 겪은 그였으나, 맹세코 이런 느낌과 전율은 처음이었다.

육태강의 두 눈빛은 그렇게, 그 어떤 노골적인 살기나 그 어떤 직접적인 위해보다도 더 강력하게 그를 공포로 모는 것이었다. 그야말로 의지만으로 사람을 죽일 수 있다는 의형살인(意形殺人)의 경지가 있다면 이게 아닐까 싶을 정도였다.

악관은 어금니를 악물었다. 안 그러면 떨려서 소리가 날 것 같았다.

창피한 노릇이지만, 악관은 자신의 담력이나 인내력이 지금보다 조금이라도 더 약했다면 여자처럼 새된 비명을 지르며 그대로 주저앉았을지도 모른다는 생각마저 들고 있었다.

그런데 그와 같은 감정의 소용돌이에 빠져 있는 것은 악관 그 혼자만이 아닌 것 같았다.

악관은 나름대로 육태강의 눈빛에 치열하게 저항하느라 뒤늦게 발견했는데, 다른 사람들의 반응 역시 그와 별반 차이가 없어 보였다.

모두가 미동도 하지 않은 채 굳어 있었다. 그건 어떻게 보고 생각해도 그들 모두가 그와 마찬가지로 겁에 질려 얼어붙어 있다고 밖에는 달리 해석할 수 없었다.

특히 천산노괴 혁자인의 모습이 그 대표적인 예였다.

조금 전 당장이라도 손을 쓸 것처럼 할아버지 운운하며 육태강을 도발하다가 무시당한 혁자인이 아닌가.

평소의 혁자인이었다면 육태강의 말이 끝나기도 전에 길길이 날뛰며 욕설을 퍼붓거나 정말로 앞뒤 가리지 않고 손을 썼을지도 몰랐다.

악관이 아는 혁자인의 성정은 그러고도 남았다.

하지만 지금의 혁자인은 조개처럼 입을 다문 채 꼼짝도 하지 않고 육태강의 눈치를 보고 있었다.

진땀을 흘리거나 하지는 않았으나, 영락없는 고양이 앞의 쥐 신세였다. 정도의 차이는 있지만 그 역시 악관과 하등 다르지 않게 육태강의 눈빛에, 그 압도적인 기세에 짓눌려 있는 것이다.

'어떻게 하지?'

악관은 고민에 빠졌다.

그에게는 남모르는 비장의 한 수가 있었다.

　그런데 상황이 이렇다 보니 감히 그 한 수를 꺼낼 엄두가
나지 않았다. 오히려 그 한 수가 초라하게 느껴졌다.

　그때 노련한 이야기꾼이 결정적인 순간에 잠시 말을 멈
춰서 분위기를 고조시키듯 한동안 장내를 좌시하며 시간을
끈 육태강이 예의 담담한 목소리로 다시 말했다.

　"내가 전하려는 말은 다 했다. 알아들었다면 다들 이제
그만 돌아가라. 무슨 이유에서건 남는 자는 적이고, 이후라
도 다시 내 앞에 나서는 자도 적으로 간주하겠다. 나는 적
을 상대하는 방법을 하나밖에 모르니, 유념하도록."

　누가 먼저 움직였는지는 몰라도 육태강의 말이 끝나기
무섭게 장내의 사람들이 하나둘씩 자리를 뜨기 시작했다.

　내로라하는 무공과 명성으로 천하를 주름잡는 절대의 고
수들이 갓 약관을 벗어난 일개 신진 육태강의 차분한 협박
에 굴복해서 비 맞은 개처럼 꼬리를 말고 돌아서는 것이다.

　악관은 그 자신도 같은 꼴로 힘없이 돌아서며 긴 한숨을
내쉬었다.

　분명 자신의 두 눈으로 똑똑히 보았으면서도 도무지 믿
기지 않은 이 상황을 대체 어떻게 설명해야 할지 난감해서
절로 나온 한숨이었다.

제삼장

"휴, 정말 죽는 줄 알았네. 대체 어떻게 한 거예요?"

당소군이 연거푸 심호흡을 하고 나서 물었다.

사람들이 하나둘씩 자리를 뜨고, 무엇이 그리 아쉬운지 마지막까지 남아서 미적거리던 철혈구호방의 여우, 무면호리 악관마저 사라진 다음에도 한참이나 더 지나서 나온 질문이었다.

육태강은 답변을 뒤로 미루고 가만히 당소군과 사미륵의 기색을 살폈다.

당소군도 그랬지만, 사미륵 역시도 무기력한 눈빛 아래 진땀이 흥건해서 초췌한 모습이었다.

예상을 해서 굳이 그녀들을 뒤에 세웠는데도 불구하고 여파가 미친 것이다.

"도대체 어떻게 된 일이냐고요?"

당소군이 답답하다는 듯 답변을 재촉하자, 눈치를 보고 있던 사미륵이 넌지시 끼어들었다.

"생사천의 무공입니까?"

육태강은 고개를 끄덕였다.

"사천마안이다."

"하지만 사천마안은……?"

당소군이 미심쩍은 얼굴로 말꼬리를 흐렸다.

대놓고 반박하기는 뭐한지 미처 말을 다 잇지는 않았으나, 그게 아니질 않느냐는 의문이었다.

그녀는 일전에 그가 펼치는 사천마안을 견신한 적이 있지 않은가.

사천마안의 발현이 그때의 모습과 다르다는 것을 그녀는 알고 있는 것이다.

육태강은 그녀의 속내를 한눈에 읽고 설명했다.

"생사천의 무공은 그리 간단하지 않아. 사천마안만 해도 사령(死靈)과 심령(心靈)으로 나누어진다. 사물을 꿰뚫어 보는 사령마안(死靈魔眼)과 사람의 마음을 제압하는 심령마안 (心靈魔眼)이 사천마안으로 통칭되는 거다."

사실은 이번의 경우 거기에 한 가지 사술이 더 가미되었다.

시전자의 위엄과 존엄을 부각시키고, 상대의 공포심을 유발하는 제령섭혼공(制靈攝魂功)이 바로 그것이었다.

모르긴 해도, 생사천의 사대비기 중 하나인 제령섭혼공의 뒷받침이 없었다면 검패 장양이나 천산노괴 혁자인 같은 고도의 무위를 갖춘 거마효웅들이 쉽게 물러나는 일은 벌어지지 않았을지 모른다.

당소군이 그런가 하는 표정을 짓다가 다시 미간을 찌푸리며 말했다.

"일이 생각대로 잘된 것은 다행이지만, 사술은 어디까지나 사술이야. 깨지는 순간 그냥 무로 돌아간다고요. 그렇게 돼서 그자들이 앞뒤 안 가리고 떼거리로 덤벼들면 어쩌려고. 오라버니의 무위가 아무리 대단해도 그들 모두를 상대하는 건 무리야. 모습을 드러내지 않은 자들도 더 있었을 텐데, 위험했잖아요."

육태강은 당소군의 우려를 그저 가벼운 웃음으로 받아넘겼다.

사실을 말하자면 상황이 그렇게 바뀌었어도 상관없었다.

그는 어쩌면 내심 그렇게 상황이 바뀌기를 바라고 있었는지도 몰랐다.

진작부터 그는 독하게 마음먹고 그들 모두의 제거를 심각하게 고려했으며, 그 정도는 충분히 가능하다고 생각했던 것이다.

다만 그랬다면 실로 무림의 공적이 되는 터라, 향후 그의 일정에 큰 차질을 빚을 것이 너무도 분명해서 피했을 뿐이었다.

육태강의 속내를 전혀 알 길이 없는 당소군이 천만다행이라는 듯 가슴을 쓸어내리다가 걱정스럽게 말했다.

"한데, 그들이 정말 이대로 포기할까 몰라."

육태강은 가만히 고개를 저었다.

그럴 리가 없었다.

당소군이 육태강의 고갯짓을 보고 물었다.

"그들이 다시 올 거라고 생각하는 거예요?"

"언제가 될지는 모르지만 올 사람은 온다."

육태강은 못을 박듯 말하고는 잠시 여유를 두었다가 한마디 덧붙였다.

"보다 조직적으로 움직이겠지."

"조직적으로?"

"그래 조직적으로. 나를 죽이기 위해서."

당소군이 그게 무슨 소리냐는 듯 두 눈을 동그랗게 떴다.

"그들이 힘을 규합해서 오라버니를 죽이러 올 거라고?"

육태강은 의미심장한 미소를 지으며 말했다.

"그래, 틀림없이."

과거 사천혈사와 연루된 자들을 염두에 두고 하는 말이었다.

놈들은 이미 그에 대한 소문을 접했을 터였다.

어쩌면 벌써 사람을 시켜서 은밀히 뒷조사를 하고 있거나, 그도 모르는 사이에 직접 와서 확인해 보고 갔을 수도 있었다.

황보세가주인 벽력신군 황보천의 일이나 흑수사의 수장 격인 백사신 이경의 죽음은 말할 것도 없고, 그가 은밀하게 진행한 남궁세가주 창궁일검 남궁도의 죽음이 그의 소행이라는 것도 이미 알아냈을 가능성이 높았다.

그건 아무래도 상관없었다.

아니, 알아내는 것이 더 좋았다.

그래야 그들이 과거의 그날처럼 서로 힘을 합칠 테니까.

아마도 그럴 것이다.

눈치가 빨라서 혹은 개인적으로 자신이 있어서 무리를 짓지 않으려는 자가 나올 수도 있으나, 나머지 대다수는 그런 생각이 들 수밖에 없었다.

부족함을 알고도 무모하게 혼자 나서거나 기다릴 바보는 세상에 그리 흔치 않았다.

그간 그가 무리를 하면서까지 위용을 보이고 필요 이상으로 이리저리 들고치며 설치고 다닌 이면에는 애초부터 계획하고 있던 비장의 한 수를 감추려는 마음도 있었지만, 그보다는 그들의 부족함을 일깨워서 하나로 규합시키려는 의도가 더 크게 깔려 있었던 것이다.

그리고 그들이 합치게 된다면, 보다 정확히는 그런 분위기가 조성된다면 그는 마침내 진정한 적과 대면할 수 있다.

과거 그날 배후에서 그들을 움직인 원흉을, 아버지와 어머니를 죽이고 가문을 멸문시켰으며, 애꿎은 수만의 목숨을 형장의 이슬로 사라지게 만든 원수를 만나게 되는 것이다.

그자의 허락 없이는, 그자가 나서지 않으면 그들은 한자리에 모일 수 없기 때문이었다.

'혈관음(血觀音)!'

그자는 항상 검붉은 빛깔이 요사스럽게 흐르는 철제 관음상으로 얼굴을 가리고 그들의 회합을 주관했다고 했다.

그래서 혈관음이었다.

전날 그가 쓰러뜨린 이경과 비등한 무공을 소유한 무인을 손가락 하나로 간단히 처치한 절대의 고수지만, 그것 이외에는 일체가 흑막에 가려져 있어서 그들은 그자를 그렇게만 부르며 복종했다고 했다.

그는 이와 같은 사실을 사천마안으로 심령을 제압한 백사신 이경의 입을 통해서 알아낼 수 있었다.

남궁도를 상대할 때만 해도 감히 엄두를 내지 못했던 일인데, 사미륵의 몽중수예대법을 통해 내공이 급상승하면서 사천마안이 극성에 달하자, 이경의 입을 열 수가 있었던 것이다.

단지 강호의 시선만 잡아 두려고 활보하던 그가 환사를 통해 추적하던 동창의 위사들에게 반격을 가한 것도, 이후 독수마군 엽초와의 비무를 굳이 마다하지 않은 이유도 다 그 때문이었다.

꼬리는 아무리 잘라내도 소용없다.

끝없는 소모전만 벌어질 뿐이고, 그건 유불리를 떠나서 그가 원하는 일이 아니었다.

그는 충분히 독하고 언제든지 잔인해질 준비가 되어 있지만, 애꿎은 피는 원하지 않았다.

그래서 머리를, 혈관음을 잡아야 했고, 혈관음을 잡으려면 과거의 그날처럼 그들이 뭉칠 수밖에 없는 상황을 만들어야 하는 것이었다.

'조만간 무슨 기별이 있을 거라고 생각되지만……'

내색은 삼갔으나, 육태강은 오늘 돌려보낸 거마효웅들 중 몇몇이 그들의 하수인임을 똑똑히 알아보았다.

그러니 오늘의 상황은 늦어도 하루 이틀 내에 그들의 귀로 들어갈 것이고, 그들의 생각이 더욱 확고해지는 계기로 작용하리라는 것이 그의 예상이었다.

하지만 만사불여튼튼이었다.

한 번 더 자극을 준다면 그들에게 보다 확실한 동기를 부여하게 될 터였다.

그런 생각을 하다가, 육태강은 불현듯 정신을 차렸다.

당소군의 질문에 대답하면서 잠시 빠진 상념이 너무 깊었던 모양이었다. 그는 그녀가 다시 부르는 것도 듣지 못하고 있다가 옆구리를 찔러서야 상념에서 빠져나왔던 것이다.

육태강은 머쓱한 얼굴로 자신을 주시하고 있는 당소군과 사미륵을 번갈아 보았다.

"왜?"

당소군이 답답하다는 듯 미간을 좁히며 말했다.

"왜는 뭐가 왜예요. 조만간 그들이 힘을 규합해서 오라버니를 죽이러 올 거라며? 그래서 오라버니는 이제 어떻게 할 작정이냐고?"

육태강은 대수롭지 않게 대답했다.

"그들이 보다 빨리 뭉칠 수 있도록 도와줄 생각이다."

당소군이 자못 매섭게 육태강을 노려보았다.

"장난해, 지금?"

"장난 아냐."

"장난이 아니면?"

육태강은 대뜸 자신의 얼굴을 당소군의 면전으로 들이밀고 시선을 맞추었다.

그리고 짐짓 사나운 표정을 지으며 손가락으로 그녀의 이마를 톡톡 두드렸다.

"너 요즘 들어서 점점 더 나와 맞먹으려 들더라."

당소군이 흠칫 얼굴을 붉히며 슬며시 자라목을 했다.

"내가 언제……요?"

육태강은 그 모습이 귀여워서 픽, 웃고는 돌아섰다.

"잔말 말고 어서 따라오기나 해."

당소군은 진저리를 치듯 머리를 털고는 서둘러 육태강의 뒤로 따라붙었다.

"감히 웃었어."

그녀는 얄궂은 미소를 지으며 앞서 나가는 사미륵의 목을 자못 사납게 두 팔로 휘감고 조르고는 마치 아양을 떠는 것처럼 코맹맹이 소리로 육태강을 향해 물었다.

"어디로 가는데요?"

육태강이 놀라서 한 번 돌아보고 대답했다.

"정주에서 가장 큰 방파."

"금응방(金鷹幇)?"

"그래, 거기."

"거긴 왜?"

"거기 방주를 죽이려고."

금응방은 하남성의 성도인 정주에서 가장 크고 막강한 무림방파이며, 그 영향력이 강북무림 전체에까지 미치는 세력이다.

정식 제자만 일천이 넘고, 그에 딸린 일반 무사들과 식솔들을 더하면 어림잡아도 족히 일만을 헤아리는 방파가 정주의 금응방인 것이다.

그러나 역사를 거슬러 올라가 보면 금응방이 작금의 세력을 구축한 것은 불과 십여 년밖에 되지 않은 일이었다.

금응방은 본디 이백여 년 전 절세의 고수인 적안금응(赤眼金鷹) 방덕(防德)이 세운 문파로, 당시만 해도 정주는 물론 강북에서 손꼽히는 위세를 자랑했다.

다만 권불십년(權不十年)이요, 화무십일홍(花無十日紅)이라…….

방덕이 후계 구도가 불안정한 가운데 지병으로 죽자, 가규(家規)가 문란해지며 절기들이 소실되는 바람에 불과 십 년을 넘기지 못하고 나락으로 추락했고, 끝내 간신히 명맥만 유지하는 삼류문파로 전락해 버렸다.

그러던 금응방이 새로운 전기를 맞이하며 도약하기 시작한 것이 바로 십여 년 전이었다.

당시 금응방의 후예 하나가 강호유람 도중 우연찮게 만난 무명의 기인에게 사사한 무공으로 절세의 고수가 되어서 금의환향했던 것이다.

그 후예가 바로 당시 방주의 아들이자, 지금의 방주인 독안금응(獨眼金鷹) 방사인(防司隣)이었다.

방사인의 별호에 초대 조사의 별호인 금응(金鷹)이 들어간 이유가 그로 인해 금응방이 떨치고 일어나 과거의 영화를 되찾았다는 의미였는데, 그는 그처럼 무공만 뛰어난 것이 아니라 자파의 번영을 위해서라면 물불을 가리지 않는 사람이었다.

실례로 그는 방주직을 계승한 직후, 세습을 포기했다.

말로만 그런 것이 아니라 실제로 자식을 두지 않았다.

그것은 실력을 겸비한 제자라면 누구든지 방주의 지위에 오를 수 있다는 선언이자, 결단이었다.

그리고 유혹이었다.

방사인의 뛰어난 무위로 인해 안 그래도 제자들이 몰려드는 판이었다.

그와 같은 파격적인 유혹은 그야말로 타오르는 불길에

기름을 끼얹은 것과 다르지 않았다.

백 년이 넘도록 삼류의 나락에서 헤매던 금응방이 불과 십여 년 만에 하루가 다르게 성장해서 작금의 성세를 구축하기까지는 그처럼 독한 방사인의 희생과 과감한 추진력이 저변에 깔려 있는 것이었다.

"물론 이건 풍문에 근거한 설명이 대부분이고. 열 길 물속은 알아도 한 길 사람 속은 모른다는 말도 있기는 하지만, 내가 만나 본 사람들 열이면 열 모두가 한결같이 그를 칭송하거나 경외하는 것을 보면 실제로 보기 드문 영웅인 것 같은데, 왜 그런 사람을 죽이려는 거야, 오라버니는?"

이미 구성된 사람의 편견은 그 어떤 감정보다도 강렬해서 아무리 아닌 척하며 참으려 해도 결국 밖으로 드러날 수밖에 없는 모양이었다.

당소군은 육태강이 방사인의 내력을 알고 있느냐는 질문을 하자, 시작부터 방사인의 편에 서서 구구절절하게 설명을 하더니, 마침내 이건 아니지 않으냐는 식의 질문으로 끝맺고 있었다.

육태강은 솔직하게 말했다.

"그는 평판과 다른 사람이다."

"평판과 다른 사람?"

"작금의 금응방은 다른 사람의 피와 눈물로 이룩된 거다. 그가, 방사인이 그렇게 했지."

당소군은 이제야 무언가 감을 잡은 듯 두 눈을 동그랗게 떴다.

"방사인이 오라버니가 말한 그들 중 하나……?"

육태강은 무미건조한 목소리로 말했다.

"잘못된 시작이었으니 바로잡아야지. 생각 같아서는 그자의 목숨만이 아니라 금응방 자체를 완전히 무너뜨리고 싶다. 사실 그것도 약과지. 하지만……."

그는 한숨을 내쉬며 고개를 저었다.

"그럴 수는 없겠지. 애꿎은 피가 너무 많이 흐르는 건 나도 원지 않는다. 그래서 그자만으로 끝내려는 거다. 그자는 자기 목숨 하나로 모든 죄과를 대신하는 것을 천만다행으로 여겨야 해."

"하지만……."

당소군이 무슨 말을 하려고 입을 열었다가 급히 다시 닫으며 육태강의 눈치를 보았다.

육태강은 가만히 당소군을 바라보다가 조용히 말했다.

"과거에는 어땠는지 몰라도 지금은 아니라고 말하고 싶으냐?"

"아니, 나는 그냥……."

당소군이 말을 얼버무리며 미안한 얼굴로 쓰게 웃었다.

육태강은 그런 당소군을 한동안 말없이 바라보았다.

그는 앞서 그녀가 왜 방사인의 내력을 밝히면서 방사인의 편에 서서 설명했는지도, 그리고 어째서 방사인을 옹호하는 듯한 질문을 했고, 지금은 또 무슨 이유로 이렇게 눈치를 보며 미안해하는지도 익히 잘 알고 있었다.

당소군이 언급을 회피했으나, 금응방은 지난 수년간 사천당문과 교분을 맺고 있었다.

방사인이 직접 사천당문을 방문한 적도 서너 번 되었다.

사천당문의 탁월한 제련 기술로 만든 무기를 구입하기 위해서였다.

지금 그녀는 그때 당시 인식한 방사인에 대한 호감으로 인해 머리가 복잡한 것이다.

이해할 수 있는 일이었다.

육태강은 대뜸 손을 뻗어서 당소군의 앞머리를 거칠게 흩트려 놓았다.

당소군이 놀란 얼굴로 바라보았다.

육태강은 빙그레 웃으며 말했다.

"사람의 마음은 쉽게 변하지 않는다. 어릴 때의 나를 잊지 않고 기다리던 너처럼."

당소군이 얼굴을 붉히며 어색하게 웃었다.

"알아."

육태강은 한 번 더 당소군의 앞머리를 흐트려 놓고는 말했다.

"이렇게 하자."

당소군이 두 눈을 깜빡이며 바라보았다.

"뭐를?"

"우리가, 아니, 내가 정주로 들어섰다는 건 그자도 이미 알고 있겠지?"

"알겠지……."

"네가 생각하는 그자라면 이런 상황에서 어떻게 할 것 같으냐?"

"글쎄?"

"적어도 함정을 파거나 해서 죽이려고 달려들지는 않겠지? 지난 과오를 뉘우치고 개과천선한 사람이 그런 마음을 먹을 수는 없는 거잖아. 그렇지?"

"그야 그렇겠지."

"그걸로 결정하자."

"그걸로 라니? 어떤 거로?"

"내가 찾아갔을 때, 그자가 어떻게 나오는지 보고 결정하자는 거다."

육태강은 단호하게 잘라 말했다.

"그자를 죽일지 아니면 살릴지!"

당소군이 잠시 아미를 찡그리다가 이내 화들짝 놀랐다.

"그럼 그자를 만나기 위해 정식으로 금응방을 방문하겠다는 소리야?"

"그래. 그리고 원래부터 그럴 생각이었어. 모두가 보는 앞에서 그자를 죽여야 다른 자들이 더욱 경각심을 가질 테니까."

"안 돼, 그건!"

당소군은 다급히 도리질을 하며 말했다.

"그건 너무 위험해! 상대는 금응방이라고 금응방! 오라버니가 금응방의 세력이 어느 정도인지 선뜻 감이 안 오는 모양인데, 요즘은 강북사패가 아니라 강북오패라고 부르는 사람들도 아주 많아. 금응방을 강북사패와 동격으로 봐서 말이야. 인근 도성인 낙양에 총타를 두고 있는 철혈구호방조차 정주 인근에서 무언가 일을 벌일 때는 금응방의 눈치를 본다는 소문도 못 들어 봤어? 기회를 봐서 암살하는 것이라면 모를까, 정식으로 금응방을 방문하는 건 절대 안 돼! 오라버니가 너무 위험해!"

육태강은 잠시 넋 놓고 그야말로 바닥에 떨어뜨린 실타래에서 실이 풀어지듯 빠르게 쏟아지는 당소군의 말을 듣고 있다가 고소를 금치 못하며 말했다.

"지금 그게 그자가 나쁜 사람이 아니라고, 과거에는 어땠을지 몰라도 지금은 안 그렇다고 생각하는 사람의 입에서 나올 소리냐?"

당소군이 잘 익은 홍시처럼 얼굴을 붉히며 변명했다.

"그, 그건 그거고, 이건 이거지. 내가 언제 오라버니 말이 틀렸다고 했어요? 그냥 그럴 수도 있다고 생각했을 뿐인 거지."

그녀는 쌜쭉 토라져서 그를 외면했다.

"아무튼 안 되는 건 안 되는 거야!"

육태강은 무심한 얼굴로 다가가서 당소군의 어깨를 잡으며 밑도 끝도 없이 물었다.

"상처는 다 나았냐?"

당소군은 움찔하고는 말을 더듬어 대답했다.

"다, 다 나았어요."

육태강은 당소군의 어깨를 한 차례 더 두드리며 말했다.

"그럼 혼자서도 충분히 돌아갈 수 있겠지?"

당소군의 얼굴은 대번에 사색으로 변했다.

"도, 돌아가라고요?"

육태강은 말없이 돌아섰다.

당소군이 어쩔 줄 몰라 하며 울먹거렸다.

"정말이야? 정말 나보고 돌아가라는 거예요?"

육태강은 당소군의 말을 무시하며 사미특을 바라보았다.

"너는 어떠냐?"

사미특이 대답했다.

"저는 어떤 방법을 택하시든 상관없습니다."

육태강이 묵묵히 고개를 끄덕이는데, 사미특의 입이 다시 열렸다.

"다만 그자가 과거와 다르다고 해서 복수를 포기한다면 그건 반대입니다."

"왜지?"

사미특이 자못 냉정하게 말했다.

"그자가 개과천선했다고 해서 지난날의 죄과가 사라지는 건 아닙니다. 죄를 지은 이상 그 죄과는 필히 받아야 하며, 피는 더 많은 피로 갚는 게 대막의 율법이자, 저의 소신입니다."

육태강은 무표정하게 사미특을 바라보았다.

"나를 못 믿나?"

사미특이 난데없는 질문에 당황했던지 머뭇거리다가 대답했다.

"아닙니다. 믿습니다."

육태강은 고개를 까딱하고 말했다.

"그럼 그냥 내 판단을 믿고 따라오면 안 되겠나?"

사미륵이 새삼 당황한 기색을 드러냈다.

아니, 놀란 것 같기도 한 모습이었다.

그럴 만도 했다.

여태껏 무슨 일을 하든지 간에 명령을 내리거나 그저 말 없이 행동하는 것이 전부였던 육태강이었다. 그런 그가 처음으로 동의를 구하고 있는 것이다.

사미륵은 끝내 얼굴을 붉히며 기어들어 가는 목소리로 대답했다.

"알겠습니다."

육태강은 만족한 표정으로 고개를 끄덕이고는 신형을 돌렸다.

"가자."

그는 발걸음을 재촉하다가 이내 멈추며 뒤돌아섰다.

사미륵이 따라오지 않고 난감한 얼굴로 그 자리에 서서 당소군을 바라보고 있었다.

당소군이 고개를 숙인 채 어깨를 들먹이며 울고 있었던 것이다.

사미륵이 은근히 그의 눈치를 보며 물었다.

"정말로 그녀를 돌려보내실 작정이십니까?"

육태강은 짐짓 단호하게 말했다.

"나는 내 뜻을 꺾을 생각도 없고, 그녀에게 원치 않는 일을 강요하고 싶지 않다."

사미륵이 조심스럽게 말을 건넸다.

"그게 아니라 그냥 한 번 더 동의를 구해 보시라는…….
저에게 했던 것처럼 말입니다."

육태강은 무심하게 말을 받았다.

"이미 그렇게 했어. 그녀가 거절했지. 너도 봤잖아."

사미륵이 어찌할 바를 모르며 난감해했다.

그때 당소군이 울먹거리는 목소리로 빽 고함을 질렀다.

"알았어! 나도 군소리 없이 따르면 되잖아! 그러면 되는
거지!"

육태강은 당소군을 바라보았다.

당소군은 여전히 고개를 숙인 채 울먹이고 있었다.

육태강은 무표정하게 당소군을 보다가 슬쩍 사미륵을 향
해 피식 웃어 보이고는 돌아서서 발길을 재촉했다.

"너무 시간을 지체했다. 서두르자."

제사장

하남성의 성도 정주는 북쪽으로 황하가 흐르고 서쪽은 저 유명한 숭산(嵩山)과 접해 있으며, 동남쪽으로는 광활한 황회평원(黃淮平原)이 펼쳐져 있다.

그중 저 멀리 숭산의 녹음이 눈에 들어오는 황회평원의 남쪽에는 진귀한 그 옛날 상대(商代)의 성곽 유적이 남아 있었는데, 금융방은 그 성곽 유적과 인접해서 자리하고 있었다.

그것은 고풍스러운 한 채의 장원이었다.

과거 한때 다른 방파에게 빼앗겼다가 되찾은 방(防)씨 가문의 장원이라고 했다.

사방 어디를 둘러봐도 사색하기 좋은 토성의 흙무더기만 보일 뿐, 험준한 산이나 깊은 계곡, 높은 성벽 따위는 눈에 들어오지 않았으나, 울창한 대나무 숲을 병풍처럼 세우고, 우람하게 자란 방풍목 안에 낮게 웅크린 금응방의 장원은 왠지 모르게 긴장감을 도모하는 삼엄함이 있었다.

　그건 아마도 선입견 때문인지도 모른다.

　금응방의 위세가 정주를 넘어 강북무림 전체에 막대한 영향력을 미친다는 사실을 익히 잘 알고 있기에 말이다.

　그러나 불안하면서도 어색한 마음을 애써 다잡으며 육태강의 뒤를 따라와서 마침내 땅거미가 지는 오후, 빛이 바랜 노을을 등지고 금응방의 전경을 바라보게 된 당소군은 내심 그건 아니라고 생각했다.

　그녀는 무인이고, 그것도 상당한 경지를 이룬 고수였다.

　금응방의 장원에서 풍기는 기운이 단순한 위화감이 아니라 무언가 치열할 만큼 비장한 기세에 의한 것이라는 사실쯤은 그녀도 능히 감지할 수 있었다.

　그런 당소군의 마음을 아는지 모르는지, 금응방의 장원을 한차례 쓸어 본 육태강이 중얼거렸다.

　"용이라도 잡으려고 기다리나. 꽤나 비장한 걸 그래."

　당소군의 얼굴이 붉게 물들었다. 자신의 고집이, 금응방에 대한 선입견이 얼마나 허망한 것이었는지 상기되어서였다.

하지만 옳든 그르든 속내를 감추고는 못 사는 성미의 그녀였다.

잠시 육태강의 눈치를 살핀 그녀는 넌지시 다가가서 기어들어 가는 목소리로 말했다.

"미안해."

육태강은 그저 말없이 가만히 그녀의 어깨를 두드렸다.

그 어떤 대답보다도 그녀의 마음을 편하게 해 주는 행동이었다.

당소군은 한결 홀가분해진 마음으로 금웅방의 장원을 바라보다가 슬그머니 이맛살을 찌푸렸다.

마음이 편해지자 등한시하고 있던 불안감이 찾아든 것이었다.

그녀는 새삼 육태강의 눈치를 살피며 말했다.

"진짜로 대놓고 방문할 거지?"

그러지 말았으면 좋겠다는 마음을 돌려서 밝히는 것이다.

육태강은 금웅방의 장원에 시선을 고정한 채로 가볍게 그녀의 어깨를 잡으며 무심히 말했다.

"소군아, 내가 마음 먹기에 따라서 지금 당장이라도 저들의 씨를 말려 놓을 수 있다고 한다면 믿겠느냐?"

당소군은 선뜻 대답하지 못했다. 육태강의 입을 통해 난데없이 불린 자신의 이름에 당황하는 것만으로도 시간이 부족했다.

육태강은 그녀의 대답을 기다리지 않고 계속 말했다.

"그럴 수 있지만, 그러지 않는 거다."

당소군은 어색한 표정으로 육태강을 바라보며 겨우 입을 열었다.

"알았어. 믿을게."

그때 사미륵이 불쑥 나섰다.

"어차피 빼도 박도 못할 처지였는데, 다행스럽게도 당매의 대답이 조금 빨랐네."

조금은 애매한 농담처럼 들리는 사미륵의 이 말에는 이유가 있었다.

돌로 만든 거대한 독수리 상을 양쪽으로 배치한 금응방의 대문이 열리고 있었다.

그리고 이윽고 일단의 무리가 문밖으로 나왔다.

제법 무게감이 남다른 백의중년인 하나와 그 호위무사로 보이는 대여섯 명의 사내들이었다. 그들은 문을 나서기 무섭게 곧장 그들에게 다가오고 있었다.

육태강이 말했다.

"우리를 마중하는 모양인데, 아는 얼굴인가?"

당소군이 머쓱하게 대답했다.

"글쎄요. 내가 아는 금응방의 인물은 지극히 소수라

서……."

그 틈에 다가온 백의중년인이 웃는 낯으로 육태강을 바라보며 물었다.

"육 대협이시오?"

육태강은 시큰둥하게 대답했다.

"그런데?"

백의중년인이 말했다.

"어서 오시오, 육 대협. 안 그래도 육 대협께서 이쪽으로 온다는 소식을 듣고 마중 나가던 참인데, 이렇게 문전에서 만나게 되다니 반갑소이다. 본인은 금웅방의 총관직을 맡고 있는 두진량(頭眞量)이라고 하오. 본인이 안으로 안내하겠소."

육태강은 무표정한 얼굴로 백의중년인, 두진량을 바라보았다.

"대체 무슨 일로 나를 마중 나오고, 또 어디로 안내하겠다는 거지?"

두진량은 육태강의 뻬딱한 태도에도 불구하고 웃음을 잃지 않았다.

"여행 중이든 그냥 지나가는 중이든 간에 타지에서 오신 무림인을 그 지방의 명숙이 초대하여 대접하고 서로 간에 우의를 다지는 것이 오랜 과거부터 전해 내려오는 무림의

도의가 아니겠소. 본 금응방의 방주께서는 그간 육 대협의 위명을 듣고 내심 흠모하던 터에 마침 정주로 오신다는 소문을 듣고 벌써부터 만찬을 준비하며 기다리고 계셨소. 부디 청을 거절하지 마시길 바라겠소."

마치 사전에 준비한 글을 보고 읽듯 조금도 막힘없는 언변이었다. 육태강은 그 뻔뻔함에 심사가 뒤틀려서 한번 찔러보았다.

"대금응방의 방주씩이나 되는 사람이 나처럼 말썽만 피우는 일개 부랑자를 그리 흠모하고 있었다니 도무지 믿기지가 않는군. 그는 소문난 협사라고 하니 그간 내 손에 상한 사람들을 대신해서 홍문연을 준비했다면 또 모를까."

두진량이 조금 당황한 듯 바라보다가 말했다.

"무슨 그런 농을 다하시오. 그리고 육 대협께서 독수마군 엽 노선배와의 정당한 비무에서 승리를 거두었다는 소문은 본인도 익히 들어서 잘 알고 있소. 그런 육 대협께서 일개 부랑자라니 말도 안 되오."

"그런가?"

육태강은 슬쩍 여운을 두고는 혼잣말처럼 중얼거렸다.

"하긴, 날도 저물어가는 판에 어디서 여독을 풀어야 하나 고민 중이었는데, 잘된 일이군."

두진량이 재빨리 말을 받았다.

"잘 생각하셨습니다. 과공비례(過恭非禮)라는 말도 있지 않습니까."

그는 더 이상 여지를 주지 않겠다는 듯 육태강에게 입을 열 기회를 주지 않고 한 손을 펼쳐 길을 열었다.

"어서 가시지요. 다들 기다리느라 목이 빠지겠소."

육태강은 더는 사양하지 않고 두진량이 열어 준 길을 따라 금응방의 장원으로 향했다.

그렇게 두진량의 재촉 아래 들어선 금응방의 장원은 겉보기보다 훨씬 넓었고, 규모가 있었다.

단층이나 복층으로만 구성된 전각들은 대문 안으로 들어서서도 밖에서 볼 때와 마찬가지로 겹겹이 늘어선 모습만 확인할 수 있어서 자세히 확인할 도리가 없었으나, 그 방대해 보이는 넓이로 미루어 짐작건대 족히 수십 채는 넘을 것 같았다.

특히 눈에 띄는 것은 연무장이었다.

대문을 통과하면 나타나는 여느 무림세가와 달리 장원의 측면에 자리한 금응방의 연무장은 어림잡아 천 평은 되어 보이는 그야말로 광장이었다.

그리고 거기 연무장이 바로 금응방주 방사인이 육태강을 위해 준비했다는 연회장이었다.

연무장 바로 앞에 세워진 건물을 기점으로 거대한 두 개의 천막이 하나처럼 연결되어 있었고, 그 앞으로 도검을 휴대한 수백의 무사들이 도열해 있었다.

무림방파의 연회는 다 그런 것인지, 천막 아래는 수뇌부로 보이는 인물들의 자리였으며, 그 앞이 무사들의 자리였다.

천막 아래의 수뇌들은 넓은 다탁을 앞에 두고 등받이가 있는 의자에, 그 앞의 무사들은 각기 네 명이 받는 상을 마주하고 등받이 없는 의자에 앉아 있다가 두진량의 안내를 받은 육태강 등이 연무장으로 들어서자, 예의를 표하는 것처럼 일제히 일어난 것이었다.

금웅방의 위용을 드러내서 겁을 주기 위함인가.

그렇다면 실패였다.

그들도 충분히 느꼈을 터였다.

연무장에 들어서서 그들을 바라보는 육태강의 얼굴에는 아무런 감정의 빛이 담겨 있지 않았다.

실제로도 육태강은 별다른 생각이 없었다.

이미 예상하고 있던 일이라 그랬다.

오히려 저렇듯 위세를 보이기보다는 전력을 숨겨서 암습을 노리는 게 보다 더 그를 곤란하게 했을 것이라는 우습지도 않은 상상을 하고 있었다.

두진량이 그런 육태강을 무사들의 대열 속으로 안내했다.

"이쪽으로……."

육태강은 두진량의 안내에 따라 무사들의 대열 사이를 가로질렀다.

무사들이 덮칠 수도 있다는 생각을 했으나, 그런 느낌도, 기세도 전혀 없어서 편안한 이동이었다.

하긴, 그랬어도 완전히 발이 들어가기 전에는 올가미를 당기지 않을 터였다.

그런저런 생각을 하며 무사들을 가로질러서 연무장의 바로 앞에 세워진 건물을 기점으로 펼쳐진 천막으로 다가가자, 자리에서 일어나서 기다리고 있던 사람들 중 하나가 앞으로 나서서 그를 맞이했다.

"어서 오시오, 육 대협. 내가 금응방주 방사인이오."

방사인은 구 척에 달하는 장신에 검은 빛이 감도는 갈색 장포를 입고, 단정하게 묶은 긴 머리카락을 휘날리는 사내였다.

처음 금응방의 부흥을 꿈꾸며 기치를 세웠던 십여 년 전, 그의 나이가 서른 중반이었다고 하니, 지금은 오십에 다다른 중늙은이라는 건데, 도무지 그렇게 보이지는 않았다.

그저 넓은 이마와 짙고 가지런한 눈썹, 반달 같은 눈과 미끈하게 뻗어 올라간 콧마루 아래 선이 뚜렷한 입술의 조화를 보면 누구라도 풍류공자라고 할 얼굴이나, 구릿빛 얼굴 피부와 거칠게 보이지만 단정하게 정리된 수염이 더해져서 강인함을 겸비한 삼십 대의 장한이라는 느낌이었다.

그러나 한 가지 거슬리는 것은 흑백의 구분이 뚜렷하지 않은 상태로 모호한 빛을 발하는 방사인의 두 눈이었다.

그 눈을 통해서는 아무런 감정도 읽을 수 없을 것만 같았다.

고승의 그것처럼 너무 깊어서가 아니라 겹겹이 장막을 두르고 있는 것 같아서 그렇게 느껴졌고, 그것이 방사인의 좋게 보이는 인상을 희석시키며 안 좋은 쪽으로 기울여 놓고 있었다.

물론 그 모든 것이 기본적으로 육태강이 가진 그에 대한 편견의 지배를 받은 판단일 수도 있지만 말이다.

육태강은 그런 거북한 속내를 내색치 않고 가벼운 고갯짓으로 방사인의 인사를 받으며 심드렁하게 말했다.

"낯간지럽게 육 대협은 무슨……. 아무튼 당신의 수하인 저자가 무림의 도의니 뭐니 하며 이끌기에 따라오긴 했는데, 정말 내가 와도 되는 자리인지 모르겠군그래."

장내는 조용하기 그지없었다.

금웅방주 방사인이 자리에서 일어난 마당이라 수뇌부의 인물들은 물론 그 앞에 도열한 무사들도 하나같이 입을 굳게 다물고 있어서 그랬다.

덕분에 그다지 크지 않은 육태강의 목소리는 모든 사람들의 귀에 또렷이 들어갔다.

가뜩이나 삼엄하던 장내의 분위기는 그 여파로 인해 소리 없는 살기로 들끓기 시작했다.

그들의 입장에서 육태강에 대한 소문은 어디까지나 소문, 아무리 봐도 일개 애송이로밖에 안 보이는 그가 반말지거리로 천하의 방사인을 대하고 있으니 그럴 만도 했다.

그러나 정작 방사인은 아무런 내색도 하지 않았다.

"역시 소문대로 육 대협은 격의 없이 소탈한 사람이구려."

그는 웃음기 여전한 얼굴로 육태강을 바라보며 비어 있는 옆자리를 권했다.

"이럴 게 아니라 우선 자리에 앉읍시다."

육태강은 무표정한 얼굴일망정 방사인이 권하는 대로 순순히 자리에 앉았다.

당소군과 사미륵도 그의 옆으로 자리를 잡았다.

방사인이 자리에 앉은 당소군과 사미륵을 은연중에 스치듯이 일견하고는 장내를 향해 근엄하게 외쳤다.

"모두 자리에 앉아라. 그리고 술을 돌려라."

육태강을 매섭게 노려보고 있던 금응방의 무사들이 일제히 자리에 앉았다.

금응방의 무사들은 자리에 앉아서도 육태강에게 고정된

싸늘한 시선을 거두지 않고 있었다. 그런 그들 사이로 술을 나르는 사내들이 분주히 오가기 시작했다.

육태강은 금응방 무사들의 싸늘한 시선보다도 비록 남장을 했다고는 하나 절대 못 알아볼 리 없는 당소군을 모르는 척 외면하는 방사인의 태도를 더 눈여겨보며 내심 고소를 금치 못했다.

그때 방사인이 서둘러 그의 앞에 놓인 술잔에 술을 따르며 말했다.

"이 자리는 육 대협을 위해서 마련한 자리니만큼 이 사람이 먼저 한 잔 따르겠소. 내 육 대협에게 하고 싶은 말도 많고, 듣고 싶은 말도 많지만, 모름지기 사내들의 대화라는 게 술을 곁들여야 제맛 아니겠소."

육태강은 못내 방사인의 태도가 눈에 거슬려서 피식 웃었다.

대체 무슨 술수를 부리려고 이러는지 좀 더 지켜볼 요량이었으나, 도무지 방사인의 가식이 역겨워서 참을 수가 없었다. 그는 술이 채워진 술잔을 들고 방사인을 바라보며 말했다.

"그전에 한 가지 궁금한 것이 있는데, 대답해 주겠나?"

방사인이 술잔을 마주치려다가 그만두며 대답했다.

"무엇이 그리 궁금하오?"

육태강은 가만히 방사인에게 얼굴을 가까이해서 속삭였다.

"그날 너희들이 강탈해 간 마경칠서 중에서 네가 익힌 무공은 뭐냐?"

육태강이 나타났을 때만 해도 찬물이라도 끼얹은 것처럼 고요하던 장내의 분위기는 방사인의 명령에 따라 술이 나오고부터 조금 부산해지기는 했다.

그러나 기본적으로 입을 여는 사람이 없어서 눈에는 부산해 보여도 실제는 여전히 조용했다.

게다가 방사인을 향한 육태강의 속삭임은 나직했으나, 옆에 동석한 금웅방의 수뇌부들과 주변에 자리한 무사들이 듣지 못할 정도로 작지는 않았다.

그래서 그에 대한 당연한 반응으로 가뜩이나 삼엄하던 장내의 분위기는 대번에 싸늘하게 얼어붙어 버렸다.

노골적인 살기가 육태강에게 집중되고 있었다.

눈빛만으로 사람을 죽일 수 있다면 육태강은 죽어도 골백번은 더 죽었을 터였다.

누가 먼저 칼을 뽑고 달려들어도 하등 이상할 것이 없는 상황, 먼저 나서는 자는 없었으나 누구든 그래서 물꼬가 터지기를 바라는 기대감이 장내의 긴장감을 더욱 높였다.

방사인은 그런 장내의 분위기를 느끼면서도 잠시 아무런

말도, 행동도 하지 않았다.

육태강의 말이 비수처럼 가슴에 꽂혀서 일순 머릿속이 하얗게 변한 탓이었다.

그의 정신력이 지금보다 조금이라도 더 약했다면 앞뒤 안 가리고 소스라치게 놀라며 뒤로 물러났을지도 몰랐다.

그렇지만 방사인은 그러지는 않았다. 본능적으로 병기를 거머쥐긴 했으나, 나서지는 않았고, 물러서지도 않았다.

우선 미소로 속내를 가리며 서둘러 마음을 다잡아 나갔다.

기실 육태강이 북상하고 있다는 소식을 전해 들었을 때부터 그는 오만 가지 계획을 짰다가 포기하기를 반복하며 골머리를 싸맸었다.

육태강의 그간 행적을 보고 유추하면 그 칼날이 그를, 아니, 그들을 향하고 있다는 것은 너무도 분명했다.

다만 육태강이 과연 그들의 정체를 모두 파악하고 있느냐가 관건이었다.

상황이 애매했다.

그럴 수도 있고, 그렇지 않다고도 볼 수 있었다.

과거의 정황상으로는 그럴 수가 없어야 하는데, 육태강이 그간 보여 준 행보는 그렇지가 않았다.

어부가 뿌린 그물처럼 마치 모든 것을 파악하고 서서히

그들의 목을 조여 오는 것 같은 느낌이었다.

그래서 방사인이 마침내 결정한 것이 이번 계획이었다.

사실 여부와 상관없이 상황을 최악으로 판단해 놓고, 정확히는 육태강이 그들 모두의 정체를 파악하고 있다고 생각하고 만반의 준비를 갖춘 채 직접 안으로 끌어들인 것이다.

결국 그가 꾸민 오늘의 계획 속에는 육태강의 도발에 대한 대비도, 그리고 그와 무관하게 내려질 육태강에 대한 척살 명령도 이미 준비되어 있었다.

육태강이 무슨 의도, 어떤 계획을 가지고 그 앞에 나타났는지는 모르지만, 이렇게 제 발로 직접 호굴로 걸어 들어온 이상 빠져나갈 구멍은 없었다.

육태강이 예상보다 빨리 이빨을 드러냈다고 해서 그가 조금이라도 당황하거나 꿀릴 이유가 없는 것이다.

그렇게 마음을 정리하자, 방사인은 한결 여유를 되찾을 수 있었다.

옆에 동석한 금응방의 수뇌부들 모두가 육태강을 향한 척살 명령을 기다리듯 그의 입을 주시하고 있다는 것이 눈에 들어와서 더욱 마음이 든든해졌다.

게다가 그에게는 과거 목숨을 걸고 얻은 무공이, 바로 마경칠서 중의 하나가 있지 않은가.

그는 그간 사력을 다해서 그 무공에 매달렸고, 최근에 만족할 만한 성과를 보았다.

지난날 그가 금응방의 부흥을 꾀하며 나섰을 때조차 적수를 찾기 어려울 정도였다는 것을 감안하면 지금 그의 수준은 능히 짐작하고도 남음이 있었다.

그 자신은 설령 천하제일을 다투는 십팔천강이라고 해도 두렵지 않다고 자부하고 있는 것이다.

'그런데 감히 너 따위 애송이가 나를 능멸하려 들어?'

예기치 않게 찾아온 놀람과 당황의 순간은 거짓말처럼 빠르게 지나가고 이내 분노의 시간이 도래했다.

'무슨 일이 있어도 너는 오늘 이 자리에서 죽는다!'

방사인의 입가에 비릿한 미소가 떠올랐다. 그는 육태강의 시선을 매섭게 마주 보며 앞서 들은 속삭임만큼이나 나직하게 말을 건넸다.

"지옥경(地獄經)이라고 알지?"

의외의 차분함 때문일까, 아니면 갑작스럽게 바뀐 하대 때문일까.

육태강은 대답하지 않고 무표정한 얼굴로 가만히 바라보며 침묵을 지켰다.

방사인은 입가의 미소를 한결 더 짙게 드리우며 답변을 기다리지 않고 말을 이어나갔다.

"그 지옥경 속에 지옥삼절(地獄三節)이라는 세 초식의

도법이 들어 있는데, 아주 쓸 만하더구나. 나는 그걸 익혔다."

육태강은 무표정한 얼굴을 풀며 피식 웃었다. 살기 어린 주변의 분위기를 느끼지 못할 리 만무한데도 그의 태도는 여유롭기 그지없었다. 그 상태로, 그는 밑도 끝도 없이 불쑥 물었다.

"마경칠서가 전설의 천기칠살로 가는 일곱 가지 마공이라는 사실을 알고 있나?"

방사인은 입을 다문 채 가소롭다는 듯 코웃음을 쳤다.

굳이 대답할 가치를 느끼지 못해서 보이는 행동이었다.

마경칠서가 전설의 천기칠살로 가는 일곱 가지 마공이라는 사실은 그도 이미 오래전부터 알고 있는 사실이었다.

그뿐만 아니라 그는 더 나아가서 그 전설의 천기칠살이 바로 그 옛날 천하를 제압했던 마교(魔教)의 칠대호법을 이른다는 비밀까지도 익히 잘 알고 있었다.

그런데 뜻밖에도 육태강이 곧바로 그 사실을 밝혔다.

"보아하니 천기칠살이 과거 마교의 칠대호법을 지칭한다는 것도 알고 있는 모양이군그래."

방사인은 속내를 들킨 기분이 더러워서 안색을 바꾸었다.

육태강은 그에 아랑곳하지 않고 차분하게 다시 말했다.

"마경칠서는 천기칠살로 가는 길이고, 그 친기칠살은 과거 마교 교주인 천마(天魔)가 봉기했을 때 그를 따르던 일천 마인들 중에서 극마인의 단계에 오른 일곱 무인, 즉 칠대호법을 이르는 거지. 그럼 말이야, 과거 천기칠살이라는 극마인의 단계에 오른 칠대호법은 무슨 연유로 천마(天魔)를 주공으로 섬겼을까?"

그는 피식 웃고는 자신이 던진 질문에 스스로 답했다.

"당연히 천마가 자신들보다 더 강했기 때문이겠지?"

방사인은 슬며시 낯빛을 굳혔다.

"대체 지금 무슨 말을 하고 싶은 게냐?"

육태강이 갑자기 준엄한 표정을 지으며 말했다.

"멍청한 녀석! 나는 지금 마경칠서가 왜 마경칠서라는 이름 아래 금단의 마공으로 불리게 되었는지 그 유래를 네게 알려 주려는 거다. 네 녀석은 그게 흥미롭지 않나?"

방사인이 절로 눈가를 사납게 씰룩거리며 말을 더듬었다.

"뭐, 뭐라고, 감히 내게⋯⋯?"

육태강은 발끈하는 방사인을 무시하며 하고 싶은 말을 계속했다.

"마경칠서는 일곱 개의 무공이 아니다. 본디 마경칠서의 원류는 하나이고 그래서 그 일곱 가지 마공이 합해져야만 하나의 무공이 완성된다. 아수라파천무(阿修羅破天舞), 달리 마검파천황(魔劍破天荒)이라고 불리는 천마의 무공이 바로 그것이다."

전설은 말한다.

과거 천하를 제패했던 마교의 교주 천마에게는 천하의 그 어떤 무공보다도 위력적이고 파괴적인 세 가지 무공이 있었다고 했다.

이른바 신공인 천마불사신공(天魔不死神功)과 신법이자 보법인 천마군림보(天魔君臨步), 그리고 아수라파천무, 또는 마검파천황이라고 불리는 가공무비의 도법과 검법이 바로 그것인데, 세인들은 그 세 가지 무공을 일컬어 아수라삼절(阿修羅三絕)이라 부르며 경외해 마지않았다고 했다.

그런데 지금 육태강은 마경칠서가 이미 오래전에 실전돼서 사람들의 입을 통해 전설로만 전해지는 천마의 도법에서 파생된 것이라고 주장하는 것이다.

방사인은 너무나도 얼토당토않은 말을 들은 사람이 다 그러하듯 넋 나간 표정으로 육태강을 바라보았다.

그러다가 그는 불현듯 한 가지 이상한 점을 발견했다.

육태강이 언성을 높이고 욕설까지 해 가며 그에게 황당무계한 말을 지껄이고 있는데도 옆에 동석한 금웅방의 수뇌부들은 물론 그 앞의 무사들도 하나같이 별다른 반응을 보이지 않고 있었다.

육태강을 노려보며 도발적인 모습을 보이고 있기는 하지만, 그건 어디까지나 처음 그대로의 모습에 불과했다.

마치 육태강의 말을 하나도 듣지 못한 것 같지 않은가 말이다.

'그렇다면……?'

방사인은 이제야 깨달았다.

육태강은 공력을 모아 그들의 말소리를 차단했던 것이다.

그래서 그 이외에는 육태강의 말을 아무도 듣지 못한 것이 분명했다.

그렇지 않다면 금응방의 수뇌부들이나 예하 무사들이 그에게 욕설을 퍼붓는 육태강을 보며 지금처럼 좌시하고만 있지는 않았을 터였다.

방사인은 애써 마음을 다잡으며 육태강을 노려보았다.

"지금 무슨 수작을 부리려는 게냐? 그래서 그게 뭐가 어쨌다는 게야?"

육태강이 픽, 웃었다.

"생각보다 더 멍청한 녀석이구나."

방사인은 발끈해서 자리를 박차고 일어났다.

"이놈이 그래도……!"

육태강이 상관하지 않고 냉소를 날렸다.

"아직도 감이 안 오나. 지금 나는 네가 인륜을 저버리고 얻은 지옥삼절이 따지고 보면 얼마나 하찮은 무공인지를 알려 주는 거다. 이제 곧 지옥으로 가야 할 네게 마지막 선물로 말이다."

방사인은 분노가 극에 달해서 시근거리다가 이내 두 눈을 찢어질 듯 크게 떴다.

육태강이 말을 끝맺음과 동시에 손을 내뻗고 있었다.

어떤 기공을 운용했는지는 몰라도 요사스런 붉은 기운이 파도처럼 일렁이는 손이었다.

"감히……!"

방사인은 본능적으로 칼을 뽑아서 휘두르며 뒤로 물러났다.

요란한 쇳소리가 울렸다.

피육으로 이루어진 손과 만년정강을 제련해서 만든 칼이 충돌했는데 터무니없게도 쇳소리가 울리고 있었다. 너무나도 황당한 일이었으나, 방사인은 그에 연연할 여유가 없었다.

칼을 잡고 있는 손바닥에서 찢어질 것 같은 통증이 느껴졌기 때문이다.

방사인은 거듭 뒤로 미끄러지며 이를 악물고 부르짖었

다.

"죽여라! 놈을 죽여!"

사실을 말하자면 방사인은 굳이 명령을 내리지 않아도 됐었다.

이미 금웅방의 수뇌부인 여러 고수들이 육태강을 향해 공격을 개시한 상태였다.

방사인이 자리를 박차고 일어난 순간부터 병기를 뽑아 든 금웅방의 수뇌부들이 그가 뒤로 물러나자 기다렸다는 듯 육태강에게 달려든 것이었다.

그런데 그 순간 다시 한 번 터무니없는 일이 벌어졌다.

도검을 앞세우고 득달같이 달려들던 금웅방의 고수들이 미처 육태강의 면전에 이르기도 전에 피떡이 돼서 날아갔다.

육태강의 손이 마치 파리를 쫓듯 한 차례 허공을 휘젓는 순간에 그렇게 되었다.

비명도 없었다.

둔탁한 폭음 뒤로 붉은 피와 조각난 육편만이 비명을 대신해서 사방으로 비산하고 있었다.

기실 그럴 수밖에 없는 일이었다.

육태강은 오늘 좀 심하게 손을 쓸 생각을 하고 있었고, 실제로 그렇게 했다.

그 결과가 그것이었다.

전신의 내력을 담아서 펼친 그의 혈인장을 감당하기에는 금융방의 고수들은 너무 나약한 존재들이었다.

너무도 극명하게 드러난 힘의 차이!

금융방의 고수들은 그럼에도 불구하고 물러나지 않았다.

어쩌면 너무도 급박하게 돌아간 상황 속에 이성을 잃어서 현실을 직시할 수 없었는지도 모른다.

연무장을 가득 메우던 무사들이 삽시간에 우르르 몰려들어 육태강을 에워싸며 원을 그리는 가운데, 다시금 서너 명의 고수들이 비호처럼 달려들었다.

육태강의 눈빛이 차갑게 식었다.

독하게 마음먹은 그의 의지가 그렇게 눈빛으로 표출되고 있었다.

그는 쇄도하는 금융방의 고수들을 향해 예의 붉은 기류가 일렁이는 좌수를 앞서처럼 파리를 내쫓듯 휘둘렀다.

그의 손에서 일렁이던 붉은 기류가 눈부시게 번져 나갔다. 그리고 파리를, 쇄도하던 금융방의 고수들을 때렸다.

이번에도 비명은 없었다.

앞서보다 더한 피와 육편이 난무할 뿐이었다.

쇄도하던 금융방의 고수들은 그렇게 둔탁한 폭음과 동시에 하나같이 피와 육편을 휘날리는 처절한 모습으로 날아가 버렸다.

이건 도무지 싸움이라고 생각되지 않았다.

그야말로 일방적인 도살이었다.

육태강은 마치 바닥에 기어 다니는 개미를 손가락으로 눌러 죽이듯, 그렇게 달려드는 금응방의 고수들을 너무도 간단히 피떡으로 만들어 놓았다.

금응방의 고수들이 경악하며 공격을 멈추었다.

그들의 후미에서 기회를 엿보고 있던 무사들도 주춤거렸다.

육태강은 그 틈을 놓치지 않고 신형을 날려서 무사들의 머리를 타고 넘었다. 그의 신형은 새가 되어서 후미로 빠져 있는 방사인을 향해 직선으로 날아갔다.

언제 어느 때 뽑아 들었는지는 모르겠으나, 날아가는 그의 손에는 어느새 붉은 기류가 불꽃처럼 이글거리며 타오르는 한 자루 박도가 들려 있었다.

그 박도가 방사인의 머리 중앙, 정수리를 노렸다.

"익!"

방사인이 적잖게 당황한 모습으로 칼을 들어 방어했다.

말 그대로 손을 들어서 얼굴을 가리는 것처럼 본능적인 방어였다.

하지만 이미 전력을 끌어 올린 상태로 만반의 대비를 하고 있었는지, 그가 방어를 위해 머리 위로 들어 올린 칼은 먹구름처럼 검은 기류가 휘감고 있었다.

그가 마경칠서의 하나, 지옥경의 도법인 지옥삼절을 운용하며 방어가 성공한 순간에 반격을 노리려는 것이다.

그러나 육태강은 그런 것은 안중에도 두지 않고 그저 무지막지하게 박도를 내려쳤다.

고막을 찢을 듯이 요란한 쇳소리가 울렸다.

그 뒤를 이어 사방에서 비명이 터졌고, 피를 흘리며 쓰러지는 자들이 속출했다.

보통의 칼보다 두터운 반면에 훨씬 짧고 뭉뚝한 육태강의 박도와 보통의 칼보다 긴 방사인의 장도가 충돌하며 하나처럼 붙어 버린 그 순간, 각기 그들의 칼을 감싸고 있던 검붉은 기류가 사방으로 비산하며 사람들을 덮쳤기 때문이다.

그들의 병기를 감싼 검고 붉은 기류가 단순한 기류가 아니라 도강(刀罡)의 수준을 넘보는 도기(刀氣)임이 밝혀지는 순간이었다.

다만 도기라도 다 같은 경지의 도기가 아니고, 방어를 했다고 해서 다 성공하는 것이 아니었다.

사방에서 터진 비명 소리와 동시에 그 차이가 현실로 드러났다.

방어에 성공하고 반격을 꾀하던 방사인이 허무하게 한 무릎을 꿇었다.

육태강의 공격에 실린 막강한 압력에 짓눌린 것인데, 그 순간 육태강이 박도를 들어서 방사인의 장도를 연거푸 세 번이나 두들겼다.

폭음처럼 요란한 쇳소리가 이어지며 검붉은 기류가 폭풍처럼 휘날렸다.

묵직한 신음이 그 뒤를 따랐다.

"크으으으……!"

신음을 흘린 것은 방사인이었다.

폭풍처럼 휘날리던 검붉은 기류가 사라진 다음에 나타난 방사인의 모습은 참으로 처참한 지경이었다.

넝마처럼 너덜너덜해진 의복이나 귀신처럼 산발한 머리, 그리고 연신 흘러나오는 피를 막으려고 악다문 어금니와 입술 따위는 문제도 아니었다.

한 무릎을 꿇은 상태로 발목까지 땅을 파고 들어간 발을 부들거리며 장도의 손잡이를 잡고 있는 방사인은 손등은 물론 팔뚝과 팔꿈치에 이르기까지 허연 뼈를 드러낸 채 피를 뚝뚝 흘리고 있었다.

도강을 넘보는 육태강의 도기에 휩쓸린 결과였다.

육태강은 초식이고 뭐고 없이 그냥 무지막지한 힘으로,

다시 말해서 공력으로 방사인을 처참하게 짓눌러 버린 것이었다.

그뿐만 아니라, 육태강은 그런 방사인의 처참한 모습을 보고도 냉정함을 잃지 않았다.

경악한 나머지 찢어질 듯 부릅떠진 눈으로 올려다보는 방사인을 그는 변함없이 무표정한 눈길로 바라보았다. 그러다가 한순간 무심히 박도를 들어서 다시금 사정없이 내려쳤다.

폭음이 일어나며 붉은 기류가 사방으로 터져 나갔다.

박도가 내려친 장도가 반으로 갈라졌다. 그 아래 있던 방사인의 몸도 그렇게 갈라져서 피와 내장을 쏟아내며 쓰러져 버렸다.

"저, 저놈이……!"

사방에서 놀람에 겨운 신음이 터지는 가운데, 장내가 크게 술렁거렸다.

대부분이 경악으로 굳어졌으나, 그렇지 않은 자들도 있었고, 그중에는 주군의 처참한 죽음 앞에 이성을 잃고 눈이 돌아간 자들도 적지 않았다.

그런 자들이 앞뒤 가리지 않고 욕설을 퍼부으며 벌떼처럼 우르르 육태강에게 달려들었다.

육태강은 여전히 무표정한 얼굴로 쇄도하는 그들을 무심

히 바라보고 있었다.

그러다가 한순간 불꽃처럼 일렁이는 박도를 높이 들어서 횡으로 내리그었다.

벼락이 치고 뇌성이 울었다.

땅거죽이 뒤집어지며 짙은 흙먼지가 하늘 높이 치솟아올랐다.

그리고 육태강과 벌떼처럼 달려들던 사내들 사이를 가로질러서 시커먼 균열이 일어났다. 대지가 입을 벌리고 있었다.

장내가 찬물을 끼얹은 것처럼 고요해졌다.

벌떼처럼 달려들던 사내들이 누가 먼저랄 것도 없이 동시에 그림처럼 굳어진 상태였다.

육태강은 그제야 대지에 가공할 흔적을 만든 박도를 비스듬히 들어서 그들을 가리켰다.

그리고 준엄한 목소리로 말했다.

"오늘 나는 더 이상의 피를 보고 싶지 않다!"

더는 아무도 나서는 자가 없었다.

제오장

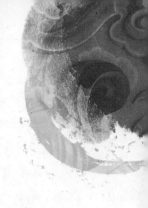

　세상 모든 사람들이 다 아는 얘기지만, 사람의 인내력에
는 한계가 있어서 아무리 좋은 말도 거듭 반복해서 들으면
어쩔 수 없이 싫어지는 법이다.

　하물며 그게 듣기 좋은 말이 아니라 듣기 괴로운 말이라
면 두말할 나위도 없다.

　그러나 세상만사는 참으로 요지경이라 제아무리 사정이
그렇다고 해도 경우에 따라선 참아야 하는 때가 있고, 그래
야만 하는 이유가 있다.

　그리고 그건 어리석고 정신이 흐릿한 천민도, 일개 문장
으로 천하지자들의 칭송을 받는 학자나 정권의 핵심에서

권력을 휘두르는 고관대작도, 더 나아가서 천상천하유아독존(天上天下唯我獨尊)의 자리라는 황제도 크게 다르지 않다.

그 증거가 여기 있었다.

환후에 지친 몸으로 어렵게 하루 일과를 끝내고 건청궁(乾淸宮)의 내실로 들어선 황제가 싫지만 싫은 내색 하나 하지 않고 무려 한 시진 이상이나 보고를 빙자한 신하의 충고를 듣고 있었다.

말이 좋아 충고지 협박과 다름없다고 황제는 생각하고 있었다.

그래도 어쩔 수 없는 노릇이었다.

상대가 태사감 왕진이기 때문이었다.

"다음으로, 일전에도 보고 드린 바도 있지만, 가뭄이 길어지고 여기저기 전염병이 창궐하는 지역도 흔한지라 백성들의 살림이 말도 아니게 피폐해진 지 오래입니다. 해서, 세수가 줄어들어 국고가 부실해지는 것은 당연지사, 이젠 황실의 노화된 건물을 보수하는 데도 백성들의 눈치를 봐야하는 실정입니다. 오죽하면 소신이 다 무안하여 근자에 전방으로 보내는 군량미조차 절반 이상을 소신의 사재를 털어서 해결했겠습니까. 따라서 소신이 세수를 확보하는 과정에서 사특한 농간을 부려 사리사욕을 채웠다는 풍문은 얼토당토않은 낭설이며, 소신의 충정을 시기하는 간악한 무리들의 음해에 불과합니다. 그러니 부디 폐하께서는 너무 심려 마시고 옥체를 보중하시어 그간 등한시하셨던 태자마마의 훈육과 곧 방령(芳齡)이 되시는 남명군주(嵐明君主)마마의 배필이나 둘러보심에 심혈을 기울이심이 백 번 더 지당하고 옳은 줄 아뢰옵니다. 어린 태자마마께서 한시라도 빨리 황실의 도의를 깨우치시고, 미려하신 군주마마께서 든든한 배필을 얻으신다면 작금의 황실에서 그보다 더 기쁜 일이 또 어디에 있겠습니까. 그것이야말로 나라 안팎이 두루 평안해질 기반이 되는 축복이요 광영이라고 소신은 믿어 의심치 않습니다, 폐하."

왕진의 이 말은 더없이 부드러웠고, 사감이라고는 눈을 씻고 찾아보려고 해도 찾을 수 없을 정도로 한없는 충정이 어린 것 같았다.

하지만 황제는 늘 그렇듯 혼백이 빠져나간 사람처럼 몽롱하게 젖은 시선으로 바라만 보고 있을 뿐, 가타부타 아무런 말을 하지 않고 침묵을 지켰다.

왕진의 말에 진심이 담겨 있지 않다는 사실을 알고 있기 때문에 화가 나고 어떤 식으로든 대꾸조차 하기 싫어서가 아니었다.

왕진의 말에 대한 대답은 다른 누구도 아닌 그 자신이 원할 경우에만 가능하다는 것을 황제는 그간의 경험을 통해서 익히 잘 알고 있기 때문이었다.

한마디로 아직은 황제가 대답할 시점이 아닌 것이다.

아니나 다를까, 이윽고 왕진이 요구하고 있었다.

"그렇지 않사옵니까, 폐하?"

지병으로 인해 피골이 상접한 황제의 얼굴에 이제야 흐릿하게나마 미소가 걸리며 핏기 없는 입술이 열렸다.

"그렇겠지. 그렇다마다."

왕진의 입가에 만족한 미소가 떠올랐다.

본연의 나이와 걸맞지 않는 싱싱한 미소였다.

그러고 보면 선대 황제를 보필할 때 왕진의 나이가 벌써 팔순을 넘겼었다.

그러니 지금쯤 왕진의 나이는 적어도 구순을 넘겼을 텐데, 미소가 떠오른 그 얼굴은 도무지 그렇게 보이지가 않았다.

어떤 수단으로 그리되었는지는 모르겠으나, 왕진의 외모는 넉넉하게 봐도 사십 대 후반의 장년이었다.

회색칠 화장으로 노티를 강조해서 그 모습을 숨기려는 노력을 했지만, 짙은 그 화장으로도 미처 다 해결하지 못한 팽팽한 피부를 알아볼 정도의 눈은 황제에게도 있었다.

그래서 더 보기 싫고 두려운 것인데, 언제나처럼 황제는 그걸 내색할 수 없었다.

이건 용기의 문제가 아니라 상황의 문제였다.

오랜 환후로 체력이 달려서 앉아 있기조차 버거운 황제에게 아직 그걸 감수할 만한 비위와 인내가 남아 있다는 것이 다행스러운 일이었다.

아무리 생각해도 한심한 노릇이지만 어쩔 수 없었다.

환관의 권력은 황제에게서, 정확히는 황제의 총애에서 나오고, 황제의 총애가 사라지면 그 권력 또한 무너진다는 역사의 진리는 이미 지나간 옛말이 된 지 오래였다.

황제의 총애를 받아 권력을 얻고 유지한 선대의 환관들과 달리 왕진은 이례적으로, 아니, 전대미문으로 황제를 힘으로 누르고 작금의 권력을 쟁취했기 때문이다.

그 시작은 어떠했는지 모르고, 알고 싶지도 않다.

다만 적어도 작금의 왕진은 12감(監) 4사(司) 8국(局)인 환관조직 24아문(衙門)을 발아래 두고, 정무의 핵심이자 주체인 육부상서(六部尙書)를 떡처럼 주무르며, 실질적으로 나라의 군사통수권을 행사하는 오군도독부(五軍都督府)의 장군들을 직접 관리하는 것은 물론, 이렇다 할 지방관서의 수장들마저 포섭, 예하에 거느리고 있는 것이다.

그래서 선택의 여지없이 참아야 하고 참을 수밖에 없었다.

이미 오래전부터 황제는 이름만 남은 허수아비고, 나라

의 모든 행사는 왕진의 손아귀에 올려져 있기에 말이다.

그런데 때론 사람의 감정은 아무리 감추려고 해도 감추어지지 않은 경우가 있는 모양이었다.

아니, 어쩌면 왕진이 그저 넘겨짚는 것인지도 모른다.

웃는 낯으로 가만히 황제를 주시하던 왕진이 불쑥 그와 같은 내색을 했다.

"헌데, 폐하. 어디 심기가 불편하신 점이라도 있으십니까?"

황제는 힘겹게 웃으며 답했다.

"그럴 리가 있나. 왕 노공이 이처럼 노고를 아끼지 않고 정무를 해결해 주는 바람에 짐이 전보다 한결 더 한가롭게 휴양할 수 있게 되었는데, 불편은 무슨. 그저 짐이 심신을 돌보느라 오후 나절에 먹은 약 기운에 취해 기력이 없는 것뿐이니 왕 노공은 너무 그리 괘념치 마시게."

말을 하면서도, 그리고 끝맺고 나서도 황제는 혹시 이 말이 의도와 무관하게 너무 날이 선 대답이 아닌가 은근히 신경을 쓰고 있었다.

다행히 그런 건 아닌 모양이었다.

자칫 예리해지려던 왕진의 눈초리가 슬며시 풀어졌다.

그러면서도 한마디 은근한 경고를 잊지 않는 왕진이었다.

"외람된 말씀이오나 전대의 황제폐하께서 유달리 황음(荒淫)한 소행을 일삼으신 것으로도 부족해서 충정 어린 신하를 불신하고 매도하시다가 그로 인한 화병으로 승하하셨다는 것을 잊지 마십시오, 폐하. 소신의 모든 행동은 폐하를 위한 것이니 이점 통촉하시고 앞으로 유념해 주시길 바라겠나이다."

황제는 대답을 망설이지 않았다.

"알겠네. 내 앞으로도 그리하지."

"황공무지로소이다, 폐하."

왕진은 흡족하게 웃으며 다시 말했다.

"허면 이제 정무에 대한 보고는 이것으로 끝내도록 하고, 말이 나온 김에, 아까 말미에 소신이 언급했던 사안에 대해 보다 구체적으로 여쭙고자 하는데 어떠신지요, 폐하?"

"누구……, 남명군주를 말함인가?"

"그렇습니다, 폐하."

왕진이 가볍게 머리를 조아리고는 재우쳐 말했다.

"마침 소신이 눈여겨봐 둔 인재가 하나 있사온데 그 인물됨이 매우 뛰어나고 훌륭해서 황송함을 무릅쓰고 감히 폐하께 천거하려 하는데 괜찮으시겠는지요."

황제의 흐린 눈빛이 조금 흔들렸다.

하지만 잠시였고, 이내 황제는 입가에 미소를 떠올리며 자못 기쁘게 말했다.

"왕 노공이 그렇게까지 칭찬을 아끼지 않는 인재라면 틀림없겠지. 다만 짐도 그가 어떤 사람인지 궁금하니 시간이 허락하는 대로 어디 얼굴 한번 보여 주시게."

"여부가 있겠습니까, 폐하."

만족한 미소를 지으며 대답한 왕진은 분명 무언가 더 할 말이 남아 있는 기색이었다.

그런데 그때 뜻하지 않은 방해꾼이 나타났다.

"폐하, 교현입니다. 잠시 들어가도 되겠습니까?"

문밖에서 들려온 병필태감 교현의 목소리였다.

황제는 넌지시 왕진의 눈치를 보았다.

우습게도 황제가 신하의 허락을 구하는 모습이었다.

왕진은 매끄럽게 진행되던 담화를 방해받은 것이 못내 아쉬웠던지 은근히 미간을 찌푸리고 있었으나, 이내 고개를 끄덕여서 수긍했다.

병필태감 교현은 누가 뭐래도 왕진의 측근인 것이다.

그런 교현이 전에 없던 무례를 무릅쓰고 이렇게 나섰을 때에는 틀림없이 그만한 사연이 있다는 것이고, 왕진은 그것을 능히 짐작하기에 허락한 것일 터였다.

그리고 그게 사실이었다.

황제의 허락을 받고 내실로 들어온 교현은 황제에게는 도식적인 예만 취했을 뿐 곧바로 왕진에게 붙어서 귀엣말을 했다.

황제의 면전에서 신하들이 귀엣말을 한다는 것은 도저히 있을 수 없는 일이다.

하지만 왕진과 교현의 태도는 지극히 자연스러웠고, 황제는 그 모습을 슬쩍 외면하는 것으로 인정해 주고 있었다.

황제의 위상이 얼마나 추락해 있는지를 그리고 왕진의 오만함이 얼마나 대단한지를 단적으로 보여 주는 모습이었는데, 다음 순간 왕진의 안색이 심상치 않게 변했다.

황제는 그제야 왕진에게 시선을 주었다.

황제가 조심스럽게 입을 열려고 하자, 왕진이 한발 앞서 머리를 조아리며 말했다.

"소신은 급한 용무가 생겨서 아무래도 이만 나가 봐야 할 것 같습니다, 폐하. 남명군주마마에 대한 일은 최대한 빠른 시일 내로 조치하고 따로 보고를 드릴 테니 심려 마시고 기다려 주기를 바라겠나이다."

그리고는 근자에 없이 서두르는 모습으로 실내를 빠져나갔다.

왕진이 그렇게 자리를 뜨자, 황제는 한동안 넋 놓은 사람처럼 망연히 앉아 있다가 문득 긴 한숨을 내쉬고는 허탈한 목소리로 중얼거렸다.

"짐이 잘한 것이야. 그렇지 않은가?"

두 사람, 황제와 왕진이 대화를 나누던 여기 건청궁 내실의 좌측면에는 용과 봉황이 노니는 그림으로 장식된 미닫이문이 달려 있었다.

그 문 너머에는 작은 방이 있고 그 방에 달린 문을 열면 또 하나의 방이 나온다. 그런 식으로 다섯 개의 방문을 열면 마지막으로 건청궁 주변에 꾸며진 정원과 통하는데, 소위 그 방들은 미닫이문으로 차단한 일종의 복도인 셈이었다.

황제가 탄식한 지 얼마 되지 않아서 그 미닫이문 하나가 열리며 무겁게 억눌린 목소리가 흘러나왔다.

"죽여 주십시오, 폐하. 보고도 눈을 감고 있을 수밖에 없는 노신의 불충은 죽고 또 죽어 골백번을 고쳐 죽어도 미처 그 죄과를 다하지 못할 것입니다, 폐하."

황제는 희미하게 웃으며 고개를 돌렸다.

활짝 열린 미닫이문 너머에는 관복이 아니라 백의를 단정하게 차려입은 노인 하나가 엎드려 있었다.

작은 체구에 잔주름이 가득한 얼굴이지만 밝은 두 눈빛에는 충정이 흐르고 곧게 닫힌 선 굵은 입술에선 더없이 강직한 고집이 엿보이는 그 노인은 바로 전 내각수보 권감이었다.

황제가 권감의 모습을 바라보며 말했다.

"소문을 듣자 하니 세인들이 그런다더군. 작금의 황제는 포악하지도 황음한 소행을 일삼지도 않지만 무능하고 무기력해서 전대 황제보다도 더 제위와 어울리지 않는 소인배라고. 그대도 그런 소리를 들은 적이 있는가?"

권감이 급히 머리를 조아렸다.

"천부당만부당하옵니다, 폐하."

황제는 혀를 찼다.

"그런 소리를 듣자는 게 아니야. 칭찬을 듣고 싶은 거지. 어떠한가? 그만하면 짐의 가상한 노력이 제법 빛을 발하고 있다고 생각되지 않는가?"

권감이 재차 머리를 조아렸다.

"그저 황공, 또 황공할 따름이옵니다, 폐하."

황제는 머리 조아린 권감을 잠시 바라보고 있다가 문득 어색한 미소를 흘렸다.

"하지만 짐은 가끔 어쩔 수 없이 이런 생각을 한다네. 그대의 말에 따라 짐이 이러고는 있지만 이게 과연 나라를 위해, 황실을 위해 올바른 선택인가, 하는 생각 말일세."

권감이 주름진 얼굴을 들어 황제를 보았다.

"그게 무슨 당치 않은 번뇌이십니까, 폐하. 폐하께서는 황실은 물론 만백성을 위해서……."

"그렇지가 않아."

황제가 가만히 권감의 말을 끊고 다시 말했다.

"그대의 입장에선 당치 않을 수도 있지만 짐의 입장에선 가당한 고민이야. 설령 이 길이 패악 무도한 왕진과 그 도당을 소탕할 수 있는 바른 길이라고 해도 짐은 일국의 황제로서 그다음을 생각하지 않을 수 없기에 그러네. 속된 말로 이 일의 끝에서 그대가 제이의 왕진이 되지 않는다는 법은 없지 않은가."

권감은 전신을 부르르 떨며 감히 말을 이어 나가지 못했다.

"폐, 폐하……."

황제는 조용히 말했다.

"그저 생각이 그렇다는 게야. 현실은 다르니 너무 심려하지 말게. 짐이 이 마당에 그대를 믿지 않으면 또 누굴 믿고 의지할 수 있겠는가."

권감이 소리가 나도록 바닥에 머리를 찧었다.

"황공하옵니다, 폐하. 폐하의 현실이 이렇듯 백척간두에 서 계실진대 노신이 무슨 면목으로 속된 변명을 늘어놓겠나이까. 다만 바라건대, 노신 신명을 바쳐 폐하의 성은에 보답하고자 할 따름이오니, 부디 통촉하시어 번뇌를 잊으시길 바라옵니다."

황제는 고개를 끄덕이며 말했다.

"그래, 그러겠네. 그러니 그대도 그리하시게."

권감의 눈빛이 흔들렸다.

황제가 희미한 미소를 머금으며 그런 권감을 바라보았다.

"그대가 무슨 연유로 위험을 무릅쓰고 왕진이 내세운 수족들의 시선을 피해서 이렇듯 짐을 찾아왔는지 익히 짐작하고 있느니. 심려 마시게. 짐은 어떤 상황이 닥쳐도 그대의 손을 놓지 않고 버틸 생각이니 말일세."

권감의 눈빛이 새삼 진한 의미를 담고서 흔들렸다.

그는 새삼스럽게 한 번 더 머리를 조아리고 나서 한결 진중한 목소리로 말했다.

"지난 세월에 비하면 이제 그리 멀지 않았습니다, 폐하."

황제는 적잖게 곤혹스러움이 배인 얼굴로 말했다.

"보다 서둘러야 할 게야. 짐은 왕진 그자가 남명군주를 두고 어떤 농간을 부릴지 벌써부터 겁이 나. 정말 그리되면 짐은 더는 참을 수 없을지도 모르네."

권감이 처음으로 황제를 향해 미소를 드러냈다.

"그 점에 대해서는 그다지 염려하지 않아도 되옵니다."

황제는 이제야 무언가 깨달은 듯 반색했다.

"허면, 아까 그 일이 그건가?"

권감이 대답했다.

"정신없이 나가는 그자의 모습을 보셨지 않습니까, 폐하."

그는 거듭 안심하라는 듯 두 눈에 힘을 주며 다부지게 강조했다.

"당분간 그자는 황실의 문제를 돌아볼 겨를이 없을 겁니다, 폐하. 그게 노신의 바람처럼 그자가 군사를 동원하는 계기로 작용할지는 아직 미지수입니다만, 적어도 남명군주 마마의 일은 까맣게 잊을 것이라고 노신은 확신합니다, 폐하."

전 내각수보 권감의 예상은 어김없는 사실이었다.

태사감 왕진은 황제를 배알한 건청궁을 나서는 그 순간부터 남명군주에 대한 일을 거짓말처럼 까맣게 잊어버렸다.

평소 잠자리가 뒤숭숭할 정도로 황궁 내의 그 어떤 문제보다도 더 중요하게 생각하고 있던 일이 예상과 달리 말도 아니게 어긋나고 있었기 때문이다.

황제의 집무실 격인 건청궁과 여섯 개의 담과 네 개의 정원을 사이에 두고 자리한 자신의 거처, 무진각(撫鎭閣)으로 돌아온 왕진은 그래서 수돈(繡墩:일종의 방석)에 앉기 무섭게 불끈하며 곁에 있던 꽃병부터 집어 던졌다.

"이런 식충들 같으니라고! 고작 애송이 하나 처리하지 못하고 똥개처럼 휘둘리는 꼴이라니……!"

병필태감 교현은 감히 피할 생각도 하지 못하고 그저 눈을 질끈 감은 채 자라목을 할 수밖에 없었다.

대내에서 쉬쉬하고 있지만, 왕진은 무공을 익히고 있었고, 그 무공의 경지가 무림의 고수에 버금간다고 알려졌다.

하지만 교현은 왕진의 무공이 단순히 무림의 고수에 버금가는 수준에 그치지 않는다는 사실을 익히 잘 알고 있었다.

교현이 아는 왕진의 무공은 지난날 대내무반의 최고 고수라는 대장군 종리천도 능가할 수준이었다.

그런 왕진이 분노해서 던진 꽃병이었다.

무공이라고는 고작 건강에 도움이 된다고 해서 익힌 운기토납법이 전부인 교현 정도는 간단히 묵사발로 만들어 버릴 수 있는 것이다.

실제로 교현은 분노한 왕진의 팔매질에 떡이 돼서 죽어 나간 동료 환관들을 심심치 않게 봐 왔었다.

그런데 다행스럽게도 왕진이 내던진 꽃병은 교현의 머리

위를 선뜩하게 지나 문밖으로 날아갔다.

왕진의 호통이 다시 이어졌다.

"고작 애송이 하나에게 당해서 동창의 얼굴에 똥칠을 한 것이 얼마나 됐다고, 그새 또다시 이런 사달이 일어났단 말이냐! 대체 위연 그 자식은 일이 이 지경이 되도록 어디서 자빠져 자고 있는 거야! 그 자식 대체 지금 어디서 뭐 하고 있어?"

천만다행으로 목숨을 건진 교현은 내심 가슴을 쓸어내리다가 서둘러 대답했다.

"정주 인근을 훑고 있는 줄 압니다."

"또 그 아이의 흔적을 놓쳤단 말이더냐?"

"그게…… 그렇습니다. 금웅방의 사태 이후 놈의 행방이 묘연해졌답니다. 가히 신출귀몰한 녀석이라 애를 먹고 있는 모양입니다. 벌써부터 세간에는 놈을 마도(魔刀)라 부르며 추종하는 자들이 생겨서……."

왕진이 부르르 떨며 주먹으로 탁자를 쳤다.

"지금 내 앞에서 그 아이의 칭찬을 하는 게냐?"

"그런 게 아니옵고, 보고입니다, 보고!"

교현은 진땀이 배인 이마를 바닥에 찧으며 변명했다.

"그러니까, 그런 자들도 있는데, 무슨 일인지 정주에 무림의 고수들이 집결해 있답니다. 많은 인원은 아닙니다만,

이름만 들으면 알 만한 각지의 고수들이 정주 일대를 배회하고 있어서 그들의 동향도 살피면서 행동하느라 일을 진행하는 데 애로사항이 적지 않다는 보고입니다."

왕진의 눈빛이 냉정하게 바뀌었다.

"각지의 고수들이 정주로 집결했다고?"

"예, 그렇다고 합니다."

"왜? 무슨 이유로?"

"자세한 보고는 없었지만, 본관이 대략적인 상황을 보고 추측하건대……."

"말꼬리 늘이지 말고 어서 그냥 말해 봐!"

"예, 그러니까 흑선 때문이 아닌가 싶습니다."

"흑선?"

"예. 일전에 말씀드린 그 검은 배 말입니다. 용병을 싣고 다닌다는……."

"그 배가 지금 정주에 있다는 말이냐?"

"그렇습니다. 정주 동쪽 외곽에 있는 창선(彰船)나루에 정박해 있답니다."

"허면, 그 배의 용병을 구하기 위해 무림의 방파들이 움직이고 있다?"

"그런 것 같습니다. 강북사패는 물론 강남무림 쪽에서도 움직임이 포착된 것으로 압니다."

왕진의 눈빛이 예리해졌다.

"그런 수선이 일어날 정도라면 실력이 대단한 모양이 지?"

교현은 연신 진땀을 닦으며 대답했다.

"그게 아직 이렇다 하게 실력을 드러낸 바는 없으나, 여러 가지 정황상 그렇게 보는 것이⋯⋯."

"어떤 여러 가지 정황?"

"각대문파에서 고수들을 밀파해서 그 배의 내막을 캐려다가 망신만 당했다는 소문이 분분하고, 무엇보다도 황하수로연맹에서 사정을 알면서도 묵인하고 있는 것이 세인들의 주목을 받아서, 당연히 그럴 만한 실력이 있는 게 아닌가 하는 분위기가 조성되어⋯⋯."

"황하수로연맹에서 묵인을 해?"

왕진이 미간을 찌푸리며 재우쳐 물었다.

"그 성격 까다로운 백간노마(白簡老魔)가?"

정확히는 백간노옹(白簡老翁)이었다.

왕진은 황화수로연맹의 맹주인 백간노옹 금자추(金諮諏)의 성마르고 꼬장꼬장한 성격을 빗대어서 백간노마라고 부르고 있는 것이다.

황궁에서만 사는 왕진이 무림의 고수인 금자추의 성격마저 알고 있다는 것은 모르는 사람이 들으면 이상하다고 생각할 일이지만, 기실 당연한 일이었다.

왕진은 금자추뿐만 아니라 무림에서 내로라하는 고수들의 신상 명세를 모두 손바닥처럼 파악하고 있었다.

왕진의 예하에는 대륙의 모든 정보를 통괄하는 황궁 최고의 조직, 동창이 있는 것이다.

"상황만 놓고 보면 그렇습니다."

교현은 고개를 끄덕이며 왕진의 말을 인정하고는 곧바로 짐작한 바를 밝혔다.

"하지만 제가 보기에는……."

왕진이 대뜸 말을 끊었다.

"이미 무언가 조치를 취했다가 실패했을 것이다?"

교현은 거듭 인정했다.

"그렇습니다. 성격상 가만히 앉아 있을 사람이 아니지요, 백간노옹은."

"그렇긴 하지."

왕진은 선뜻 수긍하고는 재우쳐 물었다.

"허면 여태껏 그들에 대해서 밝혀진 게 용병이라는 것 말고는 없다는 건가?"

교현이 조심스럽게 말을 받았다.

"아직 확인된 것은 아니나 한 가지가 더 있기는 합니다."

"뭔데, 그게?"

"일설에 의하면 쇠로 만든 가면으로 얼굴을 가린 자가 그들, 용병들의 대장이랍니다."

"쇠로 만든 가면……?"

"예. 어디서부터 그런 소문이 나왔는지는 몰라도 그걸 본 사람이 있답니다. 그래서 알게 모르게 그들의 수장이 철면신(鐵面神)이라는 말도 떠돌고 있고요."

"원래 그들의 대장은 한천노라는 꼽추라고 하지 않았나?"

"한천노라는 꼽추는 용병들의 대장이고, 실질적인 흑선의 주인은 철면신이라는 거지요."

"철면신이라……."

왕진은 잠시 여유를 두었다가 두 눈을 예리하게 뜨며 교현을 바라보았다.

"그들이 그만큼 세간의 주목을 받고 있다면 우리 쪽에서도 가만히 보고만 있지는 않았을 테지?"

황궁 외부에서 일어나는 소소한 일들은 대부분 현 제독 동창 위연에게 일임해 놓은 터라 묻는 말이었다.

비록 아까는 울컥해서 욕을 하긴 했지만, 위연은 그간 그의 기대를 저버리지 않고 훌륭하게 따라 준 수족 중의 수족인 것이다.

아니나 다를까, 교현의 입에서 기대한 답변이 나왔다.

"여부가 있겠습니까. 벌써부터 제독동창의 명령에 따라 그들의 정체와 행적을 내사하는 중입니다. 곧 이렇다 할 보고가 들어올 것입니다."

왕진은 거듭 확인했다.

"물론 쓸 만한 자를 보냈겠지?"

교현이 자신 있게 대답했다.

"무림밀사로 활동 중인 혁련 봉공 이하 두 원로가 나섰다고 합니다."

왕진은 말없이 고개를 끄덕였다.

혁련 봉공은 동창의 위사로 들어와서 입지전적의 공을 세우고 마침내 원로 대우를 받으며 황궁과 무림의 교두보 역할을 하고 있는 인물이었고, 나머지 두 원로도 마찬가지였다.

그야말로 동창의 살아 있는 전설들인 것인데, 그들에게 맡겼다면 믿어도 좋을 터였다.

"그럼 남은 건 하늘 높은 줄 모르고 설치는 애송이 하난데……."

이게 답이 없이 꽉 막혔다.

왕진은 문득 심각해져서 자리를 박차고 일어났다.

그리고 오만상을 찡그린 채 방 안을 서성거리기 시작했다.

무언가 깊게 생각할 필요가 있을 때 그가 보여 주는 습관
이었다.

그럴 수밖에 없는 것이, 왕진은 급격히 심기가 불편해지
고 있었다.

왠지 모르게 위기의식도 느껴졌다.

'겨우 애송이 하나인데……'

이게 문제였다.

최근에 일어난, 그리고 일어나고 있는 일련의 사태들이
모두 그 애송이 하나로 인해 벌어진 일이었다.

아무래도 쉽게 생각하고 넘길 문제가 아니었다.

그 아이의 정체가 육태강이고, 지난 과거 사천혈사의 주
역인 사천 육씨 가문의 핏줄이라는 것을 알고부터는 그저
복수를 위해 물불 안 가리고 설치는 애송이라고만 생각하
고 우습게 여겼는데, 그게 잘못이었다.

그로 인해 그가 수족으로 부리는 동창의 위사 수백이 죽
었고, 알게 모르게 그를 돕고 있던 지난날의 동지도 넷이나
잃었다.

무엇보다도 이대로 가다간 또 어떤 피해를 당할지 모른
다는 것이 문제였다.

놈은 마치 아무 생각 없이 뛰어다니는 메뚜기처럼 제멋
대로 옮겨 다니며 칼을 휘두르는 것 같았지만, 이제 와 돌

이켜보면 전혀 그렇지가 않았다.

일정한 격식이 없다고 보이는 놈의 행동과 행적에는 틀림없이 그 줄기를 관통하는 무언가가 있었다.

그렇지 않다면 마구잡이로 벌이고 있는 놈의 복수 행각이 이렇게 하나같이 그의 숨통을 조여 오는 느낌을 줄 수는 없는 일이었다.

놈이 마경칠서를 익힌 무시하지 못할 고수라는 것도 문제지만, 그보다는 놈의 수상한 행적이 더 마음을 찝찝하게 만들고 있는 것이다.

'놈의 칼끝이 나를 향하고 있다는 건 있을 수 없는 일인데 말이지. 도대체 내가 무엇을 놓치고 있는 거지?'

본능이 경고하고 있었다.

제아무리 거대하고 튼튼한 제방도 바늘구멍 하나에서부터 시작해서 마침내 무너지고 마는 것이다.

그 구멍이 더 커지기 전에 막아야 했다.

우선은 찾아야 했다.

왕진은 그간 벌어졌던 일련의 사태를 처음부터 끝까지 하나하나 꼼꼼하게 따져 보기 시작했다.

마치 좌판에 올린 물건처럼 그간의 사태를 차례대로 나열했다가 다시 조각난 거울을 꿰맞추듯 자리를 옮겨 가며 하나씩 연결해 보는 것이다.

비록 반복되는 돌이킴 속에 꽤나 시간이 오래 걸리고 무척이나 지루할 수밖에 없는 작업이나, 어디가 어디서부터 잘못되었는지 찾아내려면 이 방법밖에 없었다.

그렇게 얼마의 시간을 흘려보냈을까.

밝은 빛이 스미던 창가에 어둠이 내리고, 이내 다시 희미한 달빛이 새어 들어왔다.

거처로 돌아온 시간이 땅거미가 지기 전인 오후 나절이었으니, 적어도 두 시진 이상이 지났다는 뜻이었다.

그럼에도 불구하고 왕진은 선뜻 이렇다 할 결론을 내리지 못한 채 방 안을 서성거리고 있었다.

무언가 잡힐 듯 잡힐 듯 하면서도 끝내 잡히지 않았다.

마치 미로에 빠져서 같은 자리를 맴도는 기분이었다.

왕진은 그러다가 문득 지금과 같은 이 기분을, 아니 이런 생각을 지난 언젠가 한 번쯤은 해 본 적이 있는 것 같다는 기분에 사로잡혔다.

그는 다짜고짜 교현 앞에 털썩 주저앉으며 말했다.

"내가 물어볼 것이 하나 있다. 잘 듣고 뜸들이지 말고 대답해 보거라."

교현이 주목하자, 그는 곧바로 질문했다.

"지금껏 내가 누구 한 사람을 두고 지금처럼 고심한 적을 보았느냐?"

교현이 망설이지 않고 대답했다.

"보았습니다. 그것도 두 번이나 보았지요."

왕진은 반색하며 물었다.

"그때가 언제였지? 아니, 그들이 누구누구냐?"

교현이 대답했다.

"무룡 육태산과 대장군 종리천입니다. 노공께서는 그 두 사람의 경우에만 지금처럼 고심하셨고, 비객(秘客)들을 동원하셨습니다."

"그렇군. 그랬었어."

왕진은 이제야말로 섬광처럼 뇌리를 스치는 무언가가 있었다.

마침내 놓치고 있던 것을 찾아낸 것이다.

바로 대장군 종리천이었다.

그는 여태껏 육태강이 육태산의 핏줄이기에 아비와 가문의 복수를 위해 물불 안 가리고 설친다고만 생각했었다.

그래서 그로 인해 입은 피해가 그 어떤 계산 아래 치밀하게 움직인 것보다도 막대했어도, 그리고 죽은 듯 잠잠하던 천군이 모습을 드러냈어도 그저 우연의 일치거니 하고 대수롭지 않게 치부했었다.

그런데 대장군 종리천이 있었던 것이다.

마음먹고 나선 그가 유일하게 제거하지 못한 대장군 종

리천은 뛰어난 고수이기 이전에 다시없을 병법의 귀재였다.

그 종리천이 육태강의 배후에 있다면, 적어도 그들, 두 사람이 무언가 인연을 맺고 교류를 가졌다면 작금의 상황이 조금도 이상하지 않았다.

대장군 종리천이라면 제아무리 복수에 눈이 먼 사람에게도 대의라는 미명을 주입시켜서 왕진의 목숨을 노리게 할 수도 있는 것이다.

'그러고 보니 마땅히 죽여야 할 그 아이를 살려서 유황도로 보낸 것이 종리천이었다.'

왕진은 생각이 이에 미치자, 유황도에 대해 잊고 있던 사건이 떠올라서 물었다.

"전에 유황도에 다녀온 녀석이 뭐라고 했지? 유황도 내부 동굴이 무너져서 폐쇄되었다고 했던가?"

교현이 대답했다.

"그렇습니다. 지진이었다고 합니다. 안에 있던 죄수들은 미처 피하지 못해서 그대로 파묻혀 버렸다고 하더군요. 유황도 내부의 지반이 약한 것은 이미 아는 사람은 다 아는 얘기니, 의심의 여지가 없는 일입니다."

왕진은 안색을 차갑게 굳혔다.

그때는 그도 지금의 교현처럼 그렇게 단정하고 그다지

깊게 생각하지 않았는데, 이제 와서는 전혀 그렇지가 않았다.

하필이면 육태강이 빠져나가고 얼마 되지 않아서 유황도에 그런 사태가 벌어졌단 말인가.

우연의 일치치고는 너무 수상하지 않은가 말이다.

'거기에도 틀림없이 무언가 흑막이 있다.'

왕진은 의심을 불신으로 바꾸며 그와 연관된 것이 무엇인가를 심각하게 고민했다.

그때 눈치를 보던 교현이 조심스럽게 물었다.

"허면 노공, 이번에도 비객들을 동원하실 생각이십니까?"

"그래야겠지."

왕진은 잠시 뜸을 들였다가 다시 말했다.

"하지만 이번에는 그들이 먼저 내게 연락을 취할 게야."

틀림없이 그럴 것이었다.

작금의 상황은 그들을 불안하게 만들 정도로 수상하게 돌아가고 있었다.

왕진이 그런 생각을 하는 참인데, 마치 이때를 기다린 것처럼 어디선가 누군가의 목소리가 들려왔다.

"매영(魅令)입니다."

매영, 즉 도깨비들의 우두머리라는 뜻이었다.

동창 내의 동창이라는 왕진의 사설부대 홍당의 수장이
나타난 것이다.

"무슨 일이냐?"

왕진이 묻자, 매영의 낮고 가는 목소리가 다시 들려왔다.

"백탑사(百塔寺)의 석등에 불이 밝혀졌습니다."

교현이 놀랍다는 눈초리로 왕진을 바라보았다.

백탑사의 석등은 바로 앞서 그가 언급한 비객, 바로 비밀
스러운 손님과 왕진을 연결하는 고리였다.

왕진의 예상대로 그들이 먼저 연락을 취해 온 것이다.

왕진은 야릇한 미소를 지은 채 교현을 눈길을 마주하고
는 자리를 털고 일어나며 명령했다.

"잠시 자리를 비울 것이다. 너는 남아서 위연과 혁련 봉
공에게 내 명령을 전해라. 곧 무림에 큰 변화가 일어날 것
이나 동요하지 말고 맡은 바 소임을 책임지라고 말이다."

"알겠습니다, 노공!"

교현은 두말없이 머리를 조아렸다.

그가 머리를 들었을 때, 왕진은 어느새 귀신처럼 실내에
서 사라지고 없었다.

제육장

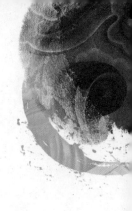

　병필태감 교현은 매사에 게으름이 없는 사람답게 서둘러 왕진의 명령을 이행했다.

　그래서 두 사람, 혁련 봉공, 일명 혁련노사(赫連老師)와 제독동창 위연에게 왕진의 명령의 담긴 전서가 도착한 것은 계명성이 고개를 내밀기 전인 다음날 이른 새벽이었다.

　혁련노사와 위연은 각기 다른 곳에 있었으나, 그 순간부터 하나같이 보다 심각하고 신중해졌다.

　그럴 수밖에 없었다.

　기실 황명에 따라 정해진 동창의 당두는 백 명이고 그 아래 실무에 투입되는 번역(番役)의 인원은 일천 명이었다.

따라서 그 외에 이런저런 실무를 돕는 요원을 감안한다고 해도 동창의 전체 인원은 일천 이백 명을 넘지 않아야 했다.

그러나 작금의 동창을 구성하는 인원은 일만 오천 명을 훨씬 웃돌고 있는 실정이었다.

직책상 존재하지 않은 인원이 일만 사천 명에 해당하는 것이다.

동창 내의 동창이라는 홍당은 말할 것도 없고, 이급당두니 삼급당두니 하는 것과 특수요원이니 보조요원이니 하는 따위의 애매한 직책들이 그래서 생겨난 것인데, 덕분에 기본적으로 각기 다른 임무를 수행하느라 만날 일이 별로 없는 그들은 서로의 얼굴은커녕 이름이나 별호조차 알아보지 못하는 경우가 허다했다.

오죽하면 임무 도중에 서로 모르고 싸움이 붙어서 죽고 죽이는 사건도 심심치 않게 일어날 정도였다.

왕진의 명령을 전달받은 혁련노사와 위연의 태도가 약속이나 한 것처럼 바뀐 것은 바로 그 때문인 것이다.

왕진이 그들을 배제하고 무언가 다른 일을 벌이고 있다면 어떤 식으로든 그로 인한 여파가 그들에게 미치지 않는다는 보장이 없었다.

누가 보아도 왕진이 나설 만한 문제가 너무도 명확히 드러나 있는 마당이라 더욱 그랬다.

명령의 말미에 어떤 일이 일어나도 동요하지 말고 맡은 바 소임을 다하라는 왕진의 당부는 아마도 그런 상황을 염두에 둔 지시일 터였다.

생각 없이 섣부르게 행동하다가 임무 도중에 자칫 아군의 목을 벨 수도 있다는 것을 왕진이 그런 식으로 내색한 것이라고 그들, 두 사람은 믿어 의심치 않고 있었다.

그래서였다.

예상치 못한 장소, 정주 내성에 자리한 저잣거리에서 우연치 않게 마주친 그들 두 사람, 혁련노사와 위연은 놀라고 당황하기보다는 기꺼운 마음이 앞섰다.

난데없이 왜 이런 곳에서 조우하게 되었는지를 생각하기에 앞서 서로가 서로를 다치게 할 일이 사라졌다는 안도가 우선되었기 때문이다.

"제독동창께서 여긴 어쩐 일이시오?"

"혁련노사야말로 여긴 어쩐 일이오? 흑선을 내사해 보라고 지시한 것으로 기억하는데 여긴 그쪽과 거리가 있지 않소?"

두 사람은 나이 차이는 많지만 과거 엇비슷한 시기에 동창의 일원이 돼서 호형호제하며 지내던 사람들이었다.

하지만 작금에 이르러서 위연은 제독동창이었고, 혁련노

사는 비록 일정 부분 동창의 권역을 벗어나서 원로로 대우 받고 있다고는 해도 일개 당두에 불과했다.

과거를 돌아보면 서로 상하관계를 논하기 애매해도 현재 는 염연히 명령을 내리는 사람과 받는 사람이라는 입장의 차이가 존재하는 것이다.

서로 하대를 삼가고, 동시에 같은 질문을 했으나, 혁련노 사가 먼저 대답에 나선 것은 그 때문이었다.

"이쪽에 흑선에서 나온 자들이 나타났다는 소식을 접하 고 나선 길이었소이다. 아마도 무언가 필요한 물류를 구입 하려고 나선 것 같소만, 선뜻 꼬리가 잡히지 않아서 애를 먹고 있는 참이오."

"그렇소이까. 우습게도 나와 같은 입장이구려. 나 역시 육가, 그 아이의 행적을 놓쳐서 근방을 뒤지던 중이었으니 말이오."

위연의 말이 끝나기 무섭게 혁련노사의 눈초리가 야릇하 게 변했다.

혁련노사의 눈초리를 제대로 확인하지도 않은 위연도 갑 자기 안색을 바꾸며 눈을 빛냈다.

우연의 일치처럼 두 사람의 뇌리에 같은 생각이 떠오르 고 있었던 것이다.

혁련노사가 먼저 말했다.

"혹시 이게……?"

위연이 혁련노사의 말이 미처 이어지기도 전에 나섰다.

"단순한 우연이 아니라고 생각하시오?"

혁련노사가 의미심장한 눈빛을 드러내며 대답했다.

"그간 그 아이가 워낙 낮도깨비 같은 행적을 보였고, 어제 금웅방주 방사인을 죽였다는 소식도 전해 들은 터라, 이 자리가 그저 우연의 일치라는 생각이 들기도 하지만, 그렇다고 그냥 무시해 버릴 만한 일은 아닌 것 같소이다."

위연이 기다렸다는 듯 맞장구를 쳤다.

"내 생각도 그렇소. 그 아이가 방사인을 죽이고 다시 행적을 감춘 것이야 우리의 추적을 의식해서라고 쳐도, 하필이면 이때 흑선이 여기 정주에 정박해 있다는 것이 못내 마음에 걸리오."

혁련노사가 바로 그것이라는 듯 눈을 빛내며 고개를 끄덕거렸다.

그들, 두 사람이 동시에 떠올린 생각이 바로 이것이었다.

지금 두 사람은 똑같이 육태강이 정주에 온 이유가 비단 금웅방주 방사인을 제거하는 데에만 있는 것이 아니라 흑선과도 모종의 연관이 있지 않을까 하는 의심이 든 것이다.

혁련노사가 말했다.

"흑선의 용병을 포섭하려는 걸까요?"

위연이 동의를 표시했다.

"오늘의 일이 우리의 예상대로 우연이 아니라면 그럴 가능성이 농후하오."

"허면……?"

"흑선으로 갑시다."

흑선은 동창이 사전에 입수한 정보대로 정주의 동쪽 외곽에 자리한 작은 부둣가인 창선나루 한쪽에 그림처럼 정박해 있었다.

중형 선박에 속하는 판옥선(板屋船)을 돛으로도 노로도 움직일 수 있도록 개조한 흑선은 세인들이 부르는 그 이름처럼 온통 흑칠을 해 놔서, 달빛 아래 요요하게 빛나는 물결과 어우러져 왠지 모를 음습함을 드러냈다.

그리고 그 흑선에는 적잖은 시선들이 집결해 있었다.

그랬다. 사람이 아니라 시선들이었다.

사람들의 모습은 보이지 않지만 위연과 혁련노사는 적잖은 이들이 흑선을 주시하고 있다는 것을 충분히 감지할 수 있을 정도의 고수였다.

"이상하오. 웬일인지 사람들이 많이 줄었소이다."

"지금도 적지 않은데, 원래는 이보다 더 많았다는 것이오?"

"그렇소이다. 어제 저녁에는 수십 명이 넘었소이다. 헌데 지금은 고작 십수 명에 불과하니, 아무래도 그 사이에 무슨 일이 있었던 모양이오."

"혹시 잠입?"

혁련노사는 고개를 저어서 위연의 추측을 부정했다.

"그건 아닐 거요. 그 많은 인원이 동시에 잠입한다는 것은 말이 안 되오. 무엇보다도 지난 며칠간 지켜본 바에 따르면 흑선의 위세는 듣던 소문 이상이었소. 섣부르게 나섰다가 치도곤을 당하고 쫓겨난 고수들이 한둘이 아니오. 다들 이름만 대면 알 만한 고수들이었는데도 말이외다."

"정말 흥미로운 자들이로군. 대체 이런 자들이 어디에 있다가 이렇게 도깨비처럼 불쑥 나타난 것인지 알다가도 모를 일이네그려."

"그러니까 이렇게 세간의 주목을 받는 것 아니겠소."

"하긴……."

위연이 그럴 법도 하다는 듯 고개를 끄덕이는데, 혁련노사가 한결 진지하게 안색을 바꾸며 물었다.

"헌데 정말로 이대로 괜찮겠소이까?"

위연의 결정을 다시 한 번 확인하는 질문이었다.

지금 위연은 동창의 위사들은 물론 홍당의 매자들마저 거의 전부 인근 모처에 대기시켜 놓은 채 냉화문과 일급당두 셋만을 데리고 왔고, 그 역시 이번 일을 맞으면서 소집한 위사들을 떨쳐내고 늘 그림자처럼 데리고 다니는 미청년만을 대동한 상태였다.

흑선을 정식으로 방문하자는 위연의 말 때문이었다.

그도 이미 승낙을 하고 나선 길이긴 하나, 어쩐지 못내 석연치 않은 느낌이라 거듭 확인하는 것이다.

그런데 위연은 그와는 전혀 다른 기분인 모양이었다.

그는 혁련노사의 질문을 듣고 매우 퉁명스러운 느낌으로 대답했다.

"저들의 위세가 대단하긴 대단한 모양이구려. 천하의 혁련노사가 이렇듯 신중한 것을 보니 말이오."

직접적인 대답은 아니나 확고한 의지를 대변하는 말이었다.

거듭 확인하는 혁련노사의 태도가 마뜩지 않다는 것을 우회적으로 내색하는 것일 터였다.

혁련노사는 겸연쩍게 따라 웃으며 변명처럼 대답했다.

"나이가 들면 걱정이 늘어난다고 하질 않소이까. 아니다, 아니다 하면서도 나 역시 어쩔 수 없이 나이 든 티를 내는 모양이오."

"정말 그렇소?"

위연이 오만하게 씩, 하고 웃으며 말했다.

"그럼 나는 아직 그래도 젊은 모양이구려. 아무리 생각해도 내 눈에는 저들이 일개 강호의 무뢰배들로밖에는 보이지 않으니 말이오."

그는 두 눈을 차갑게 빛내며 단호하게 덧붙였다.

"여차하면 쓸어버릴 생각으로 이렇게 나서는 거요. 만에 하나 눈에 거슬리는 부분이 하나라도 포착된다면 말이오. 그럴 작정을 하고 나선 이 사람이 설마 아무런 대비도 하지 않았겠소?"

"여부가 있겠소이까. 그러기에 늙은이의 노파심이라고 하질 않았소. 그리 신경 쓰실 일이 아니외다."

혁련노사는 선뜻 고개를 끄덕이며 동조하면서도 내심 고소를 금치 못했다.

그가 왜 모르겠는가.

위연은 모르고 있는 줄 알겠으나, 그는 이미 위연이 근처에 홍당의 매자들을 대기시켜 놓았다는 사실을 진즉부터 파악하고 있었다.

그런데도 이상하게 마음 한구석에 찝찝한 느낌이 스미는 것을 어쩌란 말인가.

하지만 더 이상 그런 속내를 드러내는 것은 이로울 게 없었다.

상대는 누가 뭐래도 제독동창이었다.

옛정을 생각해서 그를 대우하고 있으나 실질적으로 그의 생사여탈권을 쥐고 있는 사람인 것이다.

혁련노사는 서둘러 마음을 다잡으며 정중하게 화제를 바꾸었다.

"내 괜한 노파심 때문에 쓸데없이 시간만 지체되었소이다그려. 어떻게, 내가 앞장을 서오?"

위연은 할 말이 더 남은 눈치였으나 시간이 지체되었다는 말에 동감했는지 흑선으로 시선을 돌렸다.

"갑시다."

혁련노사는 말없이 한 차례 고개를 끄덕이고는 앞장섰다.

혁련노사 등이 모습을 드러냈을 때도 한동안 그랬지만, 그들이 흑선으로 접근하자 창선나루 일대가 크게 술렁거렸다.

느낌으로만 전해지는 술렁거림이었다.

흑선을 주시하고 있는 시선들이 무슨 일인가 싶어서 동요를 보이고 있는 것이었다.

그리고 그 동요는 그들이 흑선의 갑판과 부두를 연결한 부목 앞에 도착했을 때 극에 달했다.

단지 그들이 흑선으로 승선하려는 모습 때문에 그런 것이 아니었다.

그들이 갑판과 연결된 부목 앞에 다다르자, 흑선과 연결된 부목 앞에 검은 인영 하나가 나타났기 때문이었다.

'대단한 은형술!'

혁련노사는 내심 감탄했다.

검은 인영은 마치 처음부터 그 자리에 있지 않으면 도저히 그럴 수 없을 정도로 홀연히 나타났던 것이다.

하지만 혁련노사는 이내 본의 아니게 미간을 찌푸렸다.

검은 인영의 정체가 어둠 속에서도 그 추레한 몰골이 도드라져 보이는 꼽추노인이었기 때문이다.

그런데 다음순간, 혁련노사는 또다시 새로운 기분에 사로잡히게 되었다.

걸걸하게 흘러나온 꼽추노인의 말 때문이었다.

"서두르시오. 다행히 늦진 않았지만 곧 시작할 거요."

혁련노사는 너무 어리둥절해서 한동안 바보처럼 서 있었다.

위연을 비롯한 다른 일행들도 마찬가지 표정들이었다.

뭐가 늦지 않아서 다행이고, 무엇을 곧 시작한다는 말인가.

그들이 언제 흑선을 방문하겠다고 약속이라도 했단 말인가.

그런 일은 없었다. 도무지 영문을 알 수 없는 일이었다.

그런 그들의 당황을 아는지 모르는지, 꼽추노인이 퉁명스럽게 재촉했다.

"안 들어갈 거요?"

혁련노사는 대답에 앞서 위연과 시선을 마주했다.

위연이 그와 마찬가지로 멍한 가운데 복잡 미묘한 표정을 짓고 있다가 서둘러 고개를 끄덕였다.

일단 들어가 보자는 눈치였다.

혁련노사는 그제야 꼽추노인을 향해 말했다.

"아니요.. 들어가오. 어서 들어갑시다."

"따라오시오."

꼽추노인이 두말없이 돌아섰다.

혁련노사와 위연 등은 어쩔 수 없이 눈짓을 주고받으며 조심스럽게 꼽추노인의 뒤를 따라붙었다.

그렇게 꼽추노인의 안내에 따라서 그들이 도착한 곳은 갑판의 절반 이상을 뒤덮은 판옥의 내부였다.

그 판옥의 내부로 들어서는 순간, 혁련노사를 비롯한 위연 등은 다시 한 번 어리둥절해져서 앞서와 마찬가지로 한동안 바보처럼 서 있을 수밖에 없었다.

마치 시골 반점처럼 꾸며진 판옥의 내부에는 대략 이십여 명을 웃도는 사내들이 운집해 있었다.

얼굴을 마주칠 때마다 서로가 서로를 겸연쩍은 눈길로

바라보는 그들은 하나같이 범상치 않아 보이는 무림의 고수들이었다.

그리고 그들 중에는 혁련노사가 익히 잘 알고 있는 자들도 적지 않았다.

어찌 된 내막인지는 몰라도 흑선을 주시하고 있다가 사라진 자들의 대부분이 여기 집결해 있는 것이다.

혁련노사는 도무지 영문을 알 수 없어서 혹시나 무언가 답이 될 만한 것이 있는가 하고 연신 장내를 훑어보았다.

위연을 비롯한 냉화문 등도 그와 같은 마음인지 얼떨떨한 표정을 감출 생각도 하지 않고 주변의 모습을 둘러보는데 여념이 없었다.

그러나 그들의 의문을 해소할 만한 것은 주변 어디에도 없었고, 그들에게 주어진 시간도 그리 길지 않았다.

그들이 무언가를 찾아내기는커녕 어리둥절한 마음을 추스를 사이도 없이 더욱 당황스러운 상황이 벌어진 것이다.

"철면신께서 나오십니다."

꼽추노인의 걸걸한 목소리와 동시에 혁련노사 등이 들어온 문을 마주 보고 자리한 미닫이문이 스르르 열렸다.

그리고 한 사람이 안으로 들어왔다.

굴곡진 사람의 얼굴선을 섬세하게 표현한 철제 가면으로 얼굴을 가린 사람, 이른바 흑선의 주인이라는 철면신의 등장이었다.

그는 크지도 작지도 않은 보통의 체격에 마르지는 않았으나 호리호리하다는 느낌을 주는 몸이었다.

남들보다 조금 더 긴 팔과 긴 다리가 그런 느낌을 주었는데, 비교적 어깨는 넓어서 나약하다는 생각보다는 건장하고 당당하다는 모습이었다.

그리고 묵빛으로 번들거리는 철제 가면에 뚫린 두 구멍을 통해 강렬한 눈빛이 드러났다.

노회한 것 같지는 않으나, 위엄이 담겨 있고 기상을 품은 눈빛이었다.

한마디로 젊은 사자의 눈이었다.

그 눈빛을 마주 보고 있자니 절로 다가드는 압력이 있었다.

분명 화를 내고 있지는 않은데, 왠지 모르게 위축되는 기분이 드는 것이다.

이것이 바로 혁련노사가 본 흑선의 주인, 철면신의 첫인상이었다.

혁련노사는 내심 놀라고 감탄했다.

이 정도의 기도라면 천하제일을 다툰다는 십팔천강과 버금가는 위세였다.

대체 이런 인물이 갑자기 어디서 나타난 것일까.

그때 철면신이 좌중을 향해 정중히 포권의 예를 취하며 말문을 열었다.

"이렇게 무림의 여러 명숙들을 뵙게 되어 영광이오. 본 인이 바로 철면신이오."

장내는 철면신이 등장한 이후부터 물이라도 뿌린 것처럼 고요했다.

모두가 철면신의 기도에 놀라고 당황해서일 터였다.

장내에 모인 사람들은 적어도 그 정도의 눈은 가진 고수 들인 것인데, 그 분위기는 철면신이 인사를 건넸어도 사라 지지 않고 남아서 장내를 무겁게 만들었다.

모르긴 해도 그러한 이유 중에는 위연의 존재도 큰 몫을 담당할 터였다.

장내의 모든 사람이 위연의 정체를 알고 있을 것이기에.

제아무리 난다 긴다 하는 무림의 고수라도 황궁의 최고 무력 집단인 동창의 수장, 제독동창과 한자리에 있다는 것 은 적잖게 부담일 수밖에 없는 것이다.

그러나 철면신은 그런 분위기를 느끼고 있음이 분명함에 도 아랑곳하지 않고 무심한 눈길로 한 차례 장내를 쓸어보 며 다시 말했다.

"아마 다들 본인이 왜 이런 자리를 마련했는지 궁금할

것이오. 이제야 하는 말이지만 본인으로서는 어쩔 수 없는 결정이었소. 워낙 많은 사람들의 관심이 우리에게 쏠려 있고, 개중에는 은밀한 접근을 넘어서 노골적으로 완력을 행사하려는 무리들도 있었던지라 본인이 결단을 내려서 이 자리를 마련한 것이오."

"그 말인즉, 이 자리에서 공개적으로 청부를 받겠다는 소리요?"

철면신의 말이 끝나기 무섭게 불쑥 나선 사람은 혁련노사도 익히 잘 알고 있는 사람이었다.

대나무처럼 마른 데다 옆으로 길게 찢어진 실눈을 가져서 강퍅하기 그지없는 인상의 소유자, 강북사패의 하나인 철혈구호방의 부방주 가군자 이소였다.

철면신의 무심한 눈길이 이소에게 돌려졌다.

"그렇소. 본인은 이로써 두 가지 이득을 취할 수 있다고 생각했소. 첫째는 더 이상의 번거로움은 없을 것이며, 둘째는 보다 더 많은 대가를 받을 수 있을 것이라고 확신하오."

혁련노사는 이제야말로 오늘 이 자리가 어떻게 성립되었는지 알게 되었다.

이 자리는 철면신이 마련한 자리인 것이다.

그는 자리에 있지 않아서 철면신이 어떤 형식으로 여기 모인 사람들을 초대했는지는 아직 모르겠으나, 본질은 그랬고, 그와 위연 등도 청부자의 입장으로 이 자리에 서게 된 것이었다.

"전례에 없는 파격적인 방법이군요. 그로 인해 귀하가 원하는 목적을 이룰 수 있을 것 같기도 하고요."

이번에 나선 사람은 벽옥 동곳으로 머리를 말아 올리고 검은 면사로 하관을 가린 여인이었다.

혁련노사는 이 여인의 정체도 알고 있었다.

비록 검은 면사로 얼굴을 가렸지만 몸에 착 달라붙은 흑색 무복, 이른바 무림인들이 즐겨 입는 야행복의 가슴 어름에 수놓아진 붉은 수실의 봉황이 그녀의 정체를 말해 주고 있었다.

무림천하에서 붉은 봉황을 상징으로 하는 문파는 하나밖에 없었다.

강북사패의 하나인 취화성이 바로 그랬다.

다만 놀라운 것은 그녀의 가슴에 수놓아진 붉은 봉황이 무려 다섯 마리나 된다는 사실이었다.

취화성에서 봉황의 숫자는 곧 지위를 나타낸다.

당주급의 지위가 네 마리인 것을 감안하면 그녀의 지위는 당연히 취화성주인 천요비자(天妖秘姿) 곡지(曲智) 예하의 십이혈봉(十二血鳳) 중 하나라는 뜻이었다.

그 십이혈봉 중 하나인 면사녀가 다시 말했다.

"다만 세상 모든 일이 다 그렇듯 얻는 것이 있으면 잃는 것도 있게 마련이지요. 마찬가지로 귀하께서도 그런 이득을 취하려면 귀하가 가진 전력을 여기 있는 모든 사람들 앞에서 밝혀야 하는데, 과연 한 치의 거짓 없이 그럴 수 있는지 묻고 싶군요."

핵심을 찌르는 질문이었다.

그래서인지 한결 예리해진 좌중의 시선이 철면신에게 쏠리고 있었다.

하지만 철면신은 어디까지나 태연했다.

이미 예상하고 있던 질문을 받은 것 같은 모습이었고, 실제로 추호도 망설이지 않고 무덤덤하게 대답에 나섰다.

"물론이오. 우리의 전력을 밝히지 않고서야 어찌 합당한 대가를 기대할 수 있겠소."

좌중이 잠시 술렁거렸다.

마침내 장막에 가려져 있던 흑선의 전력이 드러난다는 기대감에 좌중이 동요하고 있었다.

철면신은 마치 그런 좌중의 분위기를 즐기기라도 하듯 잠시 여유를 두었다가 다시 말했다.

"다만 우리는 대막에서 왔소. 해서, 중원무림의 상황이나 위세에 대해서 무지한 터라, 여러분의 추측이나 기대보다 많이 다를 수 있다는 점을 유의해 주시오."

이렇게 말 잘하는 이야기꾼처럼 사전에 좌중의 호기심을 극대화시켜 놓은 철면신이 예의 무덤덤한 목소리로 흑선의 전력을 설명했다.

"우선 우리의 인원은 이백 명이오. 그중 소위 중원에서 이류라고 부를 만한 무사들을 제외하면, 일류무사가 일백 명이고, 초일류무사가 이십 명, 그리고 그 외 무사가, 굳이 정한다면 특급에 해당하는 무사가 열 명이며, 아직 가늠할 수 없는 고수가 두 명이오."

"그것참, 애매한 설명이구려."

가군자 이소였다.

그는 철면신의 시선이 자기에게 돌려지기를 기다렸다가 다시 말했다.

"지극히 주관적이라 나로서는 도무지 평가를 내릴 수 없구려. 아마도 다른 분들 역시 같은 생각일 거요. 해서, 도움이 될까 싶어서 확인하는 건데……."

그는 문득 예리한 눈길로 사방 천장을 훑어보며 말을 이었다.

"지금 우리를 지켜보고 있는 저들의 수준은 어디에 해당하오?"

그랬다.

지금 판옥의 내부가 아닌 외부 어딘가에는 몸을 은신한

채 좌중을 지켜보는 시선들이 있었다.

이소는 그것을 예리하게 감지하고 그들의 수준을 묻고 있는 것인데, 눈치로 봐서는 다른 사람들 역시 이미 알고 있는 것 같았다.

장내의 사람들 대부분이 이소의 질문을 듣고도 놀라기보다는 그저 호기심 어린 눈길로 철면신을 주시하고 있었다.

물론 철면신도 그들이 그와 같은 사실을 알고 있었다는 것을 모르지 않는 눈치였다.

철면신은 별다른 기색 없이 태연하게 대답했다.

"저들은 앞서 본인이 밝힌 부류 중 일류에 속하오. 더불어 말이 나온 김에 밝히자면, 저들은 여러분들을 감시하고자, 혹은 무언가 다른 위해를 가하고자 있는 것이 아니라 그저 번을 서고 있을 뿐이오."

이소의 눈빛이 크게 흔들렸다.

장내의 분위기도 그와 크게 다르지 않았다.

입을 열고 말을 하는 사람은 없었으나, 모두가 적잖게 놀란 감정을 표출하고 있었다.

그들 모두는 내심 암중인들의 수준이 상당하다고 생각했던 것이다.

그런데 철면신의 입에서 그들이 고작 일류에 불과하다는 말이 나오자 당황한 것이었다.

철면신의 말이 사실이라면 흑선에 탑승하고 있는 용병들의 수준은 정말이지 대단하다고 아니할 수 없는 것이다.

"도움이 되셨소?"

철면신이 이소에게 묻고 있었다.

이소가 묵묵히 고개를 끄덕였다.

그때 위연이 불쑥 나섰다.

"확인할 수 있겠나?"

철면신이 위연을 보며 되물었다.

"무슨 뜻이오?"

위연의 입가에 짙은 미소가 떠올랐다.

"그대의 말을 확인할 수 있느냐는 뜻이다."

철면신이 야릇하게 바뀐 눈길을 던지며 말했다.

"어떤 식으로 확인하길 원하오?"

위연이 어깨를 으쓱했다.

"무인의 무위를 확인하는 방법이 한 가지 말고 달리 더 무엇이 있겠나."

철면신이 물었다.

"비무를 원하시오?"

위연이 빙그레 웃었다.

"그게 가장 확실하지 않나?"

장내가 다시 한 번 보이지 않게 술렁거렸다.

위연의 말은 그야말로 간지러운 등을 긁어 주는 제안인
것이다.

철면신이 잠시 뜸을 들이다가 물었다.

"누구를 지목하겠소?"

승낙의 의미가 담긴 질문이었다.

위연이 망설이지 않고 대답했다.

"마음 같아서는 아직 그 수위를 가늠할 수 없다는 두 명
중 하나로 하고 싶지만, 아무래도 거기엔 그대도 포함되어
있을 듯하니, 분위기를 망치지 않기 위해서라도 포기하고,
그 아래로 정하도록 하지. 특급에 해당한다는 열 명 중 하
나로 말이야. 가능하겠나?"

철면신이 짧게 대답했다.

"가능하오."

위연은 철면신의 자신 있는 태도에 기분이 상한 모양이
었다.

그의 입가에 떠오른 미소가 한결 싸늘하게 변했다.

애써 내색을 삼가고는 있으나, 영락없이 부아가 치미는
사람의 모습이었다.

아니나 다를까, 그의 입에서 보다 냉정한 말이 뱉어졌다.

"혹시라도 문제가 생길까 봐 미리 언급하네만, 이런 식
의 비무란 것이 원래 상대의 무위를 모르는 상태에서 치러

지는 것이라 서로 다칠 수도 있으니, 만에 하나 그런 사태가 발생하더라도 각자 서로 양해해 주기로 하세. 문제없겠지?"

철면신이 고개를 끄덕였다.

"여부가 있겠소."

위연은 더욱 차게 웃으며 말했다.

"그럼 자리를 옮길까?"

철면신이 무심하게 대답했다.

"본인의 생각엔 여기서도 상관없을 듯 하오만."

"여기서?"

위연의 인상이 일그러졌다.

이해할 수 있는 일이었다.

판옥의 내부는 반경 서너 장 정도였고, 높이도 이 장을 넘지 않았다.

게다가 이미 그 공간의 일부를 차지하고 있는 사람들을 제외하면, 여유 공간은 그야말로 고작 반경 서너 장 남짓이었다.

이런 좁은 공간에서 비무를 하자니 정말이지 어이가 없는 것이다.

자신이 있다는 것일까?

이처럼 좁은 공간에서도 싸움을 쉽게 끝낼 수 있다는 자신이?

사실과 무관하게 철면신의 태도는 누가 보아도 그런 오해를 부르기에 충분했다.

위연도 그렇게 생각한 모양이었다.

그의 두 눈에 시퍼런 광채가 희번덕거렸다. 오기의 불꽃이었다.

"그럼 그렇게 하도록 하지."

위연은 냉소적으로 대답하고는 뒤에 물러나 있던 냉화문에게 눈짓했다.

서릿발처럼 싸늘한 눈짓, 마땅히 그에 대한 대가를 지불해 주라는 명령이었다.

냉화문이 다부지게 고개를 끄덕이고는 앞으로 나섰다.

그에 보조를 맞추듯 사람들이 뒤로 물러나서 공간을 확보했다.

철면신이 이때를 기다린 것처럼 손가락을 튕겼다.

그 소리와 함께 미닫이문이 조용히 열리며 한 사람이 들어와서 냉화문을 마주 보고 섰다.

마주 대치한 상태에서 머리가 냉화문의 어깨에도 미치지 않은 사람, 바로 앞서 그들 동창의 인물들을 이곳으로 안내한 꼽추노인이었다.

철면신이 꼽추노인을 소개했다.

"들어 본 적이 있을 것이오. 용병들의 대장인 한천노요."

장내에 가벼운 탄성이 흘렀다.

다들 처음 꼽추노인을 보고 혹시 용병들의 대장이라는 한천노가 아닐까 생각하면서도 설마 대장의 지위를 가진 자가 안내자로 나설까 싶어서 무시했었는데, 그게 사실로 밝혀지자 놀라웠던 것이다.

그리고 그건 위연도 마찬가지였다.

그 역시 한천노에 대한 얘기는 들었으나, 안내자로 나섰던 꼽추노인이 한천노일 것이라고는 전혀 생각하지 않았었다.

그런데 막상 그렇다니 내심 왠지 모르게 속았다는 느낌이 들어서 절로 이맛살이 찌푸려지고 있었다.

바로 그 순간, 냉화문의 선공으로 비무가 시작되었다.

냉화문의 전신이 한순간 고슴도치처럼 변하는가 싶더니, 그 가시 하나하나가 폭발하듯 터져나가며 한천노의 전신을 뒤덮고 있었다.

냉화문은 천수비도라는 별호를 가진 비도의 달인이었다.

별호처럼 천 개의 손이라는 건 과장이라고 하더라도 그 정도로 빠르고 강력한 비도술을 사용한다는 뜻인데, 지금 보이는 모습이 정말 그랬다.

냉화문이 조금도 기다리지도 않고, 시작부터 전력을 다해서 자신이 일시에 발출할 수 있는 최대의 숫자인 일백팔 개의 비도를 날린 것이었다.

한천노의 입장에선 그야말로 눈앞에서 쏟아지는 비도의 폭우!

비도술의 단점이 일정한 거리를 유지해야 위력을 발휘하는 것이라고들 하지만 지금의 경우를 보면 전혀 그런 것 같지 않았다.

너무 가까워서 오히려 더 위험하고 위태로워진 것이 한천노의 입장이었다.

아무리 생각해도 쏟아지는 비도보다 더 빨리 물러나거나 바닥으로 꺼지는 수밖에는 다른 방법이 없는 것 같은데, 한천노는 물러나지도 바닥을 뚫고 들어가지도 않았다.

한천노는 몸을 웅크려서 가뜩이나 낮은 자세를 더욱 낮게 만들었다.

그리고 쇄도하는 비도를 보지 못하는 것처럼 두 팔을 휘저으며 무지막지하게 냉화문에게 달려들었다.

어처구니없게도 그것으로 싸움이 끝났다.

한천노의 전신에는 십수 개의 비도가 박혀 있었다.

그나마 두 팔을 휘저어서 최대한 날아오는 비도를 퉁겨냈기에 그 정도였다.

반면에 냉화문은 그 자신의 의도와 무관하게 판옥의 벽을 뚫고 밖으로 날아가 버렸다.

한천노가 온몸에 비도가 박힌 상태에서도 멈추지 않고 흡사 미친 들소처럼 밀고 들어와서 그의 가슴을 들이받았기 때문이었다.

과감하다기보다는 무식하다고밖에 말할 수 없는 한천노의 공격이었다.

그리고 그 결과, 한천노는 서 있었고, 냉화문은 가랑잎처럼 날아가서 쓰러진 채 꼼짝도 하지 않았다.

한천노의 승리인 것이다.

위연은 너무나도 황당한 현실 앞에 할 말을 잃어버렸다.

비무를 지켜본 모든 사람들도 그와 다를 바 없는 표정들이었다.

그때 철면신이 예의 무덤덤한 어조로 말했다.

"어떻게 도움이 되었는지 모르겠구려."

위연은 철면신의 목소리를 듣는 순간 차가운 이성을 회복했다.

앞서 뒤틀린 심사도 잊었고, 분노의 감정도 말끔히 지워 버렸다.

마치 뇌전이 스치는 것처럼 그의 뇌리에서 번쩍하고 한 가지 계획이 떠올랐기 때문이다.

"내가 한다."

위연은 대뜸 외치고는 더할 수 없이 차갑게 좌중을 쓸어보고 나서 철면신을 향해 다시 말했다.

"여기 자리한 그 누가 생각하는 대가보다도 더 많은 대가를 내가 지불하겠다. 그대와 그대의 수하들을 전부 내가 고용하겠다는 거다!"

제칠장

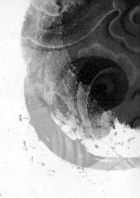

위연의 말에 반기를 드는 사람은 없었다.

위연은 일개 무부가 아니라 제독동창이며 그 뒤에는 동창을 비롯한 막강한 황궁의 권력이 도사리고 있다는 사실을 모두가 인지하고 있기 때문일 터였다.

철면신도 거부하지 않았다.

다른 사람들에게도 기회를 주겠다는 듯 장내를 쓸어보며 한동안 여유를 두기는 했으나, 나서는 사람이 없자 이내 위연의 제안을 수락했다.

그래서 사람들이 물러간 새로운 자리에서 다시 이야기가 시작되었다.

서로 마주한 자리에서 먼저 입을 연 것은 역시나 위연이
었다.

위연은 고압적인 자세로, 그리고 직설적인 화법으로 대
화를 시작했다.

"우리만 남았는데도 그 가면은 벗지 않나?"

철면신도 말을 돌리지 않았다.

"본인은 친구가 아닌 사람 앞에서는 가면을 벗지 않소."

위연의 인상이 구겨졌다.

"나는 아직 그대의 친구가 아니라는 뜻인가?"

철면신은 무심하게 대답했다.

"그러기에는 너무 시간이 짧지 않소."

"그건 인정하지만 왠지 불쾌한 것은 어쩔 수 없군. 내가
정중히 부탁해도 안 되겠나?"

"나는 이대로가 좋소."

위연이 보다 강경하게 나왔다.

"그래도 내가 요구한다면?"

철면신은 간단하게 대답했다.

"오늘의 자리는 없던 것으로 하겠소."

위연은 침묵한 채 철면신을 노려보았다.

철면신도 위연의 시선을 마주한 채 침묵을 지켰다.

장내의 공기가 무거워졌다.

위연과 동석한 혁련노사와 미청년, 그리고 냉화문의 안색이 살짝 굳어졌다. 가뜩이나 앞서의 비무로 인해 적개심을 불태우고 있던 냉화문의 두 눈에는 노골적인 살기가 떠오르고 있었다.

그에 반해 철면신 뒤에 시립한 꼽추노인 한천노는 마치 무슨 일이 벌어져도 자기와는 상관없다는 듯 무덤덤했다.

앞서 냉화문의 비도술에 당해서 적지 않은 상처를 입었을 텐데도 그런 내색조차 눈곱만큼도 찾아볼 수 없는 모습이었다.

이윽고, 위연이 그런 두 사람, 철면신과 한천노를 번갈아 보며 안색을 풀었다.

"내가 누군지 알면서도 이렇게 대담하게 나오다니, 그 배포를 높이 사서라도 인정해 주도록 하지. 빠른 시일 내에 나와 친구가 될 수 있기를 기대하겠네."

철면신이 가볍게 고개를 숙였다.

"배려 감사하오."

위연이 웃는 낯으로 손을 털며 말했다.

"그럼 어디 한번 본격적으로 우리 일에 대해서 이야기해 볼까? 우선 그대를 비롯한 흑선의 용병들을 고용하는 대가를 말해 보게. 얼마면 되겠나?"

철면신이 고개를 저었다.

"순서가 틀렸소. 먼저 우리에게 맡길 일이 무엇인지부터 말해 보시오. 그래야 그 대가를 알 수 있소."

위연이 그게 옳다는 듯 미소를 지으며 고개를 끄덕이다가 불현듯 두 눈을 번뜩이며 말했다.

"한 사람만 죽여주면 되네."

철면신이 물었다.

"그게 누구요?"

"육태강!"

위연이 의미심장한 미소를 지으며 덧붙였다.

"그자의 목을 내게 가져다주게!"

묵묵히 두 사람의 대화를 듣고 있던 혁련노사와 그가 대동한 미청년의 표정이 묘하게 변했다.

그 곁에 있는 냉화문의 안색 역시도 눈에 띄게 달라졌다.

그들, 세 사람은 위연이 무슨 연유로 흑선의 용병들을 수중에 넣으려는지 이제야 알게 되었던 것이다.

철면신이 가만히 위연의 말을 곱씹었다.

"육태강……."

위연이 빙긋 웃으며 말했다.

"그래, 육태강. 근자에 아주 유명한 놈이니 모르진 않겠지?"

철면신이 담담하게 대답했다.

"물론 알고 있소. 마도라 불린다는 그 육태강 말이오."

위연은 코웃음을 쳤다.

"그렇게도 불린다더군."

철면신이 물었다.

"그자, 마도 육태강만 죽이면 되는 것이오?"

위연이 싸늘한 표정으로 단호하게 말했다.

"그러하네. 어떤 수단과 방법을 동원해도 무방하네. 그놈의 목만 내 손에 쥐여 주면 그게 무엇이든 그대가 원하는 대가를 주지."

"마도 육태강이라……."

철면신이 잠시 뜸을 들이다가 말했다.

"본인이 원하는 대가가 황금이 아니라도 괜찮겠소?"

위연이 미심쩍은 표정으로 되물었다.

"황금이 아니면?"

철면신이 대답했다.

"본인도 눈과 귀가 있는지라 그자가 어느 정도의 인물인지 익히 잘 알고 있소. 예상컨대 뜻대로 청부를 완수한다고 해도 우리 전력의 삼분지 일이 날아갈 거요. 그마저도 최소한. 해서, 본인은 황금이 아니라 보다 더 큰 걸 원하오."

"황금보다 더 큰 것?"

"중원에 우리가 정착할 수 있는 터전을 마련해 주시오.

가능하겠소?"

위연은 대답을 미룬 채 야릇한 눈길로 철면신을 주시하며 턱을 긁었다.

마치 산판을 들고 손익을 따지는 장사꾼처럼 보였다.

그리고 결론은 남는 장사인 모양이었다.

이윽고, 그는 미소를 지으며 말했다.

"그러지. 그렇게 해 주겠네. 어디를 원하는가?"

철면신이 자리를 털고 일어났다.

"그건 그자의 목을 들고 와서 밝히겠소."

위연이 따라 일어나며 기분 좋게 웃었다.

"그 성격 마음에 드는군."

철면신이 사무적으로 물었다.

"그럼 기한은?"

위연이 말했다.

"늦어도 열흘!"

철면신이 고개를 저었다.

"칠 주야!"

그는 단호하게 덧붙였다.

"어려운 일일수록 빨리 해치워야 한다는 것이 본인의 지론이오."

위연은 마다할 이유가 없었다.

중원에 혜성처럼 나타난 용병부대 흑선의 첫 번째 청부가 그렇게 이루어졌다.

위연과 혁련노사 등이 앞서와 마찬가지로 한천노의 안내를 받아 흑선을 벗어났을 때, 밖은 여전히 어두웠고, 또한 여전히 지켜보는 시선들이 있었다.

위연의 위세에 굴복해서 일단 물러나긴 했으나, 여전히 적지 않은 무림인들이 미련을 가지고 남아 있었던 것이다.

그런 시선들을 대수롭지 않게 무시하며 부둣가를 떠나면서, 위연이 말했다.

"어떤 자인 것 같소?"

혁련노사에게 던지는 질문이었다.

혁련노사는 망설이지 않고 자신의 생각을 밝혔다.

"예사롭지 않소. 뛰어난 자외다. 도무지 그 능력을 가늠할 수 없어서 당황스럽소."

위연이 예리하게 물었다.

"노사와 비교하면 어떤 것 같소? 자신 없소?"

혁련노사는 신중하게 대답했다.

"장담할 수 없소. 확실한 건 그와 내가 싸운다면 누가 이기든 온전한 몸은 아니게 될 거요."

위연이 웃는 낯으로 중얼거렸다.

"허면 내 선택이 나쁘진 않았다는 거구려. 그 정도면 어디 한번 믿어볼 만하지 않겠소?"

육태강을 염두에 두고 하는 말이었다.

혁련노사는 수긍했다.

"그렇긴 하지요."

위연이 힐끗 혁련노사의 표정을 일견하고는 말했다.

"돈이 아니라 자리를 달라는 말이 더 믿음이 가더구려."

혁련노사는 인정했다.

"그건 본인의 생각도 그랬소."

위연이 고개를 끄덕이며 수긍하는 혁련노사를 바라보며 야릇한 미소를 지었다.

"그래서 더 의심이 가오."

혁련노사는 심상치 않게 물었다.

"허면……?"

위연이 의미심장하게 말했다.

"일단은 기다릴 생각이오. 하지만 마냥 기다리기에는 어딘지 모르게 성이 안 차니 관심을 가지고 예의주시할 필요가 있을 것 같소."

혁련노사는 단번에 위연의 의도를 알아듣고는 나직이 물었다.

"저들의 뒤를 노리실 생각이시오?"

위연이 기분 좋게 웃으며 대답했다.

"매가 되어서 당랑을 노리는 새를 잡아보는 것도 재미있을 것 같지 않소?"

철면신이 육태강을 노릴 때를 기다렸다가 그들 모두를 한꺼번에 제거해 버리겠다는 말이었다.

위연의 머릿속에는 철면신과의 약속을 지킬 생각 따위는 애초에 없었던 것이다.

혁련노사는 두 눈을 예리하게 빛냈다.

"허면 본인이 가까이서 지켜보도록 하겠소."

위연이 만족한 표정을 지었다.

"그래 주면 일이 한결 편하지요."

혁련노사는 가볍게 고개를 숙여 보이고 자리를 뜨려 하다가 말했다.

"잘 아시겠소만, 앞서 말했다시피 예사롭지 않은 자외다. 근방에 우리의 전력이 대기하고 있다는 것이 알려지면 좋지 않소."

위연이 빙그레 웃었다.

"염려 마시오. 일단 전력을 뺐다가 다시 돌아올 생각이오. 적당한 자리를 이미 봐 두었소."

"역시 제독이시오."

혁련노사는 감탄했다는 듯 웃어 보였다.

위연이 새삼 정색하며 말했다.

"상황이 벌어지면 지체 없이 연락하시오."

"여부가 있겠소이까. 그럼 본인은 여기서 이만……."

혁련노사는 정중히 공수하고 돌아섰다.

그들은 어느새 부둣가를 벗어나서 도심으로 향하는 한적한 소로를 걷고 있었다.

혁련노사는 가능한 한 사람들의 이목을 피하기 위해 오던 길이 아닌 다른 길을 선택해서 다시 흑선으로 향했다. 그의 곁에는 언제나처럼 미청년 하나만이 그림자처럼 따르고 있었다.

흑선이 시야에 들어오자, 그 미청년이 문득 말했다.

"무슨 딴생각이 있는 거죠?"

혁련노사는 히죽 웃으며 대답했다.

"네 녀석과 같은 생각이려나?"

미청년이 심각해져서 물었다.

"보통이 아니던데, 가능하겠어요?"

혁련노사는 다부지게 대답했다.

"나 혼자라면 몰라도 너와 함께라면 승산이 오 할은 넘는다고 본다."

미청년이 걱정스럽게 말했다.

"오 할이면 확률이 너무 낮잖아요."

"나도 그렇게 생각한다만······."

혁련노사는 두 눈을 예리하게 뜨며 단호하게 말을 끝맺었다.

"보통 놈 같지가 않아서 도무지 그대로 둘 수가 없다. 위험 부담이 크더라도 기필코 제거해야겠어!"

미청년이 어깨를 으쓱했다.

"그렇다면야 어쩔 수 없는 노릇이죠."

그리고 새삼 진지하게 물었다.

"허면 언제?"

"지금 당장."

"지금 당장이요?"

혁련노사는 당황해하는 미청년을 향해 다시금 히죽 웃으며 부연했다.

"그자의 말이 옳다. 어려운 일일수록 빨리 해치우는 것이 좋다."

"하긴 지금쯤이면 우리를 보내고 나서 큰 짐 하나를 내려놓았다고 생각하며 해이해져 있을 수도 있겠군요."

"내가 바라는 것도 그거다."

혁련노사는 미청년의 어깨를 가볍게 한 차례 두드리고는 이내 발걸음을 서둘렀다.

미청년도 이내 심각해져서 재빨리 그 뒤를 따라붙었다.

그들의 움직임은 참으로 은밀하면서도 신속했다.

그야말로 상승의 은신술을 겸한 신법이라 어두운 밤이 아닌 대낮이라도 선뜻 그들의 모습을 발견할 만한 안력의 소유자는 드물 것 같았다.

지금 그들은 여태까지 한 번도 제대로 드러낸 적이 없는 무력을 고스란히 드러내고 있는 것이었다.

그렇게 귀신처럼 흑선의 밑창까지 접근한 그들은 이내 누가 줄로 묶어서 잡아당기기라도 하는 것처럼 미끄러지듯 갑판으로 올라갔다.

고도의 벽호공(壁虎功)!

갑판에 오른 두 사람은 다시 안개처럼 흐려진 신형으로 미끄러지듯 이동해서 눈 깜짝할 사이에 선실로 잠입해 들어갔다.

선실 내부는 복잡했으나, 그들은, 정확히 혁련노사는 조금도 헤매지 않았다.

혁련노사는 앞서 이미 표적에게, 바로 철면신의 몸에 사람을 추적할 때 사용하는 특수 물질인 천리향(千里香)을 뿌려 놓았고, 그는 오랜 수련을 통해서 설령 물속에 있다고 해도 그 냄새를 맡을 수 있었다.

그러나 혁련노사와 미청년은 천리향의 흔적을 따라간 선실, 철면신의 거처로 유령처럼 소리 없이 잠입해 들어가기 무섭게 말 그대로 석상처럼 굳어져 버렸다.

철면신이 해이해져 있을 것이라는 그들의 기대는 헛된 망상에 불과했다.

철면신은 그들을 기다리고 있었다.

불 꺼진 선실의 침상에 반듯하게 앉아서 그들을 바라보고 있는 철면신의 모습은 그렇게밖에는 달리 생각할 것이 없었다.

그리고 그것을 증명하듯 철면신이 말했다.

"나를 죽이러 왔나?"

혁련노사는 재빨리 미청년과 눈빛을 교환했다.

철면신은 지금 혼자인 것이다.

어차피 위험을 감수하고 나선 길이고, 이대로 물러날 생각이 아니라면 지금이 기회였다.

하지만 혁련노사와 미청년은 움직일 수 없었다.

철면신이 두려워서가 아니었다.

곧바로 이어진 철면신의 말과 행동 때문이었다.

"혁련노사, 아니, 천군일비(天軍一秘) 혁련후(赫連珝). 쓸데없는 짓 말고 그냥 거기 앉아. 할 말이 있으니까."

철면신이 그리고 얼굴을 가리고 있던 철가면을 벗었다.

혁련노사와 미청년은 귀신에 홀린 것처럼 넋을 놓았다.

육태강이 그들, 두 사람을 바라보며 빙그레 웃고 있었기 때문이다.

철면신의 진면목은 바로 육태강이었던 것이다.

사람은 너무 충격을 받으면 머리가 하얗게 비어서 방금 전에 무슨 말을 들었는지, 무슨 일이 있었는지 잊어버리는 수가 있다.

혁련노사가 지금 그랬다.

혁련노사는 철면신이 육태강이라는 사실에 충격을 받아서 조금 전 육태강이 자신을 어떻게 호칭했는지 잊어버렸다.

그리고 그건 미청년도, 사실은 독특한 주안술을 익혀서 육십이 넘은 나이에도 그렇게 어리게 보일 뿐이지 혁련노사와 같은 동창의 원로인 음양소자(陰陽小者) 낭리호(浪利狐)도 마찬가지였다.

그래서 두 사람이 정지한 시간 안에 들어와 있는 것처럼 이러지도 저러지도 못하고 우두커니 서 있자, 육태강이 상황을 다시 일깨워 주었다.

"언제까지 그러고 있을 텐가, 혁련후?"

정지했던 시간이 다시 흐르기 시작했다.

기억이 되살아나고 눈앞의 상황이 현실로 인식되었다.

혁련후는 정신을 차리며 육태강이 권하는 자리에 앉았

다.

그리고 육태강을 바라보자, 이번에는 한꺼번에 수많은 의혹들이 뇌리를 점령해 버렸다.

그는 애써 마음을 다잡으며 말했다.

"자네가 철면신이라니 놀랍군."

육태강은 대수롭지 않게 말을 받았다.

"사정이 있어서."

"내 정체는 어떻게 알고 있지?"

"알려 주는 사람이 있어서."

혁련노사의 눈빛이 예리해졌다.

"내 정체를 알고 있는 사람은 이 세상에 오직 한 사람뿐이다. 하지만 그는 자네를 만난 적이 없다. 설령 만났다고 해도 그걸 발설할 사람도 아니고."

육태강은 가만히 혁련노사를 바라보았다.

그는 혁련노사가 누구를 염두에 두고 있는지 알 수 있었다.

전 내각대학사(內閣大學士)이자 내각수보인 권감이었다.

지금은 관직에서 물러나서 은둔 생활을 하고 있는 권감이 천군의 실질적인 수장임을 그는 익히 잘 알고 있는 것이다.

하지만 그는 권감 말고도 천군에 정통한 사람이 하나 더 있음도 알고 있었다.

아는 사람만 아는 얘기지만, 암중에서 권감을 도와 천군 창단에 지대한 영향을 끼친 인물, 대장군 종리천이 바로 그였다.

"한 사람이 아니라 두 사람이지."

"두 사람?"

혁련노사는 이해할 수 없다는 표정을 짓다가 한순간 두 눈을 크게 떴다.

"설마 대장군……?"

육태강은 지나가는 말로 중얼거렸다.

"이엄이 약속은 지켰군."

그는 지난날 안휘성 구화산의 대각사에 구속되어 있던 이엄을 풀어 주면서 자신의 내력을 비밀에 부치라고 당부했던 것이다.

혁련노사는 떨리는 목소리로 말했다.

"진정 자네가 종리 대장군을 만났단 말인가?"

육태강은 잠시 여유를 두었다가 대답했다.

"그는 내게 믿을 수 있는 다섯 사람의 이름을 알려주었다. 그중의 하나가 당신이었지. 천군일비 혁련후, 천군에서 동창에 잠입시킨 첩자."

그는 무심하게 말을 덧붙였다.

"그가 아니었으면 당신은 오늘 살아서 나를 만날 수 없었을 거다."

혁련노사의 두 눈빛에 만감이 교차했다.

그러다가 그는 문득 냉정해져서 물었다.

"허면, 자네는 천군인가?"

육태강은 단호하게 대답했다.

"내겐 누구를 향한 충성심도 없고, 다수를 위해 나선다는 대의 따위도 없다. 내겐 내 목표만 있을 뿐, 그 따위 것들은 다 허세고, 자기기만에 불과하다고 생각한다. 고로 나는 천군이 아니고, 천군이 될 수도 없다."

혁련노사의 눈가가 사납게 꿈틀했다.

"내가 오늘 독단적으로 위험 부담을 안고 여기 온 것은 자네를, 아니, 철면신을 죽이기 위해서였네. 전날 만난 이엄이 말하길, 자네는 천군의 미래를 위해서 없어서는 안 될 존재라고 했고, 내가 보기에 철면신의 존재는 충분히 자네에게 위협이 된다고 생각했기 때문이지. 하지만!"

잠시 말을 멈춘 혁련노사는 두 눈을 위협적으로 빛내며 다시 말했다.

"자네가 천군이 아니고, 천군이 될 생각도 없다면 나는 자네를 적으로 간주할 수밖에 없네. 작금의 중원에서 자네만큼 천군에 도움이 될 만한 인물도 없지만, 만일 적이 된다면 자네만큼 위협적인 존재 또한 드물 테니까 말일세."

육태강은 피식 웃었다. 그리고 경멸하는 눈길로 혁련노사를 노려보았다.

"내가 싫어하는 것이 그거야. 대의니 뭐니 해서 개인을 핍박하는 거. 다수를 위해서라면 개인 따위는 언제든지 사라져도 좋다고 생각하는 거. 아니, 제거하는 거. 그래서 싫어."

그는 한결 더 냉정하게 말을 끝맺었다.

"이래서 내가 적으로 보인다면 어쩔 수 없는 노릇이지. 제거하고 싶다면 얼마든지 그렇게 해. 다만 그때는 나도 천군을 내 앞을 가로막는 장해물로 보게 될 거야."

혁련노사는 낯빛을 싸늘하게 굳히며 말했다.

"황제 폐하를 보필하는 건 만백성의 도리다. 자네의 귀엔 억압받는 황제폐하의 신음이 들리지도 않나. 자네는 대명제국의 백성이 아니란 말인가?"

육태강은 붉게 달아오른 혁련노사의 얼굴을 무심히 바라보며 말했다.

"천군이 되는 게 황제를 위하는 길이라고 누가 보장하지? 당신이 할 건가? 그럼 나는 당신 말을 믿어야 하는 것이고?"

그는 손을 내젓고는 다시 말했다.

"세상에 정확한 건 없다. 다들 자기가 믿고 싶은 것을 믿을 뿐이지. 그러니 당신들은 당신들이 믿고 싶은 것을 믿고 나는 내가 믿고 싶은 것을 믿으면 그만이다. 굳이 당신들의 생각을 다른 사람에게, 적어도 내게 강요하지 마. 나도 내 생각을 당신들에게 강요할 마음이 추호도 없으니까. 기실 나는 이 말을 하려고 당신을 기다렸다. 우연찮게 당신을 보고 나니 아무래도 자꾸 눈에 거슬릴 것 같아서 말이야."

혁련노사는 흥분을 가라앉히지 못한 채 언성을 높였다.

"자네의 생각이야말로 삐뚤어진 아집이고, 현실에서 도피하려는 겁쟁이의 변명에 불과하다. 천군은 황제 폐하를 위해 목숨을 바칠 각오가 되어 있다. 그런 천군의 의기와 충정을 모독하지 마라!"

육태강은 피식 웃고는 심드렁하게 대꾸했다.

"어떤 권력도 정체하면 부패하기 마련이다. 황제에 대한 충성과 복종을 미덕으로 삼던 오늘의 천군이 내일은 권력의 맛에 길들여져서 그렇게 되지 말라는 법은 없지."

"감히 그따위 망발을……!"

혁련노사가 분노한 얼굴로 탁자를 치고 일어나며 칼을 뽑았다.

두 치나 되는 두툼한 심재(心材)를 짜 맞춘 탁자가 종잇장처럼 찢어지며 무너졌다.

미청년도, 바로 음양소자 낭리호도 부지불식간에 일어나서 독수리처럼 발톱을 세우고 육태강을 노려보았다.

그의 손가락에 끼워진 강철 손톱이 예리하게 빛났다.

불빛 아래 푸르스름하게 번들거리는 것으로 보아 독(毒)이 발라진 철조, 이른바 독조(毒爪)가 분명했다.

그러나 그와 같은 두 사람, 혁련노사와 낭리호의 위협에도 불구하고 육태강은 아무렇지도 않은 것처럼 자리를 지키고 앉아서 혼잣말처럼 중얼거렸다.

"나무는 가만히 있으려 하나 바람이 멈추지 않는다는 말이 있지. 하물며 나는 가만히 있는 나무가 아니다. 한 대를 맞으면 열 대로 되돌려 주는 속 좁은 사람이다."

그는 천천히 고개를 들어서 무심한 눈길로 두 사람을 바라보며 경고했다.

"칼을 거둬라. 그 칼끝이 움직이면 당신은 죽는다."

엄청난 위압감이 장내에 휘몰아쳤다.

손가락 하나 까딱할 수 없는 존재감이 육태강의 무심한 두 눈에서 폭포수처럼 쏟아져 나와 장내를 무섭게 짓눌렀다.

혁련노사의 칼끝이 바르르 떨렸다.

낭리호의 이마에서는 식은 땀방울이 흘러내렸다.

거부할 수 없는 압력이 그들, 두 사람의 몸을 통제하고 심령마저 억압했기 때문이었다.

이윽고, 혁련노사가 어금니를 악물며 떨리는 칼끝을 회수했다.

육태강도 슬며시 뒤로 물러나며 자세를 바로 했다.

육태강은 그런 두 사람을 가만히 바라보고 있다가 조용히 말했다.

"나는 천군도 지난 사천혈사와 직간접적으로 무관하다고는 할 수 없음을 알고 있다. 어쩔 수 없었다고는 하나, 과오임을 알면서도 눈을 감고 방조한 것 역시 죄과에서 벗어날 수 없는 거니까. 그럼에도 불구하고 내가 천군을 적대시하지 않고, 오늘 이렇게 당신들 앞에서 정체를 드러내며 구구절절 많은 말을 한 것은, 종리 대장군의 목숨을 건 수고로 인해 내가 그 과오를 조용히 덮기로 했기 때문이다. 그리 알고 그만 돌아가라. 천군이 나를 건드리지 않으면 나역시 천군을 건드리는 일은 절대 없을 거다."

혁련노사는 육태강을 뚫어지게 응시하다가 이내 말없이 돌아섰다.

그러다가 문을 나서기 전에 잠시 멈추며 말했다.

"무슨 일을 도모하고 있는지는 모르겠으나, 조만간 심상치 않은 일이 벌어질 것 같으니 조심하게. 이건 천군의 일원으로서가 아니라 대장군을 흠모하는 사람으로서 대장군의 지인에게 해 주는 말이네."

육태강은 짧게 대꾸했다.

"고맙군."

혁련노사는 잠시 더 머뭇거리며 무언가 말을 하려다가 말고 다시 입을 열려다가 참더니, 끝내 말없이 낭리호를 앞세우고 밖으로 사라졌다.

육태강은 두 사람의 인기척이 사라지고도 한참을 더 침묵한 채 앉아 있다가 어느 한순간 창밖을 보며 말했다.

"들어와라."

이 말이 끝나기 무섭게 창밖에서부터 한 줄기 바람이 불어왔다.

그와 동시에 육태강의 전면에 거짓말처럼 홀연히 검은 인영 하나가 나타났다.

날카로운 눈매와 삼단같이 긴 머리카락이 이채로운 묘령의 소녀, 흑수사의 여자객인 혈관음이었다.

육태강은 무심히 혈관음을 일견하고는 입을 열었다.

"그간, 그리고 오늘까지 내 모든 것을 봤지?"

혈관음은 말없이 고개를 끄덕였다.

그녀는 그동안 보이지 않는 곳에서 육태강의 뒤를 따르며 그의 일거수일투족을 모두 지켜보고 있었던 것이다.

육태강은 매섭게 혈관음을 직시하며 말했다.

"그럼 내가 무슨 일을 벌이고 있는지도 대충 짐작할 테지. 그래도 나를 따르겠다는 생각에 변함이 없나?"

혈관음은 이번에도 말없이 고개를 끄덕여서 수긍했다.

육태강은 잠시 여유를 두었다가 다시 말했다.

"그렇다면 길게 얘기하지 않겠다. 방금 전 그들이 내 앞에 나타났다는 것은 사태가 내 예상보다 더 급박하게 돌아가고 있다는 뜻이다. 해서, 네가 한 가지 해 줄 일이 있다."

혈관음이 처음으로 입을 열었다.

"그게 무엇입니까?"

육태강은 두 눈을 빛내며 말했다.

"한 사람을 지켜 줘야겠다."

그는 단호하게 덧붙였다.

"목숨을 걸고!"

제팔장

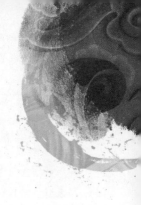

　혈관음은 별다른 이의를 달지 않고 육태강의 명령을 받아들였다.

　육태강은 몇 가지 지시와 당부를 보탠 다음에 그녀를 밖으로 내보냈다.

　혈관음이 떠난 그 순간부터 흑선은 한동안 분주하게 돌아갔다.

　흑선의 경계가 배로 강화되었고, 대규모 용병들이 빠져나갔다가 되돌아오기를 지속적으로 반복했다.

　철면신, 바로 육태강의 계산된 명령에 의해서였다.

　육태강은 지켜보는 눈들에게 흑선이 무언가 일을 시작했

다는 사실을 알릴 필요가 있다고 판단하고 움직인 것이었
다.

다만 이게 전적으로 보이기만을 위한 시늉은 아니었다.

용병들이 들락거리는 사이, 흑선에는 적지 않은 인원이
추가되었다.

흑선을 지켜보던 눈들은 전혀 눈치채지 못했으나, 하선
할 때의 용병들이 백 명이었다면 복귀할 때 그들의 인원은
백십 명 혹은 백이십 명이라는 식이었다.

사전에 꾸며진 계획에 따라 진즉에 무한을 벗어난 흑천
의 형제들이 그런 식으로 복귀하는 용병들 틈에 끼어 흑선
에 합류했던 것이다.

그리고 위연과의 거래가 이루어진 날로부터 이틀이 지난
새벽 무렵이었다.

마침내 도무지 움직이지 않을 것 같았던 흑선이 닻을 올
리고 출항했다.

흑선이 떠난 그 자리에는 흑의와 짧은 챙의 방립으로 일
체감을 주고 도검을 비롯한 각종 무기로 완전무장한 대규
모 용병이 남아 있었다.

철면신이 선두에서 이끄는 흑선의 이백 용병이었다.

이 소식은 감시자들의 눈을 통해서 빠르게 각지로 전파
되었다.

무림이 크게 술렁였다.

흑선의 용병들이 노리는 표적이 누구인지 정확한 판단을 내리기 위해 암중으로 수많은 밀사들이 오갔다.

대립의 각을 세우고 있던 철혈구호방과 무당, 화산, 그리고 강남세가연맹의 시선도, 더 나아가서 그들의 대립으로 말미암아 잠정적인 적대 관계로 변해 가던 강북사패의 나머지 거파들과 강남의 수많은 방파들의 관심도 그들에게 집중되었다.

조금이라도 눈치가 있는 사람이라면 흑선의 용병들이 노리는 표적이 근자에 세간의 이목을 집중시키며 떠오른 신성, 마도 육태강임을 짐작할 수 있기에 더욱 그랬다.

그러나 그들, 모두는 꿈에도 상상하지 못했다.

그 시각 진짜 철면신은, 바로 육태강은 장강의 물결을 타고 유유히 움직이는 흑선에 타고 있었다.

흑선 용병들의 대장이라는 한천노와 신산 조문을 비롯해서 곽자홍, 백무인 등 흑천의 형제들 열다섯 명과 한자리에 모여서였다.

"이로써 세간의 이목을 뿌리치고 유황도의 형제들을 중원으로 들이는 계획은 완벽하게 마무리되었습니다. 물론 황금도 함께 말입니다. 유황도주 송계악은 죽었고, 그에 딸린 육선문의 인원은 포섭되어 우리 식구가 되었으며, 유황도는 완벽하게 폐쇄되었습니다. 그야말로 우리의 흔적을 완벽하게 지운 셈이니, 설령 귀신이라고 해도 흑선의 용병들이 유황도의 죄수들이었다고는 감히 상상하지 못할 겁니다."

그랬다.

기실 흑선의 용병들은 지진으로 인해 몰살당했다고 알려진 유황도의 죄수들이었던 것이다.

장장 한 시진에 걸쳐 그간의 내막과 사정을 일목요연하게 나열한 조문은 길게 늘어진 직사각형의 탁자에 둘러앉은 육태강 등 다른 사람들을 쓸어보며 잠시 여유를 두었다가 다시 말문을 열었다.

"다만 비밀 엄수를 위해서 이번 계획을 사전에 밝히지 못한 점 이 자리를 빌려서 사과드리며, 더불어 이런저런 시시비비를 떠나서 홀로 암중에서 일을 도모하느라 애쓰신 한천노와 위험을 무릅쓰고 세간의 표적이 되어서 이번 이주 계획을 표면에 드러나지 않게 하신 주군의 노고를 감히 높이 치하하는 바입니다. 두 분의 희생이 없었다면 이번 계획은 절대 순조롭게 진행될 수 없었을 겁니다."

좌중의 시선이 한천노와 육태강에게 쏠렸다.

한천노가 겸연쩍은 표정으로 말했다.

"과찬이시오. 이 늙은이야 그저 주군이 시키신 대로 움직였을 뿐, 주군이야말로 노고가 크셨지요. 저야말로 이 자리를 빌려서 주군께 감사드립니다. 덕분에 그 먼 길을 온 것도 모자라서 이 흑선을 띄울 때까지도 관심을 가지고 접근하는 무림인들이 하나도 없었습니다."

"하지만 이 중대한 일을 진행하면서 우리 모두를 감쪽같이 속이다니 좀 너무했어요. 일이 계획대로 잘 성사되었기에 별로 타박하고 싶은 마음은 없지만, 아무리 만에 하나를 위한 기밀 유지를 위해서라도 이건 너무 심한 것이 아닌가 싶네요."

당소군이었다.

그녀는 말을 끝내기 무섭게 새침한 표정으로 육태강을 일별하고는 심통이 난 아이처럼 팔짱을 꼈다.

그러고 보면 심각하게 내색만 하지 않았다 뿐이지 좌중의 사람들 대부분이 적지 않게 마뜩잖은 표정을 하고 앉아 있었다.

그들 모두는 당소군과 마찬가지로 일이 잘 성사된 마당이라 할 말은 없지만, 모두를 속이면서까지 육태강 혼자 위험 부담을 안고 표적이 되었던 것에 불만을 가지고 있는 것이다.

"그 점에 대해서는……."

조문이 어색하게 웃으며 나서는데, 육태강이 가볍게 손을 들어서 말을 끊으며 끼어들었다.

"이번 일이 전적으로 유황도의 형제들만을 위한 계획이었다면, 나도 처음부터 여러분에게 모든 사실을 밝혔을 것이다. 하지만 이번 일에는 그것 말고도 중요한 한 가지 계획이 더 들어 있었다. 그래서 미리 밝히지 않은 것이니 다들 이해하도록."

육태강은 좌중을 둘러보며 빙그레 웃고는 다시 말했다.

"그래도 여전히 불만스럽다면 내가 사과하지."

장내에 묘한 기류가 흘렀다.

그럴 만도 했다.

장내에 있는 사람들 대부분은 육태강이 누군가에게 사과를 하는 것도, 그리고 이처럼 대놓고 미소를 보이는 모습도 처음 보았기 때문이다.

한천노가, 기실 유황도에서 관부과 죄수들의 중간자 역할을 하던 노백상이 기꺼운 표정으로 말했다.

"과연 중원 물이 좋기는 좋은가 봅니다. 주군의 기도가 몰라보게 헌앙해지셔서 매우 놀랐는데, 이처럼 밝아지시기까지 하다니 말입니다."

육태강은 머쓱하게 웃었다.

한천노가 잔잔히 따라 웃다가 이내 진지해져서 물었다.

"헌데, 그 중요하다는 계획은 아직도 밝히실 수 없는 겁니까?"

육태강은 가볍게 고개를 저으며 말했다.

"아니, 사실 그 얘기를 하려고 다들 남으라고 한 거야. 이후 진행되는 일 역시 당분간은 나 혼자 나설 생각이지만, 진행 상황은 다들 알아 두어야 할 것 같아서."

"또 혼자 나서신다고요?"

한천노가 쓴 표정을 지으며 재우쳐 물었다.

"대체 어떤 일이시기에 그러십니까?"

육태강은 먼저 진지하게 좌중을 한 차례 둘러보고 나서 설명했다.

"짐작하는 사람도 있겠지. 기실 내가 혼자 나서서 세간의 표적이 된 것은 유황도 식구들의 이주를 감추려는 것이 주된 목적이었지만, 그 이면에 저들에게 내 존재를 각인시켜서 도발하려는 의도도 가지고 있었어. 저들을 뭉치게 하려고. 그리고 어지간한 일에는 소굴 밖으로 고개조차 내밀지 않는 원흉을 끌어내려고 말이야."

"저들이라 하심은 과거 그자들을 말씀하시는 것이겠지요?"

"그야 물론이지."

한천노가 한결 진지해져서 물었다.

"허면 원흉은……. 과거 그날의 원흉이 누군지 확신이
셨단 말씀이십니까?"

"섰지."

육태강은 잘라 말했다.

"역시 예상대로였어."

한천노가 싸늘한 눈빛을 뿌리며 중얼거렸다.

"태사감 왕진!"

육태강이 말을 받았다.

"그래. 그자였어. 반신반의하던 종리 대장군의 말처럼
과거 그날의 일은 그자가 주도한 것이 분명해."

장내가 찬물을 끼얹은 듯 고요해졌다.

언뜻언뜻 표출되는 적의만이 장내를 감싸고 돌았다.

한천노가 이제야 이해하겠다는 듯 고개를 끄덕거리며 침
묵을 깼다.

"그래서 제독동창 위연을 끌어들이고 그의 제안을 수락
하셨군요. 그자를 통해서 왕진을 끌어내려고 말입니다."

육태강은 가만히 고개를 저었다.

"그건 일부분에 불과해. 과거를 돌이켜 봐. 군부를 동원
하면서도 정작 그 자신은 철저히 숨어서 표면에 나서지 않
은 자야. 그런 자를 밖으로 끌어내기에는 지금의 나는 너무
미약한 미끼에 불과해."

"허면……?"

"내가 보다 큰 미끼가 되어야겠지. 그자가 자진해서 나설 수밖에 없는 큰 미끼."

육태강은 한결 두 눈빛을 예리하게 뜨며 의미심장하게 말을 덧붙였다.

"물론 그전에 먼저 그자의 수족을 자르고 철저히 고립시켜야 할 테지만."

한천노가 이해할 수 없다는 표정을 지었다.

"위연에게는 칠 주야를 기약하지 않았습니까? 벌써 이틀이 지났으니 이제 고작 닷새뿐이 남지 않았는데, 그 안에 그게 가능하시다는 겁니까?"

육태강은 당연하다는 듯 대답했다.

"그야 당연히 그 안에는 무리지."

한천노는 이게 대체 무슨 말이냐는 듯 두 눈을 멀뚱거렸다.

두 사람의 대화를 경청하고 있던 중인들 역시 하나같이 이해할 수 없다는 눈길로 육태강을 바라보았다.

육태강은 피식 웃었다.

"그건 그저 시간을 벌어 놓은 거야. 그게 아니더라도 그 안에 해결하면 오히려 의심을 사서 경각심을 심어 줄 요지도 다분하고."

한천노가 알 것도 같고 모를 것도 같다는 듯 중얼거렸다.

"그들이 보는 주군은 철면신에게 쉽게 당할 존재가 아니다. 그래서 빨리 해결하면 오히려 의심을 할 수도 있으니 시간을 끌어야 한다. 뭐, 이런 말씀이십니까?"

"단순히 그래서 시간을 끄는 건 아니야. 그래서 말인데……."

육태강은 문득 안색을 굳히며 한결 다부진 목소리로 다시 말했다.

"한천노가 수고 좀 해줘야겠어. 댓새가 지나면 위연을 찾아가서 고개를 숙여 줘. 육태강의 흔적을 찾기는 했으나, 워낙 신출귀몰한 녀석이라 좀 더 시간이 필요할 것 같다고. 대략 칠 주야 정도 더."

한천노가 얼떨떨한 표정으로 고개를 끄덕거리며 물었다.

"그다음에는요?"

육태강은 시선을 조문에게 돌렸다.

"그다음부터는 현일의 지시에 따라 주면 돼. 자세한 계획은 이미 현일에게 모두 다 설명해 두었으니까."

좌중이 시선이 조문에게 쏠렸다.

한천노도 이미 흑천의 내부 편제에 대해서 설명을 들은 터라 조문에게 시선을 주었다.

좌중의 시선이 몰리자, 조문이 어색한 미소를 지으며 말문을 열었다.

"굳이 그때 가서 설명드릴 필요도 없는 일이지요. 자세한 상황은 그때 가서 다시 말씀드려야겠지만, 대략적인 계획은 지금 말씀드리도록 하지요."

조문은 의미심장한 미소를 지으며 목소리를 가다듬고는 좌중을 둘러보며 다시 말했다.

"한천노께서 벌어 오신 오 주야가 지나면 우리는, 아니, 철면신은 마도 육태강을 생포해서 위연을 만나러 갈 겁니다. 그 자리에 나타난 제독동창 위연 이하 동창의 정예들을 모조리 제거하는 것이 우리의 임무입니다."

"그거 재미있겠군."

회의가 시작된 이후 줄곧 딴청을 부리며 시간을 때우고 있던 백무인이 한마디 하며 누런 이를 드러내고 웃었다.

평소 전투적인 성향이 강한 유조와 약전도 처음으로 미소를 드러냈고, 다른 사람들도 대부분 하나같이 기꺼운 표정들이었다.

그간 육태강의 명령에 의해 싸움다운 싸움을 하지 못한 채 피하고 숨어만 다니느라 억눌려있던 감정들이 은연중에 드러나고 있는 것이다.

그러나 한천노는 어디까지나 냉정했다.

"어딘지 이상합니다그려. 철면신이 마도 육태강을 생포

해 간다고 함은 주군께서도 그 일에 동참하신다는 것으로 들리는데, 어찌하여 그날의 계획을 조가에게, 아니, 현일에게 넘기셨습니까?"

육태강은 짧게 말했다.

"나는 그날 함께하지 않아."

좌중의 시선이 일시에 육태강에게 쏠렸다.

다들 이유를 묻는 눈초리였다.

육태강은 차분하게 이유를 설명했다.

"다들 알겠지만, 우연찮게 방문한 천군의 밀사들에게 왕진의 근황에 대한 언질을 받았어. 지금 왕진은 내 예상대로, 아니, 어쩌면 내 예상보다 더 빨리 움직이고 있는 것 같아. 해서, 나는 그가 행동에 나서기 전에 한 가지 일을 더 해결해 놓을 생각이야."

그는 문득 시선을 문으로 돌리며 말했다.

"들어와."

이 말과 함께 문이 열리며 장내의 그 누구도 감히 예상하지 못하고 있던 한 사람이 안으로 들어섰다.

어깨까지 늘어진 긴 머리카락을 청색 영웅건으로 단속하고, 청색 장삼을 포대처럼 헐렁하게 걸친 그 사람은 다름 아닌 십팔천강의 하나이며 화산제일검인 금사랑군 도원기였다.

그 금사랑군 도원기가 은은하여 경박이 없고 투명하여 믿음이 일어나는 눈동자를 번뜩이며 좌중을 둘러보고는 정중히 포권의 예를 취했다.

"반갑소. 도 아무개요."

금사랑군의 인사가 끝나기 무섭게 육태강이 나섰다.

그는 단호하게 말했다.

"나는 그와 함께 소림사(少林寺)로 갈 거야. 무림을 침묵시키기 위해서."

무림을 침묵시킨다.

사실 이 생각은 벌써 오래전부터 육태강의 마음속에 있었다.

무림은 그의 행보를 위해서 침묵해야 했다.

적어도 그의 앞길을 막지 말아야 했다.

두려워서가 아니라 그게 보다 적은 피를 흘리고 자신의 행보를, 돌이킬 수 없는 숙원을 이룩하는 지름길이라고 생각했기 때문이다.

소림사를 염두에 둔 것도 그때부터였다.

소림사가 명문정파의 대표랄 수 있는 구대문파의 지존격이자, 무림의 태산북두(泰山北斗)라는 말은 굳이 언급하지 않는다고 해도, 예나 지금이나 저 높은 곳에서 무림을 관조하며, 언제 어느 때나 스스럼없이 무림의 그 어느 방파와도 소통할 수 있는 창구임은 부정할 수 없는 사실인 것이다.

다만 여기에는 한 가지 문제가 있었다.

과연 소림사가 일개 무림인의 말을, 그것도 강호에 갓 무림에 출두한 어린 신출내기의 제안을 듣고 움직일 것인가가 문제였다.

소림사가 제아무리 무림의 방파이기 이전에 선종불교(禪宗佛教)의 대종사라고 해도, 자격이 없는 자의 제안을 곧이곧대로 믿고 수락할 정도로 무골호인(無骨好人)의 집단은 아니었다.

오랜 역사와 전통을 자랑하는 만큼 오히려 더 고지식하게 자격을 따지는 부류에 가까웠다.

소림사를 움직이려면 그만한 자격이 우선되어야 하는 것이다.

그런 면에서 볼 때, 그간 무림을 종횡무진 누빈 육태강의 행보는 저변에 소림사도 들어 있었다.

한마디로 육태강의 존재감을 부각시킨다는 측면이었다.

그리고 거기에는 우연찮게 만난 화산제일검 금사랑군 도원기의 조언이 일조를 했다.

아는 사람이 별로 없는 얘기지만, 기실 금사랑군은 형문산 백운산장의 회합에서 무당제자 적성이 육태강과의 비무에서 패한 이후, 무당삼자의 일인인 홍엽진인과 함께 육태강을 찾아왔었다.

홍엽진인의 제안으로 육태강의 근본을 알아보기 위해서였다.

육태강은 그 자리에서 투박하긴 하나 진솔한 이야기를 많이 나누었다.

홍엽진인과 금사랑군은 과연 명문정파의 협사라는 명성이 부끄럽지 않은 사람들이었다.

그들은 사심 없이 육태강의 이야기를 들어 주었고, 전부는 아니더라도 일부분 수긍하기도 하였다.

그건 아마도 육태강이 무룡 육태산의 핏줄이며, 그 가문이 억울하게 멸문지화를 당했다는 배경을 그들도 익히 잘 알고 있기 때문이었을 것이다.

다들 언급을 회피하고 있기는 하지만, 과거에는 두말할 것도 없고 현재에도 역시 무룡 육태산은 협사 중의 협사로 명망이 드높은 까닭인데, 그때 금사랑군의 입에서 나온 이야기 중 하나가 바로 소림사였고, 작금의 강호에서 육태강이 가진 입지였다.

금사랑군은 그렇게 말했었다.

"자네의 입장과 생각은 충분히 이해하지만, 그로 인해 불필요한 피가 뿌려진다면 작금의 무림 정세와 상관없이 나를 포함한 구대문파의 제자들 모두가 자네를 용납하기 어려울 걸세. 해서, 주제넘은 조언을 하나 하자면, 소림사를 한번 생각해 보게. 역대로 소림사가 중재에 나서서 해결되지 않은 일이 없었네. 물론 자네가 고지식이 넘쳐 아집으로 똘똘 뭉친 그 노화상들을 설득하려면 그만한 위치에 올라서야 할 테지만. 이는 추호도 사심 없는 충고이니 명심하길 바라네."

육태강은 비록 즉답은 피했으나, 벌써 오래전부터 소림사를 염두에 두고 있었기 때문에 금사랑군의 조언을 거부감 없이 받아들였다.

그뿐만 아니라, 그 이후 이유를 불문하고 전 무림의 내로라하는 고수들이 그의 행적에 관심을 가지고 추적하는 와중에도 화산과 무당 등 구대문파의 제자들은 나서지 않았기 때문에 그와 같은 금사랑군의 조언에 대한 신뢰도가 한결 더 강화되었다.

육태강이 소림사를 향한 행보의 길잡이로 금사랑군을 선택한 것은 모두가 다 그런 연유에서였고, 금사랑군은 그의 부탁을 거절하지 않고 기꺼이 나서 주었다.

비록 위협에 가까운 한마디 충고와 한 가지 조건을 내걸긴 했지만 말이다.

　"자네의 무력은 인정하는 바이나, 목숨을 걸어야 할
　수도 있네. 그리고 이번 일을 기화로 자네의 숙원이 이
　루어진다면 언제고 이 사람과의 비무를 허락해 주게."

육태강은 물론 금사랑군의 말을 거부감 없이 받아들였다.

금사랑군의 충고가 위협으로 느껴지지 않았다.

진심 어린 충고로 다가왔다.

태산을 옮기는 일이었다.

목숨을 걸어야 하는 것이 당연하다고 그는 생각하고 있었다.

금사랑군이 내건 조건도 쾌히 수락했다.

육태강 역시 누가 뭐래도 무의 궁극을 추구하는 무인이었다.

그는 같은 길을 걷는 무인으로서 금사랑군의 마음을 충분히 이해할 수 있었다.

그런 면에서 비록 취지는 달랐으나, 소림사를 향한 육태강의 행보는 여러 가지로 가슴을 설레게 하는 부분이 많았

다.

목적을 떠나서 무림의 태산북두라는 소림사의 위세가, 그리고 그 무공이 대체 어느 정도인지 궁금하지 않을 수 없었던 것이다.

그렇게 의식하지 않으려 애써도 의식할 수밖에 없도록 설레는 마음으로 발길을 서둘러서 도착한 하남성 등봉현(登封縣) 숭산(嵩山) 소실봉(少室峯) 중턱의 소림사에서, 육태강은 소림사가 왜 무림의 태산북두인지를 진심으로 깨닫게 되었다.

무공의 고하와는 전혀 상관없었다.

산문(山門)에서 우연찮게 만난 사미승에서부터, 경내로 들어가면서 만난 젊은 승려들과 그들이 왔다는 전갈을 받고 서둘러 나타난 지객당(知客堂主)의 수좌인 굉우선사(宏雨禪師)에 이르기까지, 보다 자세히는 굉우선사의 뒤를 따르다가 마주친 본전 앞의 상석(床石)에서 권법 수련을 하는 젊은 무승들과 경내로 더 들어가서 역대 고승들의 묘와 석탑이 숲을 이루는 탑림(塔林)를 거쳐 소림사의 젊은 무승들이 본격적인 무공 수련에 임하기 위해 모이는 장소라는 나한당(羅漢堂)에 도착하기까지 만난 모든 승려들이 어느 누구 하나 어색함이 없고, 원래 그 자리에 있던 풀처럼 나무처럼 자연스러웠다.

육태강의 존재를, 더 나아가서 정체를 알고 있음에도 전혀 의식하지 않는 도도한 근성과 여유로움이 그들에게는 있었던 것이다.

육태강은 하지만 그와 같은 느낌을 받으면 받을수록 놀라고 감탄하기보다는 점점 더 불쾌해지는 감정을 느꼈다.

그리고 그 감정은 나한당에 도착하자 더욱 강렬해졌다.

나한당의 넓은 마루에 가부좌를 틀고 반원을 그리며 둘러앉아서 그들 기다리고 있던 승려들의 기도가, 눈에 드러난 연륜의 차이와 무관하게 하나같이 대단하고 더할 수 없이 막강했기 때문이다.

어쩌면 반골 기질을 타고나서인지도 모른다.

설령 그렇다고 해도 어쩔 수 없었다.

소림사가 제아무리 자연의 순리를 거스르지 않은 것을 미덕으로 삼는 선종불교의 대종사라고 해도, 이와 같은 저력을 가지고 있음에도 불구하고 강호의 부조리에 침묵하는 것이, 특히 과거 사천혈사의 저변에 깔린 비리를 알고서도 외면한 사실이 못내 아쉬워서 은근히 화가 치밀었다.

하지만 그런 감정을 굳이 내색할 필요는 없을 터이다.

내색할 기회도 없었다.

육태강이 나한당으로 들어서기 무섭게 승려들의 중심을 차지하고 앉은 노승 하나가 먼저 들어갔던 금사랑군과의 대화를 끝내며 인사를 건넸다.

"어서 오시오, 육 시주. 먼 길 오느라 노고가 많았소이다. 빈승은 계지원(戒持院)의 꾕우(宏雨)인데, 도 대협에게 미리 간략하나마 사정 이야기를 들었으나, 빈승은 아무래도 육 시주에게 직접 자세한 내막을 듣는 게 낫지 싶소이다. 어떻게, 가능하시겠소?"

나한당을 차지하고 앉은 승려들은 거의 대부분이 단수편삼(短袖偏衫)에 황색(黃色) 가사(袈裟)를 걸쳤으며, 머리 위에 아홉 개의 계인(契印)을 새긴 승려들이었다.

그중에 장수편삼(長袖偏衫)에 자색(紫色) 가사를 걸친 노승이 네 명 있었는데, 지금 말을 건넨 계지원의 꾕우선사가 바로 그 노승들 중 하나였다.

육태강은 이채롭게 변한 눈길로 꾕우선사를 바라보았다.

그도 그럴 것이, 당금 소림사는 광꾕대원(廣宏大園), 일자백범(一子白凡)의 여덟 자로 항렬을 삼고 있으며, 현 장문인은 '꾕(宏)' 자 배(輩)의 둘째인 꾕비(宏碑)였다.

요컨대 지금 말을 건넨 꾕우선사는 당금 소림사 장문인 꾕비대사와 같은 항렬인 고승, 보다 정확히는 다섯 명의 사형제 중 첫째인 꾕비대사의 사형인 것이다.

하지만 상대의 신분에 상관없이 소림사에 와서 육태강이 하고자 하는 말은 이미 정해져 있었다.

그는 우선 가만히 자신을 주시하고 있는 노승들의 모습을 언제나처럼 무심한 눈길로 한 차례 둘러보았다.

그리고 소림장로 굉우선사에게 시선을 고정하며 말문을 열었다.

"나는 과거 사천혈사와 관련한 무림의 악적들을 제거하려고 한다. 해서, 그 과정에서……."

"무엄하오! 예의를 갖추시오!"

단수편삼에 황색 가사를 걸친 승려들 중 하나가 손바닥으로 마룻바닥을 치며 소리쳤다.

기실 단수편삼에 황색 가사를 걸치고 이 자리에 참석한 승려들은 '대(大)' 자 배의 항렬로, 소림사 장문인을 보호하는 팔대호원(八大護院)을 비롯해서 달마원(達摩院), 계율원(戒律院), 나한당(羅漢堂), 반야당(般若堂) 지객당 등 당금 소림사의 실세랄 수 있는 중요 직책을 맡은 승려들이었다.

지금 엄중하게 항의하고 나선 승려는 그중 계율원의 수좌인 대각(大角)이었는데, 소림사의 계율을 감당하는 승려답게 부리부리한 호목(虎目)에 어울리는 사납고 우락부락한 얼굴이 인상적이었다.

육태강은 쏘는 듯한 대각의 눈초리를 대수롭지 않게 받아넘기며 말했다.

"난 일찍이 외부와 단절된 생활로 인해 예의 따위는 배우지 못했다. 무엇보다도 그따위 것을 중시하면서 생활했다면 난 억울하게 나와 함께 끌려왔던 형제들을 지키지도 못했을 것이며, 그에 앞서 벌써 죽어서 이 자리에 서지도 못했을 것이다."

그는 새삼 좌중을 둘러보며 빙그레 웃고는 계속 말했다.

"물론 강호에 나와서 예의라는 것을 배우긴 했다. 누가 알려 준 것은 아니지만 머리가 나쁜 편은 아니라 대충 눈치로 배웠지. 원한다면 그렇게 배운 대로 해 주겠다. 단, 그전에 하나 묻고 싶은 것이 있다. 이 자리가 진심보다는 예의를 먼저 따져야 하는 자리인가?"

대각이 두 눈을 부라리며 입을 열었다.

하지만 그전에 꿩우선사가 손을 들어서 대각의 말문을 막으며 나섰다.

"예의란 중요한 것이지만 진심보다 앞설 수는 없는 것이지. 더는 말문을 막지 않을 테니 어디 계속 말씀해 보시게."

육태강은 가만히 고개를 끄덕이고는 앞서 끊어진 말을 다시 이어나갔다.

"자의든 타의든, 내 의도와 무관하게 많은 사람이 죽거나 다치는 것을 원치 않기 때문에 소림사의 협조가 필요하다. 나는 과거 그날의 일과 관계없는 자들이 내 앞에 나타나지 않도록 소림사가 나서서 막아 주길 바란다. 그렇게 해 줄 수 있는가?"

한동안 이에 대한 대답은 없었다.

이에 대한 대답은커녕 욕설이 터지지 않은 것도 다행이었다.

대각의 경우 당장이라도 자리를 박차고 일어날 것처럼 씨근덕거리며 육태강을 노려보고 있었다.

다른 승려들의 표정들 또한 대각과 별반 다르지 않았다.

다들 앞서 대각이 나섰다가 굉우선사의 제재를 받은 사실을 상기하며 억지로 참고 있는 모습이었다.

오죽하면 금사랑군조차 안절부절못하고 있겠는가.

육태강의 태도는 그처럼 참기 어려울 정도로 건방지고 오만하게 보이는 것이다.

이윽고, 살얼음처럼 위태롭게 이어지던 침묵의 시간을 굉우선사가 끊었다. 그는 물었다.

"과거의 사정은 충분히 동정이 가나, 지금의 솔직한 심정으로는 육 시주를 돕는 것보다는 육 시주를 막는 것이 보다 더 적은 피를 흘리게 하는 방법이 아닌가 싶구려. 칼로 흥한 자는 칼로 망한다고 했소. 그 점을 상기해서 육 시주가 물러날 수는 없는 것이오?"

육태강은 단호하게 대답했다.

"나는 그것을 보여 주려고 하는 거다. 칼로 흥한 자가 칼로 망하는 모습을 보여 주기 위해서. 그 때문에 내가 다시 칼로 망한다면 얼마든지 나는 수용할 각오가 되어 있다."

"소림이 거절해도 물러설 기세가 전혀 아니구려. 그렇소?"

"물론!"

굉우선사는 어색한 미소를 지으며 잠시 육태강을 바라보았다.

그러다가 불쑥 좌중을 둘러보며 말했다.

"의견을 듣겠다."

대각이 기다렸다는 듯 제일 먼저 나서서 잔뜩 성난 목소리로 말했다.

"애초에 이런 자리를 마련하는 것 자체가 어불성설이었습니다. 이제 와서는 도 대협께서 대체 무슨 생각으로 이런 자리를 요청한 것인지 그 저의가 의심스러울 정도입니다. 벼는 익을수록 고개를 숙이는 법이라는 말을 굳이 언급하지 않더라도 다들 보셨지 않습니까. 부탁이 아니라 협조를 바란답니다. 아니, 그런 거친 말투를 떠나서 태도 자체가 사납고 오만불손한 중생입니다. 그 속내에 대체 어떤 간계가 담겨 있을 줄 알고 소림이 나선단 말입니까. 소승의 입장은 절대 불가입니다."

"소승의 입장도 불가입니다."

소림사의 무승들을 관리 감독하는 나한당의 수좌 대관(大觀)이었다.

대관은 대각과 마찬가지로 극도로 보수적이며 소림에 대한 자존감이 지대한 승려답게 매우 격분한 태도로 대각의 말에 맞장구쳤다.

"그 무엇으로든 소림을 존중하지 않는 자를 위해 나선다는 것은 소림의 위신을 실추시키는 것이라고 소승은 생각합니다."

"소승의 생각 역시도……."

대관의 뒤를 이어서 격하게 나서던 달마원의 수좌 대천(大天)이 서둘러 입을 닫았다.

굉우선사가 어느 틈인가 손을 들어서 이어지는 발언을 막고 있었다.

"더 들어볼 필요도 없군그래."

곧바로 이어진 굉우선사의 나직한 중얼거림이었다.

한껏 열을 올리고 있던 대 자 배의 승려들 모두가 흡족한 표정을 지었다.

굉우선사의 혼잣말이 그들의 의견을 받아들이는 것으로 비추어졌기 때문이다.

굉우선사가 그런 대 자 배의 승려들을 한 차례 둘러보고 나서 왠지 모르게 씁쓸한 표정을 지으며 육태강을 바라보았다.

"당연히 육 시주도 처음부터 이런 반응을 예상하고 있었을 테지요?"

육태강은 솔직하게 대답했다.

"물론이지."

굉우선사는 나직이 말을 흘렸다.

"그럼 역시……."

육태강은 사전에 약속이라도 한 것처럼 곧바로 무심해서 더욱 단호한 느낌이 서린 목소리로 굉우선사의 말을 이어서 말했다.

"소림삼십육방(少林三十六房)을 돌파하겠다!"

장내는 대번에 찬물을 끼얹은 듯 고요해졌다.

너 나 할 것 없이 모두가 자기 자신의 귀를 의심하는 얼굴들이었다.

놀람과 당황, 그리고 더할 수 없는 분노가 함축된 표정을 지으면서였다.

그럴 수밖에 없는 일이었다.

소림사 무승들의 무공연공관이자, 관문인 소림삼십육방을 소림사 승려가 아닌 외부인이 돌파하겠다고 하는 것은 소림사의 봉문(封門)을 원하는, 소림사를 봉문시키겠다는 뜻이기 때문이었다.

"무뢰한 자!"

승려들 모두가 자신의 귀를 의심하는 찰나의 시간이 지나고, 가장 먼저 분노를 표출하며 행동에 나선 것은 역시나 계율원의 수좌인 대각이었다.

본디 계율원은 이름 그대로 소림사의 모든 계율을 관리 단속하고 실질적인 무력행사로 승려들을 집법하는 곳이다.

그런 만큼 그 수좌는 대대로 단호하고 엄격하며 계율에 위배된다고 판단될 시에는 물불 가리지 않고 나설 수 있는 성정과 그 성정을 충분히 뒷받침하는 무력을 소유해야 한다는 것이 정론이다.

따라서 일반적으로 계율원의 수좌는 당대 소림문하 중에서 장로급의 고승들을 제외하면 능히 열 손가락 안에 꼽히는 고수라고 알려졌는데, 아무래도 그게 낭설이 아니라 사실인 것 같았다.

가부좌를 틀고 앉은 자세에서 그대로 튀어 오르며 일 권을 내지르는데 그 속도가 가히 눈으로 따라가기 어려울 정도로 빨랐다.

그리고 공기가 우렁우렁 울었다.

다가오는 압력은 없지만 곧 무언가 일어날 것 같은 위압감을 주는 느낌, 백보신권(百步神拳)이었다.

말 그대로 백 보, 길이로 따지면 이십 장 밖에 있는 바위를 박살낸다는 이 백보신권은 허공중에 발산한 힘을 그대로 밀고 나가는 벽공장과 달리 노리는 표적에 도착해서 터지며 위력을 드러내는 음경, 혹은 침투경 계열의 격공장을 대표하는 소림비전으로, 소림사 내에서도 그 오의를 터득한 이가 드문 상승의 장공인 것이다.

그러나 육태강은 당황하지도 물러나지도 않았다.

기실 그는 지난날 독수마군 엽초와 비무에서 이와 같은 계열의 격공장을 경험해 본 적이 있었기 때문에 여유가 있었다.

그는 대각이 백보신권을 펼친 그 순간 한 손을 가만히 내뻗어서 가슴을 보호했다.

평범해 보이는 손은 아니었다.

붉은 광채를 뿜어내는 손, 혈천마경에 기인한 혈인장을 응축시킨 혈인수(血刃手)였다.

그 순간 폭음이 터졌다.

육태강이 내민 붉은 손, 혈인수의 정면에서였다.

육태강의 상체가 가볍게 흔들렸다.

그에 반해 공중에 뜬 대각의 신형은 그대로 뒤로 주르륵 밀려났다.

사실은 퉁겨진 것이었다.

"익!"

대각의 얼굴이 휴지처럼 구겨졌다.

누가 말릴 사이도 없이 그의 신형이 반전해서 육태강을 향해 쏜살같이 미끄러져 들어갔다.

대각의 신형은 은은한 서기를 뿜어내고 있었다.

앞으로 내민 그의 두 손은 푸른 서기를 흘리며 물처럼 흘러서 육태강의 전신 요혈을 향해 다가가고 있었다.

소림의 극강 내공의 신화라는 소림무상신공(少林無上神功)과 소림의 대표적인 투살진기(投殺眞氣)인 반야진기(般若眞氣)였다.

소림이 자랑하는 절정의 신공으로 반격이 이루어지는 것이다.

육태강은 상대의 공격을 감당해야 하는 와중에도 내심 적잖게 감탄부터 했다.

공격이 미처 닿기도 전에 피부를 베어 버릴 것 같은 예리한 압력이 느껴지고 있었다.

소림의 대표적인 신공인 소림무상신공은 소림에 입문하는 순간부터 수련을 시작하므로, 그 경지에 따라 신위가 달라지는 터라 잘 알 수 없지만, 백보신권과 마찬가지로 소림칠십이절예(少林七十二節藝)의 하나인 반야진기는 수련 자체가 어렵다고 알려져 있었다. 더군다나 이처럼 허공을 격하고 무형의 진기로 사람에게 충격을 줄 정도의 경지에 오르려면 막대한 내공은 물론 엄청난 고련이 수반되어야 한다는 것을 그는 익히 잘 알고 있는 것이다.

물론 감탄만 하고 있을 때가 아니었고, 실제로 육태강은 감탄만 하고 있지 않았다.

그는 눈앞으로 닥친 대각의 공격을 확인하며 감히 경시할 생각을 버리고 앞으로 내밀고 있던 한 손에 다른 한 손을 포개서 전신의 내력을 주입했다.

한겨울 호수의 얼음장이 깨져 나가는 듯한 소음이 장내를 울렸다.

유리처럼 보이는 투명한 막이 육태강의 전신을 둥글게 감싸는 순간에 발산된 소음이었다.

"호신강기(護身罡氣)!"

무슨 생각에서인지 마음만 먹으면 충분히 대각의 행동을 막을 수 있었음에도 불구하고 침묵하고 있던 굉우선사의 입에서 놀람에 겨운 탄성이 발해졌다.

그 순간 요란한 폭음이 터지며 대각의 신형이 뒤로 튕겨졌다.

대각의 반야진기는 육태강이 시전한 호신강기를 뚫지 못하고 오히려 그 반탄력에 튕겨진 것이다.

"크……."

대각은 나한당의 끝까지 밀려가서 벽에 등을 대고서야 멈추었다.

그는 이내 새우처럼 허리를 접으며 한 모금의 선혈을 토해냈다.

누가 보아도 변명의 여지가 없는 완벽한 패배였다.

그러나 사람은 물러나고 싶어도 물러날 수 없고, 나서고 싶지 않아도 나설 수밖에 없는 때가 있는 법이다.

지금 대각의 경우가 그랬다.

대각은 경악과 불신에 찬 눈길로 육태강을 바라보면서도 이를 악물고 두 손을 가슴 앞에 합장해서 내력을 모으며 반격을 준비했다.

대각은 소림의 자존심에 상처를 입힌 상태로 물러날 수가 없었던 것이다.

그때 쿵 소리가 울렸다.

굉우선사가 가부좌를 튼 무릎에 올려놓고 있던 선장(禪杖)을 들어서 바닥을 친 것이었다.

"불문의 제자로 예고도 없이 들이닥쳐서 그만하면 됐느니."

굉우선사가 선장을 짚고 일어나며 말하고 있었다.

나직했으나 더할 수 없이 엄하게 느껴지는 꾸짖음이었다.

대각이 수치로 물든 얼굴을 숙이며 거듭 합장하고는 입가에 묻은 핏물을 닦지도 않고 본래의 자리로 돌아와 앉았다.

굉우선사가 그때 육태강을 직시하며 다시금 엄하게 말했다.

"대소림은 개파조사 이래 그 어떤 외압에도 굴한 적이 없소이다. 그러므로 그대가 원한다면 빈승은 마땅히 소림 삼십육방을 개방할 것이오. 다만!"

그는 선장을 들어서 육태강을 가리켰다.

그의 전신이 은은한 금광에 휩싸이기 시작했다.

부동의 정의와 절대적인 선에 대한 확고한 신념을 위해서, 그리고 한없는 자비로 중생을 계도하기 위해서 불가 본연의 위엄을 드러낸다는 소림비전의 최고봉 무상금강부동신공(無相金剛不動神功)이었다.

굉우선사가 그 상태로 말을 이어서 물었다.

"그 전에 그대에게 하나만 묻겠소. 그대가 소림삼십육방을 요구하는 것은 그대의 부탁을 거절한 것에 대한 복수를 하고자 함이오?"

육태강은 어디까지나 무심했고 무표정했다.

그는 그 눈빛으로 굉우선사를 비롯한 장내의 소림승들을 한 차례 쓸어보고 나서 솔직하게 대답했다.

"그와는 무관한 일이다."

"허면?"

"차선책이다."

"차선책이라 함은?"

"무림의 태산북두 소림을 굴복시키면 그만큼 내 앞을 가로막을 자들이 적어질 테니까. 그로 인해 내 손에 묻힐 피도 보다 조금이라도 적어질 테니까."

"소림을 본보기로 보여서 무림에 경고하겠다. 그래서 차선책이다, 이것이로구려."

괴우선사가 육태강을 외면하며 혼잣말로 중얼거리고는 슬며시 주름진 입술을 움직여서 빙그레 웃었다.

그 웃음과 함께 그의 전신을 휘감고 있던 금광이 거짓말처럼 사라졌다.

괴우선사는 다시 혼잣말처럼 중얼거렸다.

"소림의 위상이 땅에 떨어져 있는 게야. 그러니 시주의 머릿속에서 그런 식의 생각도 가능했을 테지. 내가 나서기만 한다면 소림 따위는 얼마든지 봉문시킬 수 있다는 생각이 말이지."

문득 괴우선사는 가만히 시선을 돌려서 육태강을 바라보며 고개를 저었다. 그리고 말을 바꾸었다.

"하지만 이 늙은 중은 어리석게도 그렇게 말고 다르게

생각하고 싶군. 어떻게든 쓸데없는 피를 줄이고자 하는 시주의 생각이 그만큼 간절한 것이라고, 그래서 무리를 해서라도 소림에 도전할 수밖에 없는 것이라고 말이오. 어떠신가? 이게 보다 더 근사하지 않으신가?"

육태강은 무심한 표정 그대로 잠시 여유를 두었다가 대답했다.

"선택은 이미 내 손을 떠났다. 이제 소림이 선택할 차례다."

굉우선사가 피식 웃고는 곁에 앉은 승려들을 한 사람 한 사람 천천히 둘러보았다.

그리고 문득 아련한 눈빛으로 고개를 돌려서 창밖을 바라보았다.

"과거 사천혈사 당시 소림은 어느 정도 내막을 의심하면서도 조용히 침묵했지. 하지만 그건 정의를 외면해서가 아니라 그렇게 하는 것이 보다 적은 피를 흘리는 상책이라고 보았기 때문이었어. 그래서 어떻게 되었나? 다시없을 군자를 잃은 것도 모자라서 감당할 수 없는 피가 흘렸지. 그다음에는 소림이 나서서 손을 쓸 수 없는 상황으로 세상이 변해 버렸고. 그날 그때 소림은 잘못된 선택을 했던 것이지."

넋두리처럼, 한탄처럼 흘러나온 굉우선사의 이 말 앞에서 장내의 모든 승려들이 더할 수 없이 숙연한 모습으로 고개를 숙였다.

"나무아미타불(南無阿彌陀佛) 관세음보살(觀世音菩薩)."

굉우선사가 대뜸 정광이 서린 눈길로 육태강을 직시하며
말했다.

"소림은 같은 실수를 반복하고 싶지 않소. 해서, 육 시주
가 소림에게 건네준 선택권을 다시 육 시주에게 돌려드리
리다. 소림이 나서면 육 시주의 선택은 어느 것이오?"

육태강은 망설이지 않고 대답했다.

"내 목숨을 걸고 지난 과오를 바로잡는다."

굉우선사가 잠시 여유를 두었다가 선장으로 바닥을 쳤
다.

"어떠신가? 이대로 좋으신가?"

이 말은 육태강을 향한 것이 아니었다.

굉우선사의 말이 끝나기 무섭게 육태강의 뒤쪽 벽이 좌
우로 스르르 벌어졌다.

육태강의 뒤쪽 벽은 사실 벽이 아니라 거대한 미닫이문
이었던 것인데, 그렇게 문이 열리고 드러난 것은 굉우선사
등이 앉아 있는 방과 거의 같은 크기의 방이었다.

그리고 그 방에는 굉우선사 등의 처음 모습과 마찬가지
로 가부좌를 틀고 앉아 있는 십여 명의 승려들이 자리하고
있었다.

그 승려들의 중앙, 굉우선사를 마주 보는 자리에 앉아 있던 장수편삼에 자색 가사를 걸친 노승 하나가 자리를 털고 일어났다.

장대한 체구에 우락부락한 외모라 자칫 사납게 보일 수도 있으나, 깊고 그윽한 눈빛과 그 눈빛을 쓰다듬듯 뒤덮으며 귀밑까지 흘러내린 백미, 그리고 가슴까지 늘어진 긴 수염 사이로 드러난 부드러운 입술이 인자함을 돋보이게 하는 그 노승은 바로 대소림의 장문방장인 굉비대사였다.

그 굉비대사가 굉우선사를 향해 정중히 고개를 숙이며 합장했다.

"좋습니다."

굉우선사가 잔잔한 미소를 지으며 말했다.

"허면, 이제 어찌하실 작정이신가?"

굉비대사가 가만히 따라 웃으며 대답했다.

"사형의 뜻대로 하시지요."

굉우선사가 크게 하하 웃었다.

그는 문득 웃음을 그치며 선장으로 바닥을 쳤다.

"이것으로 소림의 뜻은 정해졌느니."

장내의 모든 승려들이 자리에서 일어나서 합장했다.

"나무아미타불 관세음보살!"

굉우선사가 다시금 선장으로 바닥을 치며 말했다.

"지금 곧 장생전(長生殿)의 원로들을 비롯해서 사대금강(四大金剛)과 십팔나한(十八羅漢), 그리고 나한전(羅漢殿)의 오백 나한을 본당 앞으로 소집하라!"

소림의 원로들을 비롯해서 사대금강과 십팔나한, 그리고 오백 나한이 움직인다는 것은 무림의 태산북두 소림의 전 무력이 동원된다는 것과 다름없었다.

그러나 깊고 넓은 강물은 아무리 거센 물살을 갈무리하고 있어도 평온한 물결을 유지하는 것처럼 소림의 모습도 그와 같았다.

역대로 한데 모인 적이 손꼽을 정도인 그들이 모였다가 흩어지는 동안에도 소림의 경내는 여느 때와 별반 다름없이 평온했다.

그들 모두는 아니지만, 과반수가 굉우선사의 특별한 지시 아래 소림을 떠나는 순간에도 그랬다.

하물며 시골 관아의 조례시간에조차 훈계가 있고, 언성이 높아지기 마련인데, 소림은 그렇지가 않았다.

그들은 마치 이른 새벽의 발우공양처럼 그저 조용히 모였다가 조용히 흩어졌다.

육태강은 본의 아니게 그와 같은 모습을 지켜보면서 소림이 왜 대소림이고, 무림의 태산북두인지를 새삼 실감할 수 있었다.

소림의 저력이 생각보다 더하다는 느낌과 더불어 그럼에
도 불구하고 그의 제안을 선뜻 받아들여 준 소림의 선택에
고마움과 존경심도 생겨났다.

하지만 육태강은 처음 소림에 올 때와 마찬가지로 소리
소문 없이 소림의 경내를 빠져나왔다.

어떻게 알았는지 굉우선사와 몇몇 고승들이 먼발치에서
지켜보며 산문까지 따라왔으나, 그는 그저 한 차례 시선을
주는 것이 고작인 무심한 작별을 고했다.

고맙다고, 언젠가는 이번 일에 대한 보답을 할 날이 있을
것이라고 말하고 싶었지만, 굳이 그러지 않았다.

언제나처럼 감사와 고마움은 말로 갚는 것이 아니라 가
슴에 새기고 몸으로 갚는 것이라는 생각이 뇌리에 떠올랐
기 때문이다.

그렇게 소림사의 산문을 지나 숭산의 초입을 벗어나는
길목에서 육태강을 향해 금사랑군이 넌지시 말했다.

"참으로 대단하구려."

육태강은 슬쩍 뒤를 돌아보며 대답했다.

"나도 그렇게 생각해."

금사랑군이 그를 따라서 뒤를 돌아보며 잠시 여유를 두
었다가 미소를 지었다.

"소림을 두고 하는 말이 아니라 귀하를 두고 하는 말이오."

"나를……?"

"불과 하루 만에 소림을 설득하다니, 이 사람으로서는 꿈에도 상상하지 못할 일이었소."

육태강은 피식 웃으며 말했다.

"내 힘이 아니라 그들의 힘이야. 내가 설득한 것이 아니라 그들이 따라와 준 거니까."

금사랑군이 새삼 이채롭다는 눈길로 육태강을 보았다.

"놀랍구려. 귀하에게 이런 겸손함이 있을 줄은 몰랐소."

"난 겸손하지 않아."

육태강은 무심하게 재우쳐 말했다.

"그저 솔직할 뿐이지."

금사랑군이 잔잔한 미소를 입가에 머금었다.

"그럼 그 솔직함을 믿고 한 가지 물어보겠소. 소림이 나선 이상, 귀하가 바라는 대로 무림은 침묵할 거요. 적어도 귀하의 앞을 막는 일은 없을 테지. 소림의 정중한 부탁을 거절할 만한 방파는 무림에 없을 테니까. 허면, 이제부터 귀하의 행보는 어찌 되는 것이오?"

육태강은 망설이지 않고 솔직하게 대답했다.

"손에 많은 피를 묻히게 될 거야. 나뿐만 아니라 내 형제들의 손에도."

금사랑군은 말없이 나직한 침음을 흘렸다.

육태강은 문득 발걸음을 멈추며 금사랑군을 바라보았다.

"도와줘서 고마워. 하지만 동행은 여기까지야. 이제부터는 내게 남은 일이니 당신은 돌아가도 좋아."

금사랑군은 가만히 고개를 저었다.

"아니, 그럴 수 없소. 이미 발을 들여놓은 이상, 이 사람도 끝을 보아야겠소."

육태강은 무심하게 말했다.

"그럼 손에 피를 묻히게 될 텐데도?"

금사랑군이 낯빛을 굳혔다.

"이 사람을 뭐로 보시오. 본인은 무림인이오. 무림인이 어찌 손에 묻는 피를 두려워하겠소."

육태강은 의미심장하게 말했다.

"당신을 무림인으로 보지 않아서가 아니야. 당신을 무림인이기 이전에 화산파의 제자로 보기 때문에 하는 말이야. 당신으로 끝나지 않을 수도 있어. 최악의 경우 당신으로 인해 화산파가 피에 젖을 수도 있지. 그래도 당신은 전혀 상관없다는 건가?"

금사랑군이 불타는 시선으로 육태강을 직시했다.

"화산의 제자이기에 더욱 물러날 수 없는 거요. 귀하와

귀하의 가문이 겪은 과거 그날의 일을 마음에 새겨 두고 있는 건 소림만이 아니오!"

육태강은 무심한 눈길로 금사랑군의 시선을 마주하다가 이내 슬며시 고개를 돌리며 말했다.

"그럼 당신들도 그래서 나섰다는 건가?"

이 말은 당연하게도 금사랑군에게 하는 말이 아니었다.

언제부터 그 자리에 서 있었던 것일까?

육태강이 고개를 돌린 방향, 길게 늘어진 노송의 그늘에는 청색 도관과 도포를 단정하게 차려입은 세 명의 노도인이 서 있었다.

도관의 중심과 도포의 오른쪽 가슴팍에 백색의 수실로 수놓은 태극 문양이 선명했다.

세 사람은 모두 도가제일문(道家第一門)이자 천하제일검문(天下第一劍門)이라는 무당파의 제자들이었던 것이다.

"원시천존(元始天尊)……."

그들, 무당파의 노도인 중 하나가 나직이 도호를 읊으며 나서서 육태강의 말을 받았다.

"악연(惡緣)으로 인해 악과(惡果)가 생겨난 것. 빈도는 부디 무당이 오늘 이 자리에 나선 것이 지난날의 악연을 씻는 선연(善緣)으로 남기를 바랄 뿐이오이다."

말이야 돌려서 하고 있지만, 앞서 금사랑군이 밝힌 말처럼 무당파 역시 지난날의 일을 과오로 새겨 두고 있었고, 그래서 나섰다는 뜻이었다.

육태강은 슬며시 눈살을 찌푸리며 무당도인들을 바라보았다.

은유적으로 사정을 설명하며 전면에 나선 노도사는 그도 안면이 있었다.

지난날 형문산에서 안면을 익힌 무당삼검의 일인, 홍엽진인이었다.

그런 면에서 보면 지금 홍엽진인과 동행한 다른 노도사들의 정체를 짐작하는 것이 그다지 어렵지 않았다.

각기 얼굴은 달라도 은연중에 풍기는 범상치 않은 기도가 마치 하나처럼 통일감을 주는 것을 보면 무당삼검의 나머지 두 사람이 분명해 보였다.

요컨대 무당삼검 혹은 무당삼자라 불리며 무당검(武當劍)을 대표하는 홍엽진인, 즉 홍엽자(紅葉子)와 청엽자(靑葉子), 녹엽자(綠葉子)가 함께 나타난 것이다.

육태강은 가볍게 한숨을 내쉬며 금사랑군에게 시선을 돌렸다.

금사랑군은 앞서 그가 무당삼자의 존재를 파악한 것도, 그리고 그와 동시에 모습을 드러낸 무당삼자를 보고도 전혀 놀라거나 당황하지 않고 있었다.

그러다가 육태강이 무언가 눈치채고 바라보자, 무심한
듯 천연덕스러운 모습으로 그의 시선을 외면하고 있는 것
이었다.

　더 이상 말로 확인할 것도 없었다.

　금사랑군의 태도는 무당삼자가 이 자리에 나타나게 된
경위를 실토하는 것과 다름없었다.

　자세한 내막이야 어찌 되었든지 간에 무당삼자는 금사랑
군이 부른 것이다.

　육태강은 혼잣말로 나직이 중얼거렸다.

　"골치 아프게 됐군."

　금사랑군이 이 말을 예민하게 듣고 육태강을 바라보며
말했다.

　"그게 무슨 말이오? 나도 그렇지만 무당삼자께서도 귀하
에게 도움이 됐으면 됐지 절대 폐가 되지는 않을 것이오."

　육태강은 시큰둥하게 대꾸했다.

　"맞아. 그래서 문제야. 다른 사람들도 그렇게 생각할 테
니까."

　"도움이 돼서 문제라니?"

　금사랑군이 도무지 모르겠다는 표정으로 재우쳐 물었다.

　"대체 어떤 사람들이 그렇게 생각하면 문제가 된다는 것
이오?"

"나를 죽이러 올 사람들."

"귀하를 죽이러 올 사람들······?"

금사랑군은 더욱 모를 소리라는 듯 오만상을 찡그렸다.

육태강은 그 모습을 보면서 자세한 내막을 설명하려다가 이내 그만두며 잠시 생각에 잠겼다.

기실 소림사를 방문한 이후부터 그는 가능하면 혼자 있어야 했고, 또 그럴 작정이었다.

그래야만 그를 노리는 자들이 보다 적극적으로 나설 것이라고 생각했기 때문이다.

따라서 그를 돕겠다고 나선 금사랑군이나 무당삼자의 존재가 오히려 걸림돌이 될 수도 있다고 판단한 것인데, 다시 생각해 보니 아직은 모르는 일이었다.

그가 염두에 두고 있는 자들이 그의 의도대로 과거의 그 날처럼 힘을 합했다면 금사랑군이나 무당삼자가 곁에 있다고 해서 쉽게 포기하진 않을 터였다.

어쩌면 사람들이 더 모일 수도 있다고 판단해서 보다 빨리 나설 수도 있었다.

그가 소림을 방문한 사실과 그 이후 소림이 중재에 나선 상황을 알게 된다면 더욱 그럴 가능성이 높았다.

게다가 지금 이 순간도 보이지 않는 어디선가 그를 지켜보는 저들의 눈초리가 있을 수도 있다는 점을 감안하면 금사랑군이나 무당삼자를 이대로 돌려보낼 수도 없는 일이었다.

그랬다간 오히려 의심을 살 수도 있는 것이다.

육태강은 그렇게 마음을 정하며 금사랑군을 향해 말했다.

"아니, 이제 보니 아직은 모르는 일이야. 그냥 좀 더 두고 보도록 하지."

금사랑군은 아까부터 육태강의 말이 영 이해가 가질 않아 답답한 모양인지 얼굴이 한층 더 일그러진 모습이었다.

육태강은 그런 금사랑군과 같은 표정의 무당삼자를 번갈아 보며 멋쩍은 표정을 지어 보이고는 이내 돌아서서 발길을 재촉했다.

금사랑군은 잠시 잠깐 동안에 뒤바뀐 육태강의 생각을 아는지 모르는지 무당삼자와 막연한 시선을 교환하다가 서둘러 육태강의 뒤를 따라붙었다.

사실을 말하자면, 그는 육태강의 말이 무슨 뜻인지 알 것도 같고 모를 것도 같아서 마음 한구석이 산란했으나, 굳이 더 이상은 캐묻지 않고 있었다.

여태까지 그가 지켜본 육태강은 사소한 행동 하나에도 의미가 있고, 별스럽지 않게 흘린 말 한마디에도 어김없이 사연이 있었다고 판단했기 때문이다.

이번에도 그럴 터였다.

그래서 그게 무슨 일이고 어떤 변화이든지 간에 좀 더 두고 보자는 육태강의 말을 따르기로 결정한 것이다.

다른 걸 다 떠나서 우선은 그의 연락을 받고 나타난 무당 삼자의 동행을 육태강이 묵시적으로나마 인정해 준 것만으로도 충분하다고 그는 생각하고 있었다.

그랬는데…….

우습지도 않게, 금사랑군이 남모르게 접어 둔 생각, 바로 육태강이 내심 우려하던 변화를 두고 고민하는 사람이 하나 더 있었다.

숭산의 초입과 그다지 멀리 떨어지지 않은 장소였다.

육태강 등은 전혀 눈치채지 못했지만, 숭산의 초입이 한눈에 바라보이는 언덕의 울창한 나무 그늘 아래 서서 그들을 지켜보고 있던 왕진이 바로 그 주인공이었다.

"소림이 나섰다. 그리고 소림을 나서게 한 육태강의 곁을 금사랑군과 무당삼자가 따라붙었다."

왕진은 점점 멀어져가는 육태강 등을 주시하며 도무지 모르겠다는 듯 오만상을 찡그렸다.

그는 전혀 모르고 있지만, 앞서 육태강의 말을 들은 금사랑군과 조금도 다름없는 모습이었다.

이윽고, 그는 다시 말했다.

"어떻게들 생각하시나?"

분명 그의 주변에는 눈에 보이는 그 어떤 사람도 없었다.

하지만 어디선가, 그것도 그리 멀리 떨어져 있지 않은 곳에서 누군가의 대답이 들려왔다.

"지금의 상황만 놓고 보면 놈이 구대문파와 연계했다고 생각할 수도 있습니다."

왕진은 성질을 부리듯 말했다.

"어째서? 왜? 무슨 이유로? 놈이 그런 성격이었나?"

"위기의식을 느꼈을 수도 있지요."

"위기의식?"

"스스로 저질러 놓은 일이 있으니, 여러 가지로 생각이 많을 테지요. 동창이 추적하고 있다는 건 둘째 치고라도, 지금쯤이면 제독동창께서 고용한 흑선의 용병들이 자기를 잡으려고 나섰다는 것도 알고 있을 테고요. 그러니 생각이 있는 놈이라면 살길을 모색하지 않겠습니까."

"그렇다고 해도, 구대문파가 뭐가 아쉬워서 놈과 손을 잡아?"

"그야 모르지요. 하지만 생각해 보면 그럴 만한 이유가 없지는 않을 겁니다. 이미 알고 계시겠지만, 관부를 좋아하는 무림인은 세상천지 그 어디에도 없습니다. 이해타산만 해결된다면 그 누구와도 충분히 손을 잡을 수 있는 족속들이 바로 무림인들이기도 하고요."

"구대문파도 어차피 무림인들이다?"

"앞서 밝혔듯 어차피 가정일 뿐입니다."

왕진은 두 눈을 실처럼 가늘게 좁힌 상태로 잠시 생각에 잠겼다가 이내 절레절레 고개를 흔들었다.

"아니야, 아니야. 아무리 그래도 그렇게 생각하기에는 무리가 많아. 놈을 잡기 위해서 동창이 나섰다는 건 이제 비밀도 아니다. 아는 사람은 다 알고 있지. 그걸 알고 있는 구대문파가 놈을 도우려면 그에 준하는 대가가 있다고 판단해야 한다. 네 말마따나 이해타산이 맞아야 하는 거지. 그런데 지금의 놈에게 그런 게 어디에 있겠나?"

"외람되지만 한 가지 더 말씀드리자면, 무림인들은 종종 얼토당토않게도 아주 사소한 감정에 매우 큰 의미를 부여하기도 하는 족속이기도 합니다."

"이를테면?"

"정의나 대의 따위 같은 것이지요."

"그래. 그럴 수도 있겠군."

왕진은 의미심장한 표정으로 고개를 끄덕였다.

그러다가 다시 두 눈을 차갑게 빛내며 단호하게 말했다.

"하지만 구대문파가 나서서 놈을 돕는다고 해도 놈을 살려 둘 수는 없다!"

"그렇다 하심은?"

"그들은 지금 어디에 있나?"

"신밀관(新密關)에서 대기하고 있습니다."

그들은 바로 육태강을 제거하기 위해 모인 과거 사천혈
사의 주역들이었고, 신밀관은 숭산에서 정주로 넘어가기
위해서는 필히 거쳐야 하는 지부관할의 관문이었다.

"좋아. 적당한 장소다. 대략 여기서 하루 거리니, 그사이
놈에게 무슨 변화가 있는지 살펴볼 시간도 있겠군."

"허면, 신밀관에서 놈을 치는 겁니까?"

"일단은 그렇게……."

냉소를 머금고 대답하던 왕진은 불현듯 말꼬리를 흐리며
하늘을 올려다보았다.

높이 흐르는 뭉게구름 아래로 새 한 마리가 넓은 원을 그
리며 날고 있었다.

"위연의 연락인가?"

"그런 것 같습니다."

"불러들여라."

왕진의 명령이 떨어지기 무섭게 날카로운 휘파람 소리가
울렸다.

그 순간 하늘에서 맴돌고 있던 새가 급강하해서 왕진이

내민 팔뚝에 내려앉았다.

새는 장거리를 빠르게 난다는 청회색 깃털의 매, 해동청
(海東靑)이었고, 그 튼실한 다리 한쪽에는 서신이 담긴 작은
대롱이 매달려 있었다.

왕진은 대롱을 열어 서신을 꺼냈다.

그리고 읽다가 대번에 두 눈을 찢어질 듯 크게 부릅떴다.

그럴 수밖에 없었다.

대지급(大至急)이라고 적힌 서신에는 절대 있을 수 없는
내용이 담겨 있었기 때문이다.

　　철면신이 육태강을 생포했음. 속히 자림평(滋林平)
　으로 귀환 바람.

왕진은 와락 서신을 구겼다.

그의 전신이 북풍한설에 노출된 사시나무처럼 부들부들
떨리고 있었다.

"함정이다!"

제구장

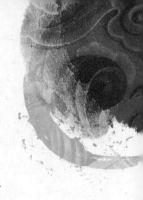

　정주부성의 서문을 통과해서 관도를 타고 서너 리가량 가면 이문령(異門嶺)이라는 야트막한 고갯길이 나온다.

　그 이문령 고갯길에서 약간 벗어난 산비탈에는 넝쿨이 우거진 나무들이 다닥다닥 붙어서 사람이 진입하기 어려운 수림지대 사이로 거짓말처럼 평평한 분지가 있었다.

　울창한 주변의 수림지대와 대비되어 황량하게 보이는 수천 평의 분지, 이름 하여 자림평(滋林平)이었다.

　지금 거기 자림평에는 십수 개의 장막과 막사가 설치되어 있었고, 그 앞으로 하나같이 범상치 않아 보이는 수백의 흑의사내들이 도열해 있었다.

제독동창 위연이 이끄는 동창의 위사들이었다.

자림평은 위연이 철면신과 접촉하기 이전에 동창의 집결지로 내정한 장소였던 것이다.

철면신이 이백여 명의 용병을 이끌고 바로 그 장소, 자림평에 도착한 것은 흐린 해가 서산마루 한 뼘 위에 걸린 신시(申時:오후3~5시) 무렵이었다.

질서정연하게 도열한 동창의 위사들 앞에는 제독동창 위연과 동창원로인 혁련노사가 나무로 짠 의자에 앉아 있었고, 그들의 바로 뒤에는 대외첩형 냉화문을 위시해서 구진보와 손경 등 서른두 명의 일급당두들이 시립한 상태였다.

마상에 앉은 철면신을 필두로 한 용병들이 자림평 안으로 들어서자, 뒤에 시립한 이들 중 하나, 냉화문이 눈살을 찌푸리더니 고개를 숙여서 위연의 귓가에 말했다.

"왠지 너무 삼엄한 느낌입니다."

위연도 사실 그렇게 느끼고 있던 참이었다.

하지만 그는 냉화문과는 다른 방향으로 생각했다.

"거만을 떨고 싶은 것이겠지."

첫 번째로 약조한 칠 주야의 기한을 넘겼으나, 두 번째 기한은 아직 오 주야나 남았다.

생각보다 빨리 육태강을 잡았으니, 그것도 생포했으니 어깨에 힘을 주고 싶기도 하리라.

이것이 자립평으로 들어서는 철면신과 그 예하 용병들의 기세를 보고 내린 위연의 판단이었다.

그런데 곧바로 이어진 냉화문의 말에는 조금 신경이 쓰이지 않을 수 없었다.

"손해를 거의 보지 않은 것도 이상합니다."

그러고 보니 철면신이 이끄는 용병들의 인원이 알고 있는 그대로였다.

약간의 차이는 있는지 모르나, 거의 비슷했다.

냉화문의 말마따나 육태강을 잡으면서 거의 손해를 보지 않았다는 건데, 이건 생각해 볼 필요가 있었다.

혁련노사가 그때 넌지시 말했다.

"아무래도 우리가 철면신의 실력을 과소평가한 모양이오. 이번 일로 끝낼 것이 아니라 앞으로도 곁에 두고 부리는 것이 어떻겠소이까, 제독?"

위연은 천천히 고개를 끄덕거렸다.

혁련노사의 말을 듣고 나자, 생각이 바뀌었다.

의심이 사라지고 대신 욕심이 생겨났다.

혁련노사의 말이 옳았다.

날고 긴다고 알려진 신진고수, 마도 육태강을 이처럼 전력의 손실을 거의 입지 않고 생포할 정도의 실력이라면 곁에 두고 부리는 것도 나쁘지 않을 터였다.

"나도 그걸 고려해 보는 중이었소."

뒤처진 생각이 싫어서 둘러대는 말이었다.

그때 어느새 서너 장 앞으로 다가온 철면신 등이 발길을 멈추었다.

철면신이 마상에서 내리며 위연을 향해 정중히 공수했다.

"약속대로 육태강을 잡아왔소."

위연은 짐짓 시큰둥하게 대답했다.

"약속대로는 아니지. 기한을 넘기지 않았나."

철면신이 잠시 여유를 두었다가 물었다.

"그건 이미 허락을 받은 줄 알고 있소만, 혹시 그로 인해 우리의 약조에 변화가 생길 수도 있는 것이오?"

위연은 빙그레 웃으며 고개를 저었다.

사실을 말하자면 애초의 계획은 철면신이 육태강을 잡는 순간에 덮쳐서 둘 모두를 제거하는 것이었다.

그런데 뜻밖에도 철면신이 약속을 지키지 못하고 시한을 연장하는 바람에, 게다가 그 이후에는 철면신이 너무도 갑작스럽게 육태강을 생포하는 바람에 계획이 수포로 돌아가 버리고 말았다.

하지만 이제 와서 그걸 아쉬워할 필요는 없을 터였다.

상황이 이렇게 된 이상, 혁련노사의 말마따나 철면신을 잘 구슬려서 곁에 두고 부리는 것이 백번 더 이득이었다.

왜 처음부터 그 생각을 하지 못했는지 아쉬울 정도였다.

이런 마당에 굳이 철면신과의 약조를 파기하거나 바꿀 이유가 어디에 있겠는가.

"내게 그럴 이유가 어디에 있겠나. 시간이 조금 미루어지긴 했으나, 나는 약속대로 육태강을 잡은 그대의 노고를 높이 치하하는 바이네. 그대와의 약속은 필히 지켜질 것이니 염려하지 말게나."

철면신이 새삼 정중하게 공수했다.

"고맙소이다."

"당연한 일인데, 고마울 것까지야……."

위연은 거듭 미소를 보이고는 재우쳐 물었다.

"헌데, 놈은 어디에 있나?"

철면신이 용병들을 돌아보며 손을 까딱거렸다.

용병들이 좌우로 갈라지며 그 사이에서 용병들의 대장이라는 한천노와 검은 보자기를 머리에 뒤집어쓴 사람 하나가 나타났다.

한천노가 검은 보자기를 머리에 뒤집어쓴 사내를 앞으로 밀쳤다.

험상궂게 생긴 두 명의 용병이 쓰러지기 직전인 그 사내를 넘겨받아서 앞으로 끌고 나왔다.

사내가 완강히 저항했으나 소용없었다.

두 용병은 거칠게 끌고 나온 사내를 바닥에 내동댕이쳤
다.

위연은 불같은 호기심을 느끼며 자리에서 일어났다.

"그놈인가?"

철면신이 말했다.

"혈도를 봉쇄하고 단전을 파괴해 놓았으니, 직접 얼굴을
확인해 보시오."

"생각보다 잔인한 면이 있었군그래. 무인에게 생명보다
더 귀중한 단전을 파괴하다니 너무 잔인하지 않나."

농담인지 진담인지 알 수 없는 한마디를 하면서, 위연은
검은 보자기를 뒤집어쓴 사내를 유심히 살펴보았다.

철면신의 말이 사실인 것 같았다.

바닥에 엎어졌다가 힘겹게 일어나 앉은 사내의 단전 부위
에는 진득한 핏물이 엉겨 있었다.

하지만 위연은 그래도 직접 나서지 않았다.

그는 만에 하나라는 말을 신봉하는 사람이었다.

그런 조심성이 없었다면 오늘의 그는 없었을 터였다.

그는 힐끗 냉화문을 일견하며 명령했다.

"확인해 보거라."

냉화문이 앞으로 나서서 검은 보자기를 뒤집어쓴 사내에
게 다가갔다.

그 모습을 바라보던 한천노의 인상이 살짝 일그러졌는데, 그 누구도 그 표정에 관심을 두는 사람은 없었다.

그러나 한천노의 표정에는 분명 나름의 이유가 있었고, 그 이유가 밝혀지는 시간은 극히 짧았다.

냉화문이 사내의 머리에서 검은 보자기를 벗겨 내는 순간이었다.

철면신의 얼굴, 거무튀튀한 철가면 사이로 아쉽다는 투덜거림이 흘러나왔다.

"역시 겁 많은 쥐새끼라 쉽게 걸려들진 않는군."

냉화문은 검은 보자기를 벗겨 내다가 철면신의 말을 듣고 흠칫하며 본능적으로 뒤로 물러났다.

하지만 이미 늦었다.

냉화문은 뒤로 물러나려는 자세 그대로 두 눈을 찢어질 듯 부릅뜨며 돌처럼 굳어져 버렸다.

검은 보자기가 벗겨지는 순간에 벼락처럼 뻗어진 사내의 손이, 정확히는 그 손에 들린 한 자루 비수가 그의 복부를 그대로 관통해 버렸기 때문이다.

"너, 너는… 누, 누구냐?"

냉화문은 목구멍으로 거슬러 올라오는 핏물을 토해내며 묻고 있었다. 그의 두 눈에는 이미 죽음의 그림자가 짙게 드리워져 있었다.

사내가 얼굴 가득 거미줄처럼 드리워진 칼자국을 일그러 뜨리며 히죽 웃었다.

"저승에 가면 네 수하 방인경이 알려줄 거다."

냉화문은 간신히 부여잡은 정신으로 상대 사내가 얼마 전 무한에서 일급당주 방인경을 죽인 자라는 사실을 알게 되었 으나, 그와 동시에 숨이 끊어졌다.

그래서 곧바로 이어진 철면신의 외침을 듣지 못했다.

"놈들을 쓸어버려라!"

이백여 명의 용병들이, 바로 한천노를 비롯한 곽자홍과 백무인 등 흑천의 형제들이 그와 동시에 시위를 떠나는 화 살처럼 동시다발적으로 신형을 날려서 동창의 위사들을 소 나기처럼 덮쳤다.

철면신도 그 뒤를 따라서 신형을 날리고 있었다.

자림평은 대번에 피와 살점이 난무하는 전쟁터로 변해 버 렸다.

"뭐, 뭐야 이건…?"

위연은 기실 조심성은 있어도 철면신의 말처럼 겁쟁이는 아니었다.

평소 냉철하고 철두철미한 판단력을 앞세우고 신중하게 행동해서 그렇지 본성은 오히려 성마른 편이었다.

그러나 냉화문이 생각지도 못한 암습에 당해서 쓰러지자, 그는 잠시 판단력을 잃고 멍청히 그냥 서 있었다.

철면신이 배신을 하고 덫을 놓을 줄은 꿈에도 상상하지 못했기 때문이다.

아마도 그래서였다.

이윽고, 상황을 인지한 위연은 여지없이 이성을 잃고 본성을 드러냈다.

"가, 감히…!"

위연은 전신을 부들부들 떨며 악에 받쳐 소리쳤다.

"죽여라! 한 놈도 살려두지 말고 죽여 버려!"

사실 그의 명령이 떨어지기 전에 구진보와 손경 등 일급 당두들을 위시한 동창의 전 위사들은 이미 적을 맞이해서 싸우고 있었다.

위연은 그에 아랑곳하지 않고 길길이 날뛰며 직접 칼을 뽑아 들고 전장으로 나서려고 했다.

평소와 달리 흥분해서 이성을 잃은 그의 눈에는 아무것도 보이지 않았다.

하지만 그는 앞으로 나서기도 전에 뒤로 물러나야 했다.

물러날 수밖에 없었다.

시퍼런 섬광이 그의 머리 위에서 떨어져 내리고 있었기 때문에 본능적으로 물러난 것이었다.

그리고 그 순간 그는 찬물을 뒤집어쓴 것처럼 냉정을 되찾았다.

싸늘하게 느껴지는 위기의식이 그의 이성을 일깨워 준 것이고, 그 때문에 그는 쇄도하는 시퍼런 섬광이 한 자루 칼이고, 그 칼의 주인이 바로 철면신이라는 사실도 확인할 수 있었다.

앞서 크게 외치고 나서 벼락같이 신형을 날린 철면신의 목표가 바로 그였던 것이다.

하지만 이성을 되찾았다고 해서 위기를 벗어난 것은 아니었다.

그가 분명히 뒤로 물러났음에도 불구하고 철면신의 칼날은 허공을 가르지 않았다.

마치 애초에 뒤로 물러난 그를 노린 것처럼 거세게 밀고 들어왔다.

막강한 압력이 느껴졌다.

칼날이 닿기도 전에 다가온 기세가 그의 피부를 가르고 피를 보았다.

"익!"

위연은 이를 악물며 거듭 뒷걸음질 쳤다.

그 순간에 그는 왠지 낯설게 느껴지지 않는 기이한 모습을 보게 되었다.

칼끝 뒤에 드리워진 철면신의 신형이 아지랑이처럼 흔들리며 검은 안개에 휩싸이더니, 이내 실체가 모호한 그림자처럼 변하고 있었다.

그는 전력을 다해서 들어 올린 칼로 쇄도하는 철면신의 칼날을 막으며 의지와 무관하게 부르짖었다.

"사신마영!"

철면신이, 사실은 육태강을 대신해서 철면신으로 나선 환사가 아지랑이처럼 흔들리는 검은 안개 속에서 특유의 음침한 목소리로 대답했다.

"나를 알아보긴 하는구나. 그래. 나다, 위연. 홍당의 수좌로 네 의부인 왕진에게 십수 년이나 개처럼 부려지다가 고자 주제에 내 여자를 탐한 네놈에게 암살당한 사신마영이다."

환사의 진실된 정체가 드러나는 순간이었다.

환사는 바로 과거 살수제왕으로 명성을 떨친 사신마영이었고, 그는 본디 왕진에게 충성을 바치던 홍당의 전대 수좌였던 것이다.

위연은 사신마영의 여자가 욕심나서 사신마영을 암살했다는 것인데…….

"네, 네가 어떻게…… 넌 분명히 죽었는데…?"

"그렇게 생각했을 테지. 왕진의 명령을 수행하러 간 유황도에서 네가 나를 암습했을 때, 직접 칼을 들고 얼굴 가죽까지 벗겨 냈으니 그럴 만도 하지. 이렇게 말이다."

아지랑이처럼 흔들리는 검은 안개 속에서 불쑥 얼굴 하나가 튀어나왔다.

흡사 붉은 고깃덩어리처럼 보이는 얼굴이었다.

코도 귀도 없는 데다가 피부 대신 붉은 살점으로만 이루어져 있어서 그렇게 보였다.

얼굴 가죽이 벗겨진 사람의 얼굴, 처음으로 본색을 드러낸 환사의 얼굴이었다.

"헉!"

칼과 칼을 맞대고 대치한 상태에서 갑자기 그 얼굴을 보게 된 위연은 본의 아니게 기겁하며 한쪽 무릎을 꿇었다.

긴장한 상태였다고는 하나, 천하의 제독동창 위연이 그런 모습을 보일 정도로 환사의 얼굴은 끔찍했던 것이다.

환사가 다시금 검은 안개 속으로 얼굴을 감추며 음충맞게 흐흐거렸다.

"너는 내가 죽은 줄 알고 유황도의 뇌옥에 던져 버렸을 테지만, 나는 죽지 않았다. 내 살까지 씹어 먹으며 악착같이 살아남았다. 바로 오늘을 위해서 말이다."

환사의 칼날이 검은 서기로 일렁거렸다.

위연의 칼날에 가일층 높은 압력이 가해지기 시작했다.

"으으……."

위연은 피가 나도록 입술을 깨물며 버텼으나, 도무지 역부족이었다.

기와 기, 내력과 내력의 대결에서 그는 완전히 밀리고 있었다.

칼을 잡은 그의 손아귀가 찢어지며 피를 흘렸고, 그의 발은 점차적으로 지면을 파고들며 발목까지 빠져들었다.

진즉 발을 뺐어야 했는데, 상대 환사의 정체에 놀라서 당황하는 바람에 기회를 놓친 것이 화근이었다.

이제는 물러나려고 해도 물러날 수가 없었다.

그런데 한순간 그의 칼날을 짓누르던 가공할 압력이 거짓말처럼 사라졌다.

환사가 갑자기 뒤로 물러났기 때문이다.

위연은 뒤늦게 상황을 파악하며 반색했다.

붉은색 일색의 무복으로 온몸을 치장한 사내들이 그들, 두 사람 사이에 끼어든 것이다.

바로 홍당의 매자들이었다.

위연은 용기백배해서 환사를 향해 으르렁거렸다.

"이번엔 진짜로 죽여 주마!"

그러나 환사는 조금도 당황하거나 주눅 들지 않았다.

아지랑이처럼 흔들리는 검은 안개에 휩싸여 있는지라 얼

굴이나 태도는 확인할 수 없었지만, 그 속에서 나오는 대답이 그처럼 차분하고 냉정했다.

"그럼 어디 조금 더 놀아 볼까?"

동창의 일급당두 구진보는 싸움이 시작된 직후부터 작은 체구에 호리호리한 몸을 가진 흑의사내 하나와 격전을 벌이고 있었다.

사실 외관만 보고 흑의사내를 평가했을 때는 단숨에 그의 목을 날려 버리고 다음 상대를 찾을 수 있을 것만 같았다.

하지만 그게 뜻대로 되지 않았다.

가녀리게 보일 정도로 왜소하고 곱상하게 생겨 먹어서, 칼을 쓰기는커녕 주먹다짐 한 번도 제대로 해 보지 못했을 것 같은 흑의사내는 의외로 강했다.

회칼처럼 생긴 한 자루 요도(妖刀)를 정말 귀신처럼 쓰는 바람에 오히려 처음부터 구진보는 고전을 면치 못했고, 끝내 살아남기에 급급한 형편이 되었다.

곁에서 싸우던 일급당두 손경이 그의 위기를 보고 끼어들었다.

손경이 다급히 손을 보태지 않았다면 구진보가 흑의사내의 기습적인 공격에 목이 베어졌을 찰나였다.

흑의사내가 공격을 포기하고 물러나자 싸움은 바야흐로

이 대 일이 되었다.

그런데 어처구니없게도 이번 역시 그들이 밀렸다.

곱상한 외모의 흑의사내는 그들, 두 사람을 상대하면서도 여유가 있었다.

특히 불규칙하게 움직이는 것 같으면서도 알고 보면 시선이 따르기 어려운 사각지대로 이동하는 흑의사내의 신법은 놀랍도록 표홀해서 도무지 그들, 두 사람이 아무리 용을 써도 따라잡을 수가 없었다.

억지로 따라잡으려다가 오히려 그들이 위기에 봉착했다.

그러던 한순간 손경이 부르짖었다.

"북풍영의 신법!"

북풍영은 과거 전설의 독행도로 명성을 떨치던 야신의 독문신법이었다.

손경은 흑의사내의 신법이 바로 그 북풍영임을 알아본 것이다.

"네가 야신이라고?"

하지만 그는 이내 고개를 흔들었다.

야신이 활동하던 시기는 벌써 오십 년도 넘었다.

그런데 흑의사내는 아무리 높게 봐도 이십 대였다.

야신일 리가 없었다.

그의 측면으로 이동해서 흑의사내의 공격을 대비하던 구

진보가 말했다.

"야신의 후예라는 건가?"

아마도 그럴 것이다.

손경은 구진보와 보조를 맞추며 내심 고개를 끄덕였다.

한편으로 그걸 알았다고 해서 별 뾰족한 수가 생기는 것은 아니라는 점을 상기하며 참담한 기분에 사로잡혔다.

그때 그들과의 거리를 가늠하면서 좌측으로 원을 그리며 돌던 흑의사내가 히죽 웃었다.

"이제야 알아차리다니 정말 눈썰미가 없구나."

흑의사내가 구진보의 말을 인정한 것이다.

그리고 사실이었다.

왜소한 체구의 흑의사내는 야신은 아니었지만, 그 야신의 진전을 물려받은 후인, 바로 유황도의 남옥이었던 것이다.

그 남옥이 갑자기 움직임을 멈추고 서서 다시 말했다.

"하지만 늦게라도 알았으니 상을 주지 않을 수 없지. 목을 길게 늘여라. 야신이 손수 너희들의 목을 베어줄 테니."

구진보가 볼썽사납게 인상을 쓰며 칼을 곧추세웠다.

손경도 구진보 못지않게 오만상을 찌푸리며 살기를 쏟아냈다.

그와 동시에 두 사람의 신형이 성난 멧돼지처럼 순간에 남옥을 향해 돌진했다.

두 사람은 남옥의 말을 조롱으로 받아들여 분노했고, 그리하여 사전에 약속이라도 한 것처럼 동시에 공격해 들어간 것이다.

그런데 그들, 두 사람의 입장에선 매우 안타깝게도 그것이 위기를 자초했다.

득달같이 쇄도해 들어가던 그들의 전면에 난데없이 검은 그림자 하나가 생겨났다.

그들의 칼끝이 남옥에게 닿기 직전에, 정확히는 아직 일장여가 남은 상태에서 벌어진 일이었다.

"헉!"

두 사람은 기겁하며 누가 먼저랄 것도 없이 동시에 헛바람을 삼키며 각기 좌우로 방향을 바꾸었다.

정지하기에는 이미 늦었기 때문에 선택한 방법이었다.

그 누구라도 갑자기 아무것도 없던 눈앞에 무언가 나타난다면 그들과 같은 반응을 보일 터이다.

하물며 그들은 거짓말처럼 눈앞에 나타난 검은 그림자에게서 이해할 수 없을 정도로 강렬한 기세를 느꼈으니 그에 대해서는 두말할 나위도 없었다.

하지만 그들은 이미 남옥을 노리고 전력으로 신법을 전개한 상태였기 때문에 방향을 바꾸기가 쉽지 않았다.

그 순간 검은 그림자가 좌우로 흩어지는 그들의 겨드랑이 아래를 파고들며 스쳐 지나갔다.

섬광이 번뜩이고, 섬뜩한 소음이 울렸다.

그 뒤를 따라 누군가의 몸에서 떨어진 머리 하나가 하늘 높이 치솟았다.

간발의 차이로 그 머리를 본 것은 손경이었다.

하늘 높이 떠오른 머리는 구진보의 머리였던 것이다.

손경은 그다음 순간에 번뜩이는 섬광의 정체가 한 자루 가는 면도이고, 그 면도의 주인이 곱사등이 노인, 그는 모르고 있지만 한천노라는 사실도 알게 되었다.

단칼에 구진보의 머리를 날려버린 한천노가 사람의 목을 베어 버리고도 여전히 맑은 빛으로 빛나는 면도를 낭창거리며 그림자처럼 그의 뒤를 따라붙었기 때문이다.

그래서 그는 또 알게 되었다.

한천노의 신형은 두 발이 바닥에 닿지 않은 상태로 바람처럼 허공에 떠서 미끄러지며 그를 따라오고 있었다.

북풍영의 신법이었다.

"그, 그렇다면 당신이……?"

'야신'이라는 그의 다음 말은 이어지지 못했다.

유황도에서는 노백상으로 불리다가 강호에 나와서는 한천노가 되었으나, 기실 손경의 예상대로 남옥의 사부이자, 진짜 야신이 그 순간에 손을 썼기 때문이었다.

매미 날개처럼 반투명한 야신의 면도가 후퇴하는 손경을 추월하면서 그 옆구리를 베었다.

"크윽!"

손경은 앞으로 고꾸라졌다.

앞으로 고꾸라지는 손경의 신형이 땅바닥에 닿기도 전에 야신의 면도가 다시 돌아와서 그림처럼 하늘을 향해 치솟았다.

비명은 없었다.

손경은 하늘로 떠올라서 땅바닥으로 널브러지는 그 자신의 목 없는 몸뚱이를 바라보는 순간 이승에서의 생을 마감해 버렸다.

검은 보자기를 뒤집어쓰고 육태강 행세를 했던 약전은 상대의 요인 중 하나랄 수 있는 동창의 대외첩형 냉화문을 해치우는 것으로 사실상 이번 결전에서 가장 먼저 두 손에 피를 묻혔지만, 그다음부터는 이렇다 할 적수를 찾지 못하고 있었다.

그래서 약전은 손에 걸리는 대로 살수를 펼치며 전장의 한복판을 누비고 다녔다.

환사, 즉 사신마영의 절기를 고스란히 물려받아, 실상 육태강의 의형제들 중에서 백무인 다음으로 막강한 무위를 소유한 그의 손속을 피할 수 있는 동창 위사는 거의 없었다.

그의 전신은 대번에 동창 위사들의 피로 붉게 칠해졌다.

그를 따라 혈로가 만들어지고, 동창 위사들의 주검이 빠르게 쌓여갔다.

그러던 중에 그를 노리고 날아오는 검 하나가 있었다.

빠르게 회전하며 저 높은 곳에서부터 그를 향해 사선으로 떨어져 내리는 검이었다.

"비검술?"

약전은 본능처럼 수중에 들고 있던 자신의 애병인 단도, 혈마비를 번개처럼 휘둘러서 날아오는 칼을 막아냈다.

요란한 쇳소리가 울리며 칼이 튕겨졌다.

튕겨지는 그 칼을 짙은 청색 장포의 사내 하나가 솔개처럼 날아와서 잡아채며 그의 면전으로 떨어져 내렸다.

약전은 혈마비를 잡은 손아귀에서 쩌릿한 통증을 느끼면서도 재빨리 서너 걸음 뒤로 물러나서 거리를 확보하며 청색 장포의 사내와 대치했다.

청색 장포의 사내는 선이 굵은 얼굴에 자리한 두 눈빛이 한 자루 검처럼 예리하게 느껴지는 장한이었다.

아직도 손에 남아 있는 반탄력의 통증과 여타 동창의 위사와 다른 의복으로 인해 범상치 않은 자라는 느낌은 받았으나, 두 눈빛에서 풍기는 기도가 예상을 훨씬 뛰어넘는 자였다.

그 입에서 뱉어진 첫마디 또한 그랬다.

"네가 냉화문을 죽인 녀석이렷다!"

약전은 냉화문이 누군지는 몰라도 지금 눈앞에 서서 살기를 뿜어내는 작자와 같은 형태의 의복을 입은 자는 기억할 수 있었다.

처음 그의 손에 이승을 하직한 자가 지금 이 녀석과 같은 의복을 입고 있었다.

그는 싱긋 웃으며 수중의 혈마비를 역으로 돌려서 자신의 복부를 찌르는 시늉을 했다.

"처음의 이 녀석 말이냐?"

청색 장포의 사내, 바로 앞서 죽은 냉화문과 같은 지위이자, 절친한 친구이기도 한 동창의 대내첩형 목우인은 전신을 부들부들 떨었다.

그게 분노에 겨워하는 태도라는 것은 곧바로 이어진 그의 행동으로 인해 알 수 있었다.

이를 악물고 수중의 검신을 전면에 세운 것이다.

그리고 공력을 끌어올리는 모양이었다.

아직 그 어떠한 움직임도 보이지 않았는데도 불구하고 그의 검 끝에서 번갯불 같은 섬광이 피어오르기 시작했다.

약전은 감히 경시하지 못하며 혈마비를 단단히 바로잡았

다.

몸을 떠는 것은 사실 목우인만이 아니었다.

약전도 몸을 떨고 있었다.

그게 비록 목우인과 달리, 적수다운 적수를 만났다는 기분에 더해서 먹음직스런 사냥감을 눈앞에 두었다는 기쁨으로 인한 것이었지만 말이다.

"동료의 품으로 보내주지."

약전은 차갑게 웃으며 도발했다.

그의 도발에. 넘어온 것인지 아니면 애초부터 그리하려고 작정했는지는 모르겠으나, 그와 동시에 목우인이 움직였다.

목우인의 검은 비정상적으로 날이 좁은 협봉검이었는데, 송곳처럼 뾰족한 그 검 끝이 인사를 하듯 약전을 향해 고개를 숙였다.

그 순간, 그의 검 끝에서 번갯불 같은 불꽃이 튀더니 뇌전을 닮은 수십 가닥의 섬광이 줄기줄기 뻗어져 나왔다.

검기와 검경(劍勁)을 뛰어넘는 검사(劍絲)의 경지였다.

"오!"

약전은 눈 깜빡할 사이에 뻗어져서 그대로 자신을 뒤덮어버릴 듯 다가오는 유형의 검기, 검사를 바라보며 크게 탄성을 발했다.

무인 중 한 사람으로서의 진심 어린 감탄이었다.

물론 그렇게 감탄만 하고 있지는 않았다.

그도 어느새 은연중에 끌어올린 전신의 내력을 수중의 혈마비에 응집하고 있는 상태였다.

그의 수중에 들린 혈마비가 전에 없이 길고 굵게 느껴지는 것은 그 때문이었다.

그가 내력을 응집시킴에 따라 달무리를 닮은 섬광이 혈마비를 휘감고 있어서 그런 형태로 보이는 것이다.

어느새 다가온 목우인의 검사가 그의 전신을 덮치는 순간, 혈마비가 앞으로 뻗어졌다.

목우인이 뻗어낸 검사가 닿기 전인데도 그의 의복은 벌써 여기저기 찢어져 나가고 있었다.

누가 보기에도 그의 전신이 산산조각으로 찢어질 것 같은 순간인 것인데, 그는 그 모든 것을 무시하며 혈마비를 앞으로 내뻗었다.

순간, 한겨울의 빙판이 깨져나가는 듯한 소음이 울리며 혈마비의 끝에서 번갯불 같은 불꽃이 튀었다.

그리고 그와 동시에 뇌전을 닮은 수십 가닥의 섬광이 사방으로 확산되었다.

앞서 목우인의 검 끝에서 보인 모습과 같은 광경이 연출된 것인데, 조금 다른 것이 있다면 그 빛의 세기와 강도가 보다 월등하다는 것이었다.

아니나 다를까, 그 차이가 곧바로 현실로 드러났다.

어부의 그물이 날카로운 칼날에 찢겨지듯, 약전의 전신을 뒤덮던 목우인의 검사가 한순간에 그렇게 변하며 사방으로 흩어졌다.

그렇게 생긴 공간으로 약전의 신형이 목우인을 향해서 시위를 떠난 화살처럼 쏟아졌다.

설명은 길었지만, 그야말로 찰나지간에 벌어진 상황.

"익!"

목우인이 두 눈을 부릅뜨며 전방을 향해 검을 내뻗었다.

검 끝이 기이한 각도로 흔들렸고, 그 흔들림에 따라 검 끝에서 새롭게 피어난 검사가 쇄도하는 약전의 전신을 순식간에 휘감았다.

누가 보아도 약전의 모습은 그물로 뛰어든 물고기와 같았는데, 그 그물이 쇳덩이라도 두부처럼 베어버릴 검사로 이루어졌다는 것을 감안하면 그는 이미 산목숨이 아닌 것 같았다.

그런데 그 순간, 검사의 그물에 휘감긴 약전의 신형이 흐릿해졌다.

그리고 그 흐릿해지는 신형의 서너 치 앞에서 같은 형태의 새로운 신형이 나타났고, 이내 선명해졌다.

사람들이 본다면 잠시 눈이 착각을 일으켜서 그의 모습이 흔들려 보인다고 생각하는 순간에 앞으로 자리를 옮겨서 나타난 것이다.

착각을 일으킨 것 같은 그 거리는 불과 한 발짝이었다.

하지만 그것으로 싸움이 끝났다.

약전의 신형이 목우인이 펼친 검사의 그물을 벗어나서 그 가슴에 혈마비를 꽂아 넣었기 때문이다.

비록 그 거리는 짧았으나, 약전이 목우인의 생명을 끊기에는 충분했다.

"그, 그건 사주사영……. 사신마영의 신법을 어떻게 네가……?"

숨이 끊어지기 직전에 목우인이 남긴 한마디였다.

약전은 가차 없이 혈마비를 회수하며 스르르 무너지는 목우인을 향해 대답했다.

"내가 사신마영의 제자니까."

그리고 냉정히 돌아서서 전장을 훑어보며 새로운 먹이를 찾았다.

제십장

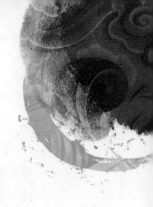

혁련노사는 기실 얼마 전 철면신이 육태강을 생포했다는 말을 전해 들었을 때부터 오늘의 약속이 무언가 음모가 내재된 계획이라는, 바로 함정이라는 것을 알고 있었다.

철면신이 곧 육태강이라는 사실을 알고 있는 그로서는 당연한 생각이었다.

따라서 그는 철면신이 오기로 한 오늘 이 자리에 어떻게든 참석하지 않으려고 나름 무진 노력을 했었다.

어떤 식으로든 싸움이 벌어지면 그의 입장이 갑갑해질 것이기 때문이었다.

하지만 이렇다 할 방법이 없었다.

무엇보다도 제독동창 위연이 허락하지 않았다.

가장 골치 아픈 문제가 해결되는 순간인데, 이보다 더 중요한 일이 어디에 있냐는 것이 위연의 말이었다.

그래서 어쩔 수 없이 위연과 함께 자리했는데…….

역시나 상황은 그의 예상대로였다.

함정이었고, 싸움이 시작된 것이다.

위연은 그래서 어쩔 수 없이 나서긴 했으나, 적극적으로 싸움에 가담하지는 않았다.

적당히 치고 빠지며 눈치를 보았다.

아직은 본색을 드러낼 수 없다는 것이 그의 생각이었다.

다행히도 적극적으로 달라붙는 적들이 없어서 그게 가능했다.

그런데 그런 혁련노사에게 결정의 순간이 도래했다.

제독동창 위연을 상대로 압도적인 싸움을 펼치던 철면신이 갑자기 수세에 몰렸다.

내심 그가 이제나저제나 걱정하던 홍당의 살인귀들이 합세한 것이다.

혁련노사는 잠시 갈등했으나, 기실 선택의 여지가 없었다.

그의 본색이 노출되는 것은 천군으로서 막대한 손실이지만, 오늘의 결전이 동창의 승리로 돌아가는 것에 비할 바는 아니었다.

무엇보다도 육태강이 죽는 것은 절대적으로 막아야 했다.

그가 천군의 수장에게 전해 들은 바에 따르면 육태강은 아군으로 끌어들이지 않더라도 천군이 계획해 놓은 앞으로의 거사에 없어서는 안 될 존재이기 때문이었다.

그는 이때까지도 철면신이 육태강이라고 생각했던 것이다.

"빌어먹을……!"

그는 한바탕 욕설과 함께 폭풍처럼 칼을 휘둘러서 싸움하는 시늉을 하기 위해 적당히 상대하던 용병 하나를 물러나게 한 다음, 번개처럼 신형을 날렸다.

그리고 칠 장여의 공중을 가로지르며 칼을 내뻗었다.

철면신과 싸우던 홍의 사내들 중 하나, 홍당의 매자가 그 칼끝에 걸려들었다.

철면신과 싸우다가 막 뒤로 빠져서 숨을 고르던 홍당의 매자였다.

그 홍당의 매자는 본능적으로 살기를 느낀 듯 고개를 돌렸으나, 상대가 혁련노사임을 보고는 대수롭지 않게 무시하고 있었다.

혁련노사의 칼은 가차 없이 그 매자의 허리를 반으로 갈라놓았다.

"컥!"

비명이 터지고 피와 내장이 쏟아졌다.

매자들과 함께 철면신을 공격하던 위연이 뒤늦게 그 광경을 보고는 두 눈을 크게 부릅떴다.

"대체 왜……?"

혁련노사는 대답 대신 곁에 있던 다른 매자를 향해서 칼을 휘둘렀다.

그의 칼질에는 그 어떤 막대한 기세도, 가공할 기운도 느껴지지 않았으나, 대신에 빨랐다.

섬광이 번뜩이며 또 하나의 매자가 반으로 동강 났다.

빠르게 베어진 까닭에 매끄러운 붉은 단면이 먼저 보이고 뒤늦게 피와 내장이 쏟아졌다.

위연이 발작하듯 악을 썼다.

"네가, 네놈이 간자였다니!"

하지만 혁련노사를 향한 위연의 분노는 그게 다였다.

다음 순간 그는 혁련노사를 바라볼 수조차 없게 되었으니까.

홍당의 매자들의 합공으로 말미암아 일순 열세에 몰렸던 철면신, 바로 환사가 그 순간에 호흡을 가다듬으며 그에게 쇄도한 까닭이다.

한눈을 팔던 위연은 기겁하며 물러났다.

검은 기류에 휩싸인 채 아지랑이처럼 흔들리는 환사의 신형이 그림처럼 따라붙었다.

검은 기류 사이에서 칙칙한 묵빛 칼날이 빠져나오고, 물러나는 위연의 코앞에서 반월형 섬광을 연속으로 그려댔다.

위연이 이를 악물고 미친 듯이 칼을 휘두르며 거듭 물러섰다.

하지만 칼은 부딪치지 않았고, 환사는 한층 더 빠르게 다가들었다.

위연의 얼굴에 어두운 그림자가 드리워졌다.

그때 구원의 손길이 나타났다.

급격히 거리가 좁혀지는 그들, 두 사람의 사이로 서너 개의 칼날이 끼어들었다.

위연을 도와서 환사를 떼어 내려는 홍당의 살인귀들, 바로 매자들의 칼날이었다.

그 칼날들 아래로 또 하나의 칼날이 스미며 하늘을 향해 치솟았다.

이번에는 혁련노사가 끼어든 것이었다.

칼과 칼이 충돌하고 어긋나며 요란한 쇳소리가 울렸다.

피부를 긁어서 피를 내는 불똥, 검기의 파편이 사방으로 튀기며 한 대 모아졌던 칼날들이 흩어졌다.

간신히 위기를 모면한 위연이 호흡을 가다듬다가 다시금 기겁하며 뒤로 후퇴했다.

"익!"

한 발 물러났던 환사가 물러날 때보다 배는 더 빠르게 전진하며 그를 압박하고 있었다.

환사와 달리 서너 걸음이나 뒷걸음질한 매자들이 그걸 보고 다급하게 신형을 반전하며 다시 나섰다.

혁련노사가 어느새 그들의 전면을 가로막으며 칼을 휘둘렀다.

매자들의 일부가 흠칫하며 물러났다.

혁련노사의 의도인지 아니면 그저 뒤엉켜 싸우다 보니 자연스럽게 그리된 것인지는 모르겠으나, 그렇게 해서 살아남은 이십여 명의 매자들은 정확히 반으로 갈라졌다.

위연을 도와서 환사를 합공하는 십여 명과, 혁련노사를 에워싼 십여 명이었다.

환사가 여유를 되찾으며 위연과 매자들을 압박해 들어갔다.

그의 반격이 어찌나 빠르고 민첩했던지 위연과 매자들은 곧바로 수세에 몰렸다.

대번에 비명이 터지며 두 명의 매자가 가랑잎처럼 나가

떨어졌다.

"크윽······!"

혁련노사는 그에 반해 매우 힘겨운 사투를 벌였다.

개개인이 동창의 일급당두를 능가하는 실력의 소유자인 매자들을 십여 명이나 감당하기에는 그의 무력이 역부족이었던 것이다.

다행히 이때 싸움을 끝낸 남옥이 끼어들었다.

"크악!"

매자 하나가 가슴이 갈라지며 시뻘겋게 변해 바닥에 나뒹굴었다.

아무런 기척도 없이 싸움에 끼어든 남옥의 일격에 반항 한 번 제대로 못 하고 당해버린 것이다.

혁련노사는 혹시나 난전에 가담한 남옥이 자신의 정체를 모르고 있을까 봐 흠칫하며 바라보았는데, 그런 걱정은 애당초 할 필요가 없었다.

남옥은 이미 그의 정체를 알고 있는 것 같았다.

그에게는 시선조차 주지 않고 매자들을 공격하고 있었다.

그리고 그 순간에 또 하나의 칼이 소리 없이 나타나서 그들을 도왔다.

사전에 주어진 혁련노사의 계획에 따라 싸움에 나서지

않고 암중에 숨어서 사태를 관망하고 있던 주안술의 동창
원로, 음양소자 낭리호가 혁련노사의 위기를 보고 나선 것
이었다.

기실 남옥과 거의 동시에 나섰으나, 조금 늦게 도착한 것
이다.

전세가 순식간에 역전되었다.

남옥의 무위가 워낙 뛰어나기도 했지만, 낭리호의 갑작
스러운 칼질도 매서웠다.

매자들의 전력이 분산되자, 혁련노사의 칼질도 힘을 받
았다.

매자들은 속절없이 무너졌다.

"크아악!"

하나의 비명이 터지기 무섭게 또 하나의 비명이 꼬리를
물었다.

두 사람, 남옥과 낭리호가 가담하고부터 십여 명의 매자
들이 피를 뿌리며 바닥에 널브러지는 데까지 걸린 시간은
불과 일각도 되지 않았다.

바로 그때 그 순간, 다른 한쪽에서 처절한 단말마가 터졌
다.

제독동창 위연의 가슴이 환사의 칼날에 의해 길게 갈라
지는 순간이었다.

마지막 매자의 하반신을 동강 내서 싸움을 끝낸 혁련노사는 반사적으로 고개를 돌려서 그다음 모습까지 볼 수 있었다.

환사의 칼날은 거기서 멈추지 않고 반원을 그리며 돌아서 위연의 목을 가르며 지나갔다.

몸통과 반듯하게 분리된 위연의 머리가 공중으로 떠올랐다.

뒤늦게 터진 핏물이 붉은 양탄자처럼 그 밑에 깔리고, 중심을 잃은 위연의 몸통이 썩은 짚단처럼 옆으로 기울어졌다.

그제야 떨어져 내린 머리가 잔인한 모습으로 바닥을 굴렀다.

전장의 싸움이 일시지간 멈추었다.

아군이든 적군이든 간에, 전지에서 어느 한 쪽의 수뇌가 죽는다는 것은 그처럼 막대한 영향을 끼칠 수밖에 없는 일이었다.

아니나 다를까, 전장의 한쪽에서 떨리는 외침이 발해졌다.

"퇴, 퇴각해라!"

전세가 완전히 기울어졌음을 알고 내지른 어느 일급당두의 고함이었다.

그런데 정작 후퇴명령을 내지른 일급당두는 전장에서 몸을 빼기도 전에 목이 잘려서 죽었다.

하필이면 그의 곁에 새로운 먹이를 찾아서 전장을 어슬렁거리던 약전이 있었기 때문이다.

약전은 한순간 표범처럼 달라붙어서 오이 꼭지를 따듯 간단하게 그의 목을 따버렸다.

제독동창 위연의 죽음에 이은 그 광경은 한층 더 강렬하게 전장의 분위기를 바꾸어 놓았다.

가뜩이나 사기를 잃고 암울한 얼굴이던 동창의 위사들은 한 치의 망설임도 없이 일제히 도주하기 시작했다.

그래 봤자 그 인원은 고작 삼십 명 내외였다.

싸움이 시작된 지 불과 반시진도 되지 않아서, 동창의 전력은 십분지 구가 차가운 시체로 변해서 바닥을 뒹굴고 있는 것이다.

그에 반해 이쪽의 사상자는 불과 오십 명 남짓. 가히 완승이었다.

그러나 혁련노사는 그래도 마음 한편으로 다급해졌다.

그는 서둘러 철면신에게 다가가서 말했다.

"그냥 살려 보내는 거요?"

도주하는 동창의 위하들을 두고 하는 말이었다.

그들 중에는 분명 그의 배반을 확인한 자가 있을 테고,

그건 앞으로 그의 활동에 막대한 지장을 초래하는 일이었다.

그런 그의 마음을 아는지 모르는지, 철면신이 대수롭지 않게 한마디 했다.

"저들 중에 과연 몇이나 제대로 복귀하리라고 보는가?"

혁련노사는 선뜻 대답을 하진 않았지만, 이 질문이 뜻하는 바는 대번에 파악할 수 있었다.

사실은 처음부터 알고 있었다.

패잔병들이, 그것도 대장을 잃은 패잔병들이 본대로 복귀하는 경우는 매우 드물었다.

자신들에게 돌아올 것이 패배에 대한 문책밖에 없음을 익히 잘 알고 있을 텐데, 어찌 순순히 복귀할 생각이 들 것인가.

하물며 동창의 위사들은 그 어떤 군대보다도 더 엄격하고 잔인한 규율에 묶여 있었다.

그가 생각해도 지금 도주하는 위사들 중에서 과연 몇 명이나 동창으로 복귀할 것인지 의문이었다.

솔직히 말하면 많아야 한두 명이라는 생각이었다.

하지만 그에게는 그 한두 명도 중요했다.

그들은 조금이라도 문책을 모면하기 위해서라도 필시 그의 배반을 보고할 것이기 때문이다.

본능적으로 그런 생각을 하며 나섰던 혁련노사는 순간적
으로 생각을 바꾸어서 다른 걸 물었다.

"당신은 누구지?"

철면신의 음성이 그가 아는 육태강의 그것과 달라서였
다.

그는 철면신이 펼치는 무공을 자세히 보지 못한 까닭에
철면신이 사신마영임을 아직 모르고 있었다.

철면신이 대답했다.

"내 목소리를 벌써 잊었나, 혁련후?"

혁련노사는 적잖게 당황하는 한편으로 오만상을 찡그렸
다.

상대가 그의 본명을 알고 있는 것은 둘째치고, 왠지 언젠
가 들어본 것 같은 목소리인데, 도무지 기억이 나지 않아서
였다.

그는 뚫어질 듯이 철면신을 노려보았다.

하지만 철면신의 진면목을 확인할 길이 없었다.

어떤 종류의 것인지는 몰라도 철면신의 전신을 감싸고
있는 검은 기류는 무공으로 인해 고도로 발달된 그의 안력
으로도 뚫을 수가 없었다.

철면신이 그때 다시 말했다.

"세월이 오래되긴 했나 보군. 기억력 좋기로 소문난 네

가 직속상관의 목소리도 잊다니."

"직속상관······?"

혁련노사는 가일층 인상을 찌푸리다가 두 눈을 크게 떴
다.

기억이 났다.

"설마······ 사신마영?"

사신마영, 환사는 특유의 음산한 목소리로 짧게 대꾸했
다.

"사신마영은 이미 죽었다. 나는 환사다."

그는 이것 이외에 더 해줄 말은 없다는 듯 냉정하게 혁련
노사를 등지고 돌아섰다.

그리고 어느새 주변으로 몰려든 약전과 남옥 등 흑천의
형제들을 둘러보며 말했다.

"사상자를 점검하고 석가장(石家莊)으로 이동해서 주군
을 기다린다."

혁련노사는 철면신의 모습을 한 사람이 사신마영이라는
사실에 놀라서 어리벙벙하게 서 있다가 이 말을 듣고 정신
을 수습했다.

석가장은 경사순천부의 턱밑이랄 수 있는 하북성의 성도
였다.

그리고 주군이라면 육태강을 지칭하는 것일 텐데, 육태

강이 갑자기 수하들과 이끌고 그 장소로 이동할 이유가 어디에 있을 것인가.

그는 생각을 접고 서둘러 물었다.

"대체 석가장으로는 왜 가는 것이오?"

환사는 짧게 대꾸했다.

"놈을 잡기 위해서."

그는 잠시 여유를 두었다가 한마디 더 흘렸다.

"태사감 왕진을!"

＊　　　＊　　　＊

한편, 같은 시각 태사감 왕진은 어지러운 고민에 빠져 있었다.

오랫동안 황제를 능가하는 권력의 최고봉에 서서 사물을 판단해온 그의 식견은 능히 경지를 이루었다고 해도 절대 과언이 아니었다.

그런 그의 시각에서 볼 때, 위연이 보낸 대지급의 내용은 참으로 답답한 사태를 예견하게 만들고 있었다.

그도 그럴 것이, 철면신이 육태강을 생포했다는 것은 당연히 거짓말이었다.

신이 아닌 사람이 동시에 두 장소에 나타날 수는 없었다.

위연이 속고 있는 것이고, 그래서 당연히 그 속에는 음모가, 바로 함정이 내재되어 있다는 결론이었다.

이건 식견이 있고 없고를 떠나서 바보만 아니라면 능히 가능한 예상인 것이다.

그런데 답답한 것은 답을 알고 있어도 별다른 도리가 없어 손을 놓고 있어야 한다는 사실이었다.

이미 위연에게 연락은 취했으나, 시간이 너무 촉박해서 그 연락이 별래무양이라는, 바로 연락이 도착했을 때에는 이미 모든 상황이 끝나 있을 것이라는 사실이 그의 눈에는 훤하게 보이는 것이다.

비단 문제는 거기서 끝나지 않았다.

가장 중요한 문제가 남아 있었다.

육태강에 대한 처리가 바로 그것이었다.

철면신이 육태강을 생포했다는 거짓말로 위연을 함정에 빠뜨렸다면, 철면신이 육태강의 수하이거나 적어도 한통속이라는 예상도 가능했다.

그리고 그건 육태강이 그의 생각보다 더 많은 비호세력을 거느리고 조직적으로 움직인다는 증거이며, 지금 이 순간 또한 무언가 내막을 숨긴 채 행동하는 것일 수도 있다는 이야기도 되었다.

한마디로 애초의 계획대로 육태강을 공격했다가는 도리

어 함정에 빠질 수도 있었다.

너무 지나친 비유일 수도 있으나, 작금의 상황만 놓고 생각해 보면 그렇지 않을 가능성보다 그럴 가능성이 더 높은 것이 사실이었다.

육태강이 이미 소림을 방문했었고, 그 곁에 무당삼자와 금사랑군을 대동하고 있다는 것을 알고 있는 이상, 더욱 그런 생각이 들 수밖에 없었다.

'그저 복수에 눈이 멀어서 철모르고 날뛰는 이무기라고 생각했는데, 이미 용이었단 말인가?'

왕진은 왠지 모르게 가슴 한구석이 서늘해지는 것을 느꼈다.

그는 그러고도 한참을 더 고심한 끝에 말문을 열었다.

"네 생각은 어떠냐? 이번 계획을 강행해도 괜찮을 것 같으냐?"

음밀히 뒤를 밟고 있는 육태강을 두고 하는 말이었다.

암중에서 그를 따르는 그림자, 바로 고굉지신을 자처하는 그의 수족인 홍당의 이 대 수좌, 매영에게 던지는 질문이기도 했다.

매영이 역시나 모습을 드러내지 않고 조심스럽게 대답했다.

"수하의 좁은 소견으로 감히 어찌 그걸 예상할 수 있겠습니까만, 만일 계획을 강행하실 생각이시라면 태사감께서는 전면에 나서지 않으시는 것이 어떨까 합니다."

왕진은 슬쩍 미간을 찌푸렸다.

"그건 그들만으로도 충분하다는 소리냐, 아니면 그만큼 위험하다는 뜻이냐?"

매영이 대답했다.

"태사감께서 제게 그걸 물으시는 것은 그만큼 상황이 혼란스럽다는 뜻이 아니겠습니까. 그래서 드리는 말씀입니다. 일이 애초의 계획대로만 진행된다면 태사감께서 나서든 나서지 않든 무관하게 그들만으로도 충분히 육태강은 처리할 수 있을 겁니다."

태사감은 심각하게 중얼거렸다.

"함정이면 내가 나서도 실패하고, 함정이 아니면 내가 나서지 않아도 실패하지 않는다는 뜻이로군. 결국 반반의 승패라는 건가?"

매영은 가타부타 말이 없었다.

그럼에도 불구하고 왕진의 주름진 입가에는 만족한 미소가 그려졌다.

"네가 나를 일깨워 주는구나. 그래 좋다. 그렇다면 이번 계획은 포기한다. 승리가 눈에 보이지 않는 싸움은 피하는 것이 마땅하다. 그게 내 지론이지."

그는 대번에 낯빛을 바꾸며 다시 말했다.

"너는 지금 즉시 신밀관에서 대기하는 자들에게 연락해서 경사로 집결하라고 일러라. 아무래도 보다 완벽하게, 확실한 승리가 보이도록 움직여야겠다."

"그렇다 하심은……?"

"그래. 그럴 생각이다. 군대를 동원하겠다. 너는 황궁으로 수하를 보내서 병부상서와 오군도독부의 수장들을 소집해라. 황제의 재가는 내가 황궁에 도착하는 즉시 받을 테니, 사전에 북경을 수비하는 영무위와 용호위의 수장들과 예사 군졸들을 집결시켜 놓으라는 지시도 잊지 말고. 어서 지금 당장!"

"존명!"

우직한 대답과 함께 한 줄기 바람이 불었다.

매영이 행동을 개시한 것인데, 그와 동시에 왕진의 곁에 거짓말처럼 홀연히 두 명의 거한이 앞뒤로 들고 있는 남여(藍轝:두 명이 들게 되어있는 가마)하나가 나타났다.

왕진은 남여가 나타났음에도 선뜻 오르지 않고 한동안 그대로 서서 저 멀리 점으로 화하고 있는 육태강에게 시선을 고정한 채 뜻 모를 미소를 짓고 있었다.

그러다가 이내 냉정하게 돌아서서 남여에 올랐다.

"황궁으로 돌아간다."

그의 말이 떨어지기 무섭게 남여가 움직였다.

바람처럼 빠르게 미끄러지는 남여의 뒤로 의미심장한 왕진의 목소리가 흘렀다.

"놈의 꿍꿍이가 무엇인지는 모르겠으나, 이제 결과는 확실해 졌다. 조만간 놈은 틀림없이 과거 그날의 제 아비와 같은 죽음을 당하게 될 것이다!"

그런데 왕진의 목소리가 남긴 여운이 사라지고 난 다음이었다.

왕진이 서 있던 자리에 한 줄기 바람이 부는가 싶더니, 이내 검은 인형 하나가 땅에서 솟은 듯 홀연히 나타났다.

그 검은 인형은 바로 두 눈을 제외한 얼굴 전체를 검은 천으로 친친 감은 것도 모자라서 검은 죽립을 깊게 눌러 둔 사내, 무혼이었다.

무혼은 그렇게 홀연히 나타나서 저 멀리 사라지는 왕진의 남여를 한동안 지켜보다가, 이내 거짓말처럼 다시 그 자리에서 사라졌다.

사실은 은신술이 포함된 고도의 경신술이었다.

그는 어지간한 사람은 대낮에도 그 모습을 제대로 확인할 수 없을 정도로 빠르게 이동하고 있는 것이었다.

그리고 그렇게 그가 그렇게 바람처럼 흘러서 다시 모습을 드러낸 것은 바로 왕진과 다른 방향으로 이동하고 있던 육태강의 면전이었다.

무혼이 귀신처럼 갑자기 눈앞에 나타났음에도 불구하고 육태강은 전혀 놀라거나 당황하지 않았다.

육태강과 동행하고 있는 금사랑군과 무당삼자의 태도도 마찬가지였다.

그들 모두는 이미 무혼의 존재를 알고 있었던 것이다.

다만 무혼의 모습을 바라보는 육태강의 얼굴에는 다른 사람들과 달리 적잖은 아쉬움이 떠오르고 있었다.

기실 그럴 수밖에 없는 일이었다.

무혼이 나타났다는 것은 애초의 계획이 어긋났음을 뜻하기 때문이었다.

그래도 확인은 필요할 터이다.

육태강은 일말의 기대를 가지고 물었다.

"발길을 돌렸군."

무혼이 고개를 끄덕였다.

"역시 그랬군."

육태강은 아쉬운 입맛을 다셨다.

금사랑군이 두 사람의 대화를 듣고는 겸연쩍은 얼굴을 했다.

무당삼자도 같은 표정이었다.

그들도 이미 육태강의 설명을 들어서 내막을 알고 있는

것이다.

금사랑군이 자책했다.

"아무래도 우리 탓인가 보구려. 우리가 곁에 있어서."

육태강은 금사랑군을 바라보며 고개를 저었다.

"딱히 그렇다고만 볼 수는 없어."

금사랑군이 무언가 느낀 듯 낯빛을 바꾸며 물었다.

"그럴 만한 다른 이유가 있다는 뜻이구려. 그렇소?"

육태강은 답변을 뒤로 미룬 채 살짝 이맛살을 찌푸렸다.

"그런데 말이야. 전부터 물어보고 싶었는데, 왜 얼마 전부터 내게 하대를 하지 않고 귀하 어쩌고 하며 평대를 하는 거지?"

금사랑군이 그게 무슨 이상한 일이냐는 듯 대답했다.

"귀하를 일개 문파의 존장으로 인정하게 되었기 때문이오. 나이와 상관없이 일개 문파의 존장에게 하대를 할 수 없지 않소."

육태강은 내심 고소를 금치 못했다.

이번에 길동무가 된 이후 자주 대화를 나누어 보고 생각보다 호탕하고 심지도 깊은 사람이라고만 생각했는데, 이제 보니 의외로 백도정종문파의 전통적인 고지식한 면도 겸비하고 있었던 모양이다.

"그보다 어서 말해 보시오. 대체 어떤 이유요?"

육태강은 솔직하게 설명해 주었다.

"양동작전을 펼쳤거든. 왕진과 외부로 나와 있는 동창의 본대를 동시에 노리는 양동작전. 지금쯤이면 왕진 그 작자도 그걸 눈치챘을 테니, 아마도 그 때문에 포기했을 가능성이 크지."

금사랑군을 비롯한 무당삼자의 눈이 동그랗게 변했다.

"동창의 본대를 노렸단 말이오?"

육태강은 그게 뭐 어때서 그러냐는 표정으로 금사랑군 등을 보았다.

"무슨 문제라도……?"

금사랑군이 어이없다는 듯 웃었다.

"그런 말을 그리 태연하게 하는 사람은 아마도 천하에 귀하 한 사람뿐일 것이오."

홍엽진인, 바로 홍엽자가 중요한 것은 그게 아니라는 듯 서둘러 나서며 물었다.

"결과가 나왔다면 대체 어떤 결과가 나왔다는 것이오?"

육태강은 태연히 대답했다.

"아직 연락이 오진 않았지만, 아마 잡았을 거야. 꽤나 믿을 만한 친구들이니까."

"잡았다면……?"

홍엽자가 재우쳐 물었다.

"동창의 본대를 무너뜨렸다는 뜻이오?"

육태강은 앞서와 같은 표정, 같은 말로 되물었다.

"무슨 문제라도……?"

홍엽자가 앞서 금사랑군처럼 어이없다는 듯 웃으며 말했다.

"천하의 동창을 상대로 그리 태연하게 말하다니, 금사랑군의 말마따나 천하에 다시 보기 어려운 사람이구려, 귀하는."

금사랑군이 가만히 따라 웃다가 문득 안색을 바꾸며 나섰다.

"하면, 계획이 틀어졌으니, 이제 어쩔 작정이오? 무슨 다른 복안이라도 마련해 둔 것이 있소?"

육태강은 대수롭지 않게 대답했다.

"다른 복안은 필요 없어. 이번 계획은 아직 틀어진 것이 아니니까."

금사랑군이 호기심을 드러냈다.

"그게 대체 무슨 말이오? 방금 왕진이 발길을 돌렸다고 하질 않았소."

육태강은 잠시 어떻게 설명하는 것이 좋을까 궁리하다가 말문을 열었다.

"동창의 본대가 무너지면 여우 같은 왕진이 몸을 사리고 발길을 돌릴 수도 있다는 예상은 이미 하고 있었어. 역으로 동창의 본대가 무너졌기 때문에 그자가 더 적극적으로 나를 노릴 수 있다는 기대도 하긴 했지만. 아무튼 그래서 이번 계획은 그 모든 상황을 염두에 두고 진행한 거야. 상황이 어떻게 변해도 놈을 잡을 수 있다는 생각에서. 사태가 이 지경까지 온 이상 그 작자는 절대 물러나도 아주 물러나지는 않을 여우이니까."

금사랑군은 고개를 갸웃했다.

"물러나도 아주 물러나지는 않는다?"

육태강은 의미심장한 눈빛을 보였다.

"왕진이 과거 그날의 원흉이라는 사실을 알고부터 내 모든 행동은 그 여우를 밖으로 끌어내는 것에 목적을 두었어. 워낙 신중한 작자라 좀처럼 제 둥지 밖으로 안 나서니까. 그럼에도 불구하고 내가 왜 지금 둥지 밖으로 나온 왕진을 그대로 놓아준 줄 알아?"

그는 금사랑군의 답변을 기다리지 않고 곧바로 자기가 던진 질문에 스스로 답했다.

"바로 뿌리를 뽑기 위해서야. 요컨대 그 작자가 가진 모든 힘을 끌어내기 위해서."

금사랑군의 눈빛이 예리해졌다.

"과거 그날 귀하의 가문을 공격했던 무림인들을 말함이

오?"

육태강은 무심히 말했다.

"과거 그날 내 가문을 공격했던 것은 무림인들만이 아니질 않나?"

금사랑군의 눈이 커졌다.

"그럼 그때 동원되었던 장수들과 군사들을……?"

"그들 대부분이 왕진의 졸개야."

육태강은 한결 무심하게, 그래서 더욱 냉정하게 느껴지는 목소리로 잘라 말했다.

"그들을 모두 소탕하는 것이 내 계획의 최종 목표야."

금사랑군은 적잖게 충격을 받은 얼굴이었다.

내색은 삼가고 있으나, 무당삼자도 같은 기색이었다.

이윽고, 어느 정도 평정을 되찾은 금사랑군이 물었다.

"그럼 이제부터 우리는 어떻게 하면 되는 것이오?"

육태강은 픽, 웃었다.

그리고 방향을 바꾸어서 발길을 재촉하며 말했다.

"그냥 느긋하게 경사를 향해서 가기만 하면 돼. 가다 보면 그들이 알아서 우리를 찾아올 테니까."

제십일장

경사로 가는 길은 한가로웠다.

육태강은 발길을 서두르지 않았다.

소림사를 나와서 신밀관을 통해 정주로 들어섰다가 거기서 다시 배를 타고 황하를 건너고, 학벽부(鶴壁府), 안양부(安陽府)를 거쳐 하북성의 성 경계에 도달하는 거리는 제아무리 나태한 범인이 꾀를 부려도 보름이면 충분했다.

하지만 육태강은 마치 강호 유람을 나선 풍류공자처럼 유유자적하기만 해서 보름하고도 닷새가 더 지나서야 하남성의 성 경계를 넘었다.

하북성으로 들어섰어도 상황은 달라지지 않았다.

육태강은 여전히 태연한 거북이걸음이었다.

거사를 눈앞에 두었다는 말과 달리 한가하다 못해 나태하게 보이는 행보였다.

동행한 금사랑군과 무당삼자는 그의 방만한 여유에 내심 적잖게 당황하는 눈치였으나, 애써 내색하지는 않고 묵묵히 그의 인도를 따랐다.

한편으로는 참을 수밖에 없는 이유도 있었다.

하북성으로 들어서자 경사 북경의 수비군인 영무위와 용호위의 진영이 변화하고 있다는 풍문이 들려왔다.

하북성 북부와 요녕성(遼寧省), 산서성(山西省) 등지에서 북방을 수비하던 표기군(標旗軍)과 황기군(黃旗軍)의 일부 병력이 경사를 향해 이동하고 있다는 소문도 떠돌았다.

지난날 육태강이 언급한 것처럼 황군이 태동하고 있는 것이다.

상황이 그렇고 보니 금사랑군 등의 입장에선 육태강의 계획이 하나씩 들어맞고 있다고밖에 볼 수 없었고, 그래서 사무치게 답답해도 육태강의 더딘 행동을 묵과할 수밖에 없었다.

그러나 제아무리 발군의 인내력을 가진 사람도 한계가 있는 법이었다.

그뿐만 아니라 금사랑군은 무당삼자와 달리 소문은 어디

까지나 소문인지라 사실 여부가 정확하지 않고, 당연히 과장되게 마련이라고 생각하는 사람이었다.

하북성으로 들어서서 석가장을 향해 북상한 지 이틀이 지난 무렵이었다.

아직 해가 서산 위에 떠 있는데 육태강이 발길을 멈추고 노숙할 자리를 찾아 나서자, 마침내 참고 있던 금사랑군의 그런 감정이 터졌다.

"이젠 내막을 설명해 줄 때가 되지 않았소?"

금사랑군의 물음에, 육태강은 가만히 웃으며 말했다.

대답이 아니라 오히려 질문이었다.

"내가 너무 답답해 보여?"

"솔직히 그렇소. 다만 거기에 그만한 이유가 있을 것이라고는 생각하고 있소. 굳이 감출 이유가 없다면 이제 그걸 밝혀주면 좋겠소."

육태강은 어색한 미소를 보이며 솔직하게 대답했다.

"마음이 조급해서 그래."

금사랑군은 눈살을 찌푸렸다.

애초의 예상과 달리 이렇게 더딘 행보를 보이는 사람이 너무 조급해서 그렇다니 도무지 이해할 수가 없는 것이다.

"상황이 우리가 들은 소문처럼 돌아가고 있다면 귀하의 계획대로 되고 있는 것이 아니겠소. 그런데 마음이 조급해

서 이러는 거라니, 그게 대체 무슨 경우요? 조급하면 더 서
두르는 것이 마땅하지 않소."

육태강은 한결 심각하게 말했다.

"황군이 태동하고 있다는 것은 좋은 징조지. 왕진이 내
계획대로 움직이고 있다는 뜻이니까. 다만 그 전에 내가 들
어야 할 소식이 몇 가지 있었는데, 그게 전해지지 않고 있
어서 이러는 거야. 여유를 부리는 것이 아니라 걱정이 돼
서……."

그는 문득 안색을 바꾸며 피식 웃었다.

"하지만 너무 걱정하지 마. 어차피 황군이 동원되기까지
는 아직 시간적인 여유가 남아 있으니까."

금사랑군이 대번에 심각해져서 물었다.

"대체 기다리는 소식이 얼마나 중요한 것이기에 귀하 같
은 사람이 걱정을 한단 말이오?"

육태강은 짧고 간단하게 대답했다.

"두 사람의 죽음."

"두 사람의 죽음?"

금사랑군이 재우쳐 물었다.

"누구요, 그들이?"

육태강은 무심하게 대답했다.

"황제와 전 내각수보 권감."

금사랑군의 눈이 크게 부릅떠지고, 입이 절로 벌어졌다.

너무 당황하고 놀랐는지 크게 벌어진 그의 입에서는 한동안 아무런 말도 나오지 않았다.

그리고 그건 곁에 그들의 대화를 듣고 있던 무당삼자도 마찬가지였다.

그들 또한 아무런 말도 못한 채 크게 부릅떠진 눈으로 육태강만 바라보고 있었다.

이윽고 금사랑군이 정신을 수습하려는 듯 고개를 사납게 흔들며 나섰다.

"그, 그게 대체 무슨 말이오? 황제와 권감이 죽다니?"

육태강은 가벼운 한숨을 내쉬며 설명했다.

"황제와 권감이 죽고, 황군이 움직인다. 이것이 내가 애초에 구상한 이번 계획의 각본이었어. 현 황제는 왕진을 몰아내려는 천군과 떼려야 뗄 수 없는 관계이고, 전 내각수보 권감은 어떤 식으로든 천군과 연관되어 있으니까. 그리고 왕진도 그와 같은 사실을 절대 모를 리 없을 테니까. 나 때문이든 다른 누구 때문이든 일단 큰맘 먹고 거병한 왕진이 그 두 사람을 그대로 내버려 두지 않을 것이라는 건 상식 아니겠어."

금사랑군의 얼굴이 붉게 달아오르며 눈에서 불똥이 튀었다.

크게 분노한 기색이었다.

"그럼 귀하는 황제의 죽음을 담보로 이번 계획을 세웠단 말이오?"

육태강은 대수롭지 않게 대답했다.

"담보가 아니라 그저 예정된 수순이야. 상대가 이미 황궁을 장악한 왕진이기에 가능한 수순이긴 하지만."

금사랑군이 발끈하며 언성을 높였다.

"그걸 알면서도 계획을 진행시킨 것이 바로 황제의 목숨을 담보로 한 것이 아니고 또 무엇이겠소. 아무리 복수에 눈이 멀었기로서니 어찌 그리할 수 있단 말이오!"

육태강은 가만히 금사랑군을 바라보다가 픽, 하고 웃었다.

"흥분하지 마. 그저 상황이 그렇다는 거고, 왕진이 그렇게 할 것이라는 거지, 황제와 권감이 정말로 왕진의 손에 죽을지 어떨지는 아무도 모르는 일이잖아."

"지금 내게 말장난을 하자는 거요? 귀하가 분명 그리 말하지 않았소. 황제와 권감이 죽었다는 소식을 기다린다고 말이오!"

육태강은 태연히 대답했다.

"물론 그랬지. 그래야 왕진의 태도가 확실히 정해졌다고 판단할 수 있으니까."

"그러니까, 그 말이 바로 그 말⋯⋯."

금사랑군은 열변을 토하다가 말고 문득 입을 닫았다.

그리고 한동안 침묵한 채 육태강을 바라보았다.

그의 얼굴에 떠올랐던 분노의 기색이 서서히 가라앉고 있었다.

육태강은 그 모습을 보며 나직이 중얼거렸다.

"이제야 이해했나 보네."

금사랑군이 문득 마른침을 삼키고는 조심스럽게 말했다.

"황제와 권감이 죽었다는 소식이란 말이구려. 단지 소식. 그런 거요?"

육태강은 슬쩍 입꼬리를 말아 올리며 금사랑군을 바라보았다.

"내가 처음부터 그리 말하지 않았나?"

금사랑군이 멋쩍은 표정으로 딴청을 부리다가 이내 미소를 지었다.

"귀하는 정말 사람을 놀라게 하는 재주가 뛰어나구려. 정말이지 간 떨어지는 줄 알았소. 그리 말하면 아둔한 내가 어찌 제대로 알아듣겠소."

그랬다.

금사랑군은 이제야 육태강의 말을 정확히 알아들었다.

황제와 권감이 죽었다는 소식을 기다린다는 육태강의 말

은 사실과 무관하게 말 그대로 소식을 기다린다는 의미였고, 그 말의 저변에는 이미 그에 대한 응분의 조치를 취해 놓았다는 뜻이 담겨져 있었던 것이다.

"아무튼 이제야 귀하의 심정을 이해하겠소. 아직까지 그런 소식이 없다는 것은 어쩌면 왕진의 심경에 변화가 생겼을 수도 있다는 뜻이니, 그간의 계획이 모두 수포로 돌아가는 것이 아니겠소."

금사랑군은 문득 낯빛을 굳히며 다시 말했다.

"사실이 그렇다면 지금이라도 당장 새로운 방안을 모색해야 하지 않겠소?"

육태강은 무심히 고개를 저었다.

"아니. 아직은 우리를 지켜보는 눈이 떠나지 않고 있으니 조금 더 기다려봐야지. 애초의 내 예상은 거병을 하기 위해 황제의 재가를 받는 그 자리에서 왕진이 칼을 뽑아드는 것이었지만, 어쩌면 그는 그 이후를 노릴 수도 있으니까."

"그 이후를 노리다니, 언제를 말이오?"

"표기군이나 황기군 같이 북방수비대가 움직임을 보이고 있다는 것은 애초에 내 예상과 다른 일들이야. 그래서 생각한 건데, 왕진은 아무래도 경사 북경의 수비대가 빠진 공백을 그들로 하여금 메우려고 하는 것 같아. 혹시나 이

기회를 노리고 천군이 준동할까 봐서 말이야."

금사랑군이 반색하며 말을 받았다.

"그렇구려. 만일 사실이 그렇다면 그들, 변방의 군대가
경사 북경에 도착할 때까지는 황제가 죽으면 안 되겠군요.
그들은 영무위나 용호위와 달리 아직 왕진의 수중에 들어
가 있지 않아서 무슨 일이 있어도 먼저 황제를 배알하려 들
테니 말이오."

"그래. 바로 그거야. 지금 왕진이 가진 권력이라면 어떻
게든 그들이 황제를 배알하지 못하게 막을 수도 있겠지만,
그렇게 하면 왠지 경사를 떠날 때 뒤가 찜찜하겠지. 치밀한
왕진의 성격상 그런 꼴은 못 견딜 거야. 그래서 그들이 황
제를 배알하고 난 이후에 황제를 제거한다. 이것이 지금의
내 예상인 거지."

"과연……."

금사랑군이 일리가 있다는 듯 고개를 끄덕거렸다.

육태강은 그 모습을 보면서 한결 여유 있게 웃었다.

하지만 속으로는 다른 생각을 했다.

말이야 예상이라고 했지만, 사실은 바람이었고, 기대였
다.

그도 그럴 것이, 왕진은 그간 몇 번이나 예기치 않은 행
동으로 그의 계획에서 벗어났다.

이번의 경우만 해도 그랬다.

그는 분명 동창의 본대가 무너지면 왕진이 감정적으로 더욱 격해져 그를 공격할 수도 있다는 것과 한발 물러나서 보다 치밀하게 다음 기회를 노린다는, 정확히 말하면 지금 기대하고 있는 상황처럼 군대를 동원한다는 것, 그렇게 두 가지 예상을 하고 있었다.

다만 엄연히 후자 보다는 전자의 가능성을 더 높다고 판단했었다.

그런데 왕진은 조금도 망설임 없이 전자가 아닌 후자를 택해서 물러나지 않았던가.

그뿐만 아니라, 더 나아가서 천군을 염두에 두고 변방의 군대를 불러들여 영무위와 용호위가 빠진 경사 북경의 수비공백을 메울 것이라는 예상도 그는 하지 못했다.

그저 영무위나 용호위의 병력 일부를 남겨서 대비할 것이라고 예상했을 뿐이었다.

그처럼 조심스럽고 치밀한 왕진의 움직임이 지금 그의 마음을 불안하게 만들고 있는 것이다.

'만일 왕진이 다른 방법으로 나온다면⋯⋯?'

그럴 수도 있었다.

왕진이 장악한 황궁의 힘은 단지 무력에만 있는 것이 아니었다.

바로 사람에 있었다.

중원의 명문대가치고 황궁의 녹을 먹는 자를 두지 않은 곳이 없었다.

강남팔대세가나 강북오대세가만 해도 황궁에 이름을 올린 관료들이 적지 않았다.

하다못해 명문정파의 대명사인 구대문파만 해도 황궁에서 문을 세워주고 전답을 하사해서 작금의 유세를 이어갈 수 있게 된 것이 아닌가.

만일 왕진이 그런 쪽으로 머리를 쓴다면 정말이지 최악이었다.

어느 정도의 시간이 소요될지는 모르겠으나, 결국에 가서는 중원무림의 전 세력이 그를 등질 것이기 때문이다.

설령 그렇다고 해도 그가 잡히는 일은 쉽게 벌어지지 않을 테지만, 그럴 경우 처음 이번 계획을 시작할 때보다도 더 훨씬 먼 길을 돌아갈 수밖에 없는 상황이 벌어지게 되는 것이다.

육태강은 그래서 내심 무슨 일이 있어도 작금의 상황이 그 자신의 예상대로 돌아가기를 바라고 기대하는 것인데, 그와 같은 그의 걱정은 단순한 기우에 불과했다.

다행스럽게도 그가 걱정에 잠겨 있는 이 순간 경사 북경의 하늘 아래서는 왕진이 마치 사전에 약속이나 한 것처럼 그의 바람과 기대대로 움직이고 있었기 때문이다.

그 시작은 바로 전 내각수보 권감의 사가(私家)에서부터
였다.

전 내각대학사로 내각수보(內閣首輔)의 위치에서 황제를
보필하다가, 뜻하지 않게 근신처분을 받아서 가택연금을
당한 권감의 하루 일과는 매우 단순했다.

각설하고 말하면 서책으로 시작해서 서책으로 끝난다.

새벽에 깨어나서 세면을 끝내면 서책을 잡기 시작해서
아침, 점심, 저녁 식사시간을 빼곤 줄곧 서책과 씨름하다가
침소에 드는 것이다.

아는 사람은 다 아는 얘기지만, 그의 아호(雅號)는 그래
서 서치(書癡)였다.

그러나 서책으로 인해 가끔은 식사마저 거르는 그도, 궁
정에서 물러난 지난 긴 세월 동안 하루에 한 번은 절대 거
르지 않고 치르는 행사가 있었다.

저녁 식사가 끝나고 나면, 한 차례 후원을 거닐고 나서
연못가의 정자에 앉아 한 잔의 차를 마시는 일이 바로 그것
이었다.

권감은 그 시간만큼은 모든 종복을 물리고 홀로 유유자
적했다.

그를 아끼는 주변의 많은 지인들이 불안한 시국을 감안해서, 사실은 무소불위의 권력을 장악한 그의 정적 왕진을 염두에 두고서 거듭 삼가기를 청하였으나, 그는 극구 사양하며 막무가내로 고집을 부렸다.

자신에게 책이 인생이라면 그 시간은 유일한 낙이요, 오락이니 그것을 포기한다면 살아도 사는 것 같지 않다는 것이 그의 변하지 않는 주장이었다.

따라서 그 시간이 되면 권감은 어떨지 몰라도 그를 보필하는 가솔들은 보이지 않는 곳에서 전전긍긍하며 애를 태웠다.

다들 내색은 삼가고 있지만, 하다못해 권감 그 자신마저 모르는 척 외면하고 있지만, 언제고 정적을 제거하려는 왕진의 칼날이 움직인다면 바로 그 시간, 그때가 될 것이라고 생각해서였다.

권감의 사가는 경사 북경성 남문 밖 오 리 지점에 자리한 외딴 저택이고, 권감이 차를 즐기는 후원의 정자는 담 밖으로 비스듬한 구릉을 형성하고 있는 데다가, 그 구릉의 사방이 각지로 퍼져나가는 관도와 연결되어 있어서 만일 자객이 든다면 침범하기도, 또한 도주하기도 더 없이 용이하기 때문이었다.

유일하게 수시로 직언을 일삼는 권감의 호위대장 비검

(飛劍) 채완(債頑)이 그런 내색을 할 때마다, 권감은 자신이 살아 있는 것은 그가, 바로 왕진이 아직 마음을 먹지 않았기 때문이지 잘 숨고 피해서가 아니라는 말로 맹점을 찔러 듣는 이들을 곤란하게 만들었다.

그러나 호위대를 이끄는 채완의 입장에서는 아무리 그게 진실이라도 모시는 주군의 안위가 조금이라도 더 안전하기를 바랄 수밖에 없고, 또한 그렇게 하기 위해서 최선을 다하는 것이 도리일 것이다.

채완이 그 시간만 되면 늘 보다 더 긴장해서 권감의 주변을 맴돌거나, 가끔은 아주 대놓고 모습을 드러내서 권감과 마주 앉아 차를 같이하자고 청하는 것은 모두가 다 그런 연유에서일 터였다.

오늘도 그랬다.

아니, 오늘은 전보다 더 적극적이었다.

권감이 저녁 식사 이후 후원 산책을 끝내고 연못가의 정자에 자리 잡기 무섭게 그가 모습을 드러냈다.

권감은 정자로 오르는 채완을 향해 쓰게 웃으며 말했다.

"오늘은 또 무슨 핑계로 내 시간을 방해하려는 겐가?"

채완은 산만한 덩치에, 거무튀튀한 낯빛과 사나운 호안을 가진 호걸풍의 오십 대 사내였다.

조금이라도 눈썰미가 있는 사람이라면 굳이 저간의 사정

을 살펴보지 않아도 이런 인물이 애써 말을 돌려 하기 싫어 한다는 것쯤은 쉽게 알 수 있을 것이다.

역시나 그는 히죽 웃으며 털털하게 대답했다.

"그야 당연히, 갑자기 목이 타서 차나 한잔 주십사하는 핑계로 이렇게 왔습니다."

권감은 허허 웃고는 말했다.

"이 사람 이제 아주 철면피가 다 됐군그래."

"어쩌겠습니까, 철면피 주군을 모시려니 저도 철면피가 될 수밖에요."

"이젠 아주 말재주까지 탁월해졌군. 아니, 그런데 자네야 그렇다 치고, 내가 왜 철면피라는 건가?"

채완이 가만히 권감을 바라보다가 문득 입가에 걸쳐 있던 웃음기를 지우며 대답했다.

"저의 실체를 알면서도 여태껏 모르는 척하시질 않았습니까."

권감이 얼굴에서도 대번에 웃음기가 사라졌다.

그는 채완과 시선을 마주한 채로 찻잔을 들어서 한 모금의 차를 들이켜고는 담담히 물었다.

"내가 자네의 실체를 안다? 그래, 내가 안다는 자네의 실체는 대체 뭔가?"

채완의 낯빛이 서서히 싸늘하게 변했다.

인상 좋은 호걸풍의 채완은 사라지고 더 이상 없었다.

대신 살기로 번들거리는 한 마리 야수가 나타나 있었다.

그렇게 변모한 상태로, 그가 누런 이를 드러내며 말했다.

"이 마당에 굳이 확인이 필요하십니까?"

권감은 무덤덤하게 대답했다.

"필요하네. 그래야 나도 마음의 준비를 할 수 있을 것 같아서 말일세."

"마음의 준비라? 이 마당에 무슨 준비가 필요하시다는 겁니까?"

"그건 내가 원하는 대답이 아니질 않나?"

채완이 알았다는 듯 고개를 끄덕이며 후후 웃고는 말했다.

"동창의 밀원(密院)이라는 홍당의 부당주가 바로 저의 실체입니다. 이제 되셨습니까?"

권감은 쓰게 웃으며 고개를 끄덕거렸다.

"역시 홍당이었군그래. 왕진 그자가 주제넘게도 사람 복은 타고났어. 자네 같은 사람마저 수하로 거느려서 나를 궁지로 몰다니 말이야."

채완이 가볍게 목례를 취했다.

"칭찬으로 듣겠습니다."

권감은 쓸쓸하게 웃었다.

"자네가 정체를 밝히는 것은 물론 이 자리에서 내 목숨을 취하라는 왕진의 명령이 떨어졌다는 뜻일 테지?"

채완이 싸늘한 미소를 떠올리며 말했다.

"오래 기다리신 만큼 고통 없이 보내드리도록 하지요. 그간의 정을 생각해서 가시기 전에 저간의 사정을 말씀드리자면, 오늘 오전 변방을 수비하던 표기군과 황기군의 일부 병력이 도착했고, 황제 폐하의 재가 아래 당분간 영무위와 용호위를 대신해서 경사 북경의 수비를 담당하게 되었습니다. 물론 이미 모든 인수인계가 끝나서 영무위와 용호위는 모종의 일을 처리하기 위해 벌써 출정한 상태고 말입니다. 그러니, 더는 아무런 미련을 두지 마시고 편하게 가시길 바랍니다."

권감은 한숨을 내쉬며 혀를 찼다.

"왕진 그 작자가 생각보다 더 빨리 움직였군그래."

채완이 싱긋 웃으며 슬며시 칼자루를 잡았다.

"생각보다 여유가 있으시네요. 존경합니다. 다만 그 여유가 수신십위(受信十衛)를 믿고 그러시는 거라면 그저 미련에 불과하니 그만 버리시라고 말씀드리겠습니다. 그들은 이미 이 세상 사람들이 아니니까요."

수신십위는 채완이 부리는 호위대와는 별개로 암중에서 권감을 호위하던 천군의 요원들이었다.

채완은 이미 그들의 존재를 파악하고 있었고, 이미 모두 제거했다고 말하고 있는 것이다.

권감은 거듭 한숨을 내쉬며 슬픈 표정을 지었다.

"그들은 죽은 건 내 불찰이 크네. 이참에 왕진이 결단을 내릴 것이라고 예상은 했는데, 그 움직임이 내 생각보다 빨라서 미처 대비하지 못했으니 말일세."

그는 문득 안색을 굳히고는 불타는 눈길로 채완을 주시하며 다시 말했다.

"하지만 그래도 나는 죽을 수 없네. 아직은 죽을 때가 아니야."

채완의 표정이 묘하게 일그러졌다.

권감이 수신십위의 죽음마저 알고 있다는 사실은 둘째치고, 이처럼 겁 없이 당당하게 나오는 태도가 어째 마음에 걸리는 모양이었다.

그는 그 생각을 지우기라도 하듯 한결 더 싸늘하게 권감을 노려보며 말했다.

"죽고 사는 문제가 어찌 생각대로 되겠습니까. 보통은 죽고 싶지 않아도 죽을 수밖에 경우가 더 많지요. 사담이 너무 길었습니다. 저간의 사정을 다 아셨으니 이제 여한이 없을 것으로 믿고 이만 보내드리지요."

말이 끝남과 동시에 그의 칼이 뽑히며 횡선을 그렸다.

더없이 빠르고 예리한 일도였다.

채완과 권감의 사이는 고작 다섯 내외였으니, 그 한 수로 권감의 목을 베기에는 충분하고도 남음이 있었다.

하지만 상황은 그렇게 돌아가지 않았다.

채완의 뜻과 달리 그가 휘두른 칼질은 채 절반의 횡선을 그리기도 전에 요란한 쇳소리와 함께 그대로 멈추었다.

권감의 목을 가르기 직전, 한 자 남짓한 비수 하나가 홀연히 나타나서 칼을 막은 것이다.

채완은 크게 당황하며 본능적으로 칼을 거두고 물러났다.

그리고 반격에 대비해서 자세를 잡으며 비수의 주인을 확인했다.

비수의 주인은 온통 검은색 일색인 복면인이었다.

그 복면인이 그와 시선을 마주한 채로 권감을 향해 말했다.

"잔당들을 처리하느라 조금 늦었어. 이해하지?"

권감이 어색한 미소를 흘리며 대답했다.

"너무 늦은 것 같지 않아서 다행이구려."

채완은 두 사람의 대화를 듣고는 불길한 예감이 뇌리에서 명멸했다.

그는 부지불식간에 칼을 곧추세우며 물었다.

"잔당들이라니?"

복면인이 대수롭지 않게 대꾸했다.

"생각보다 둔하네. 지금쯤이면 네 녀석도 느꼈을 것이라고 생각했는데 말이지."

"내가 느끼긴 뭘 느껴!"

채완은 발끈하며 악을 쓰고 난 다음에야 무언가 심상치 않은 기분에 사로잡혔다.

그리고 이내 깨닫고는 두 눈을 크게 부릅떴다.

복면인이 그 모습을 보면서 웃는 목소리로 말했다.

"이제 감이 오나 보지. 어때? 네 졸개들의 기척이 전혀 없지?"

채완은 절로 흥분해서 안면 근육이 떨렸다.

복면인의 말대로였다.

채완은 권감 앞에 나서기 전에 수하들, 바로 대외적으로는 권감의 호위대로 알려져 있으나 기실 그가 동창에서 엄선한 서른세 명의 수하들에게 후원 외곽의 경계를 맡겼었다.

그가 권감을 제거하는 동안 다른 자들의 침입을 막기 위해서였다.

그런데 지금 이 순간 그들의 기척이 전혀 느껴지지 않고 있었다.

"그, 그렇다면 그들을 전부 다……?"

복면인이 수중의 비수를 가슴 앞으로 세우며 말했다.

"너무 아쉬워하지 마. 너도 곧 그들의 뒤를 따르게 될 테니까."

채완은 이를 갈며 복면인을 노려보았다.

"네놈은 대체 누구냐?"

"곧 죽을 녀석이 별걸 다 궁금해하네."

복면인이 가소롭다는 듯이 대꾸하고는 느긋하게 발걸음을 옮겨서 그에게 다가왔다.

채완은 의지와 무관하게 뒷걸음질 쳤다.

그는 본능적으로 느끼고 있었다.

그가 야수라면, 상대 복면인은 그보다 더한 야수였다.

그가 잔인한 살인귀라면, 상대 복면인은 그보다 더 잔인한 살인귀였다.

피해야 했다.

그래야 살 수 있었다.

이건 그가 전문적으로 살인 행각을 벌여온 살수이기에 느낄 수 있는 감정이었다.

채완은 그와 같은 감정이 느껴지는 순간에 뒤로 몸을 날렸다.

그야말로 생각과 동시에 몸이 반응한 것인데, 그의 입장에선 대단히 안타깝게도 그 순간 복면인의 신형도 이미 지면을 박차고 날아오르고 있었다.

그리고 그 속도는 그보다 배는 더 빨랐다.

"익!"

채완은 뒤로 몸을 날리는 순간 그것을 감지하고는 본능적으로 다시 돌아서며 칼을 휘둘렀다.

하지만 그의 전면은 아무것도 없는 빈 공간이었다.

그의 시선이 그것을 확인하는 사이 섬뜩한 느낌이 그의 옆구리를 타고 올라와서 뇌리와 직결되었다.

그와 동시에 신형을 날린 복면인이, 채완이 돌아서서 칼을 휘두르는 사이 벌써 그 칼날 아래로 파고들어서 그의 옆구리를 베고 지나갔던 것이다.

채완은 옆구리에서 느껴지는 격통과 함께 그와 같은 사실을 깨달으며 절로 입이 벌어졌다.

하지만 벌어진 그의 입에서는 그 어떤 감탄이나 비명 대신 붉은 핏물만이 흘러나왔다.

그는 그대로 정신이 끊어져서 중심을 잃고 추락했다.

그것으로 끝이었다.

바닥에 곤두박질친 그의 신형이 정상이라면 도저히 그럴 수 없는 방향으로 꺾여서 나뒹굴었다.

복면인의 비수가 그의 옆구리를 절반 이상 베어 버려서

허리가 동강 나지 않았을 뿐이지, 그 순간 그의 목숨은 이미 끊어졌던 것이다.

권감이 그런 채완의 주검을 확인하기 무섭게 지상으로 내려선 복면인을 향해 다급히 말했다.

"어서 황궁으로 가세! 황제 폐하의 안위가 경각에 달려 있네!"

복면인은 그의 말을 듣고도 전혀 서두르지 않았다.

오히려 서두르는 권감이 마뜩잖다는 듯 투덜거렸다.

"노인네, 참 사람 말 못 믿네. 내가 그랬지. 그쪽은 그쪽대로 조치가 취해졌을 거라고. 주군께서 그쪽은 그냥 방치해 두고 당신만 살리려고 했을 것 같아?"

권감은 그래도 미덥지 않은 눈초리를 보이며 말했다.

"확실히 그러한가?"

복면인이 짜증스럽다는 듯 대꾸했다.

"지금 이 혈관음의 말을 못 믿겠다는 거야?"

그랬다.

복면인은 바로 혈관음이었다.

혈관음은 전날 육태강의 명령을 받고 권감을 지켰던 것이다.

바로 그 혈관음이 자신의 타박에 찔끔하는 권감을 향해 혀를 차더니, 이내 다시 단정하듯 부연했다.

"어떤 놈들인지는 모르겠지만, 지금쯤이면 아마 똥은 아니더라도 오줌 정도는 지리고 있을 거야. 주군이 그쪽으로는 누굴 보냈는지 대충 짐작이 가니까. 그러니 어서 천군에게 연락부터 해. 그쪽은 그러고 나서 느긋하게 가도 늦지 않아."

＊　　　＊　　　＊

혈관음의 말은 농담이 아니었다.

같은 시각, 왕진의 밀명 아래 황제 시해를 주도한 자들은 현 병부상서 이작언(李作偃)과 병필태감 교현이었는데, 적어도 이작언은 고르고 골라 뽑은 열 명의 정예와 함께 기세등등하게 건청궁으로 들어선 직후, 바닥에 엎드려서 오줌을 지리고 있었다.

그럴 수밖에 없었다.

건청궁으로 들어서기 무섭게 대동한 열 명의 정예가 속절없이 고꾸라지더니, 피고름을 흘리며 끔찍하게 녹아내리고 그의 목엔 시퍼런 서슬이 대어졌다.

그 모든 상황이 황제의 곁에 서 있던 두 명의 시비가 자행한 일인데, 더욱 어처구니가 없는 것은 병약해서 늘 비실거리던 황제가 전에 없이 삼엄한 모습으로 우뚝 일어나서 불타는 호랑이 눈으로 그를 노려보고 있었다.

무관이 아니라 문관 출신인 그로서는 꿈에도 예기치 못하게 당면한 그 압박과 공포를 도저히 견딜 재간이 없어서 절로 오줌을 지릴 수밖에 없었다.

"폐, 폐하……?"

이작언은 북풍한설에 노출된 사시나무처럼 전신을 부들부들 떨었다.

그러면서도 인간이기에 어쩔 수 없이 본능적으로 대체 상황이 어떻게 이 지경으로 된 것인지 반추해 보았다.

계획은 간단했다.

왕진이 출정한 이후, 그들, 두 사람이 각기 동창과 금의위에서 선발한 정예 고수 오십을 이끌고, 이작언 그는 건청궁의 황제를 시해하고 병필태감 교현은 영화궁(永和宮)으로 가서 황태자의 신변을 확보하면 그만이었다.

사전에 짜 놓은 치밀한 계획에 따라 황궁 내원의 경비는 비워져 있었고, 외원의 경계는 금의위 중에서도 왕진의 수족으로만 선별해서 세워졌기 때문에 이 계획은 그야말로 식은 죽 먹기와 다름없었다.

그런데 실패한 것이다.

그가 대동한 열 명의 고수들은 고작 황제의 시중을 들고 있던 두 명의 시비 중 하나가 손을 흔들자 속절없이 쓰러져서 피거품으로 녹아 버렸다.

그리고 그 와중에 그가 아무리 악을 써도 건청궁 밖에 대기시켜 놓은 나머지 사십 명의 수하들은 아무런 기척이 없었다.

지금의 상황을 놓고 보면 그들이 이미 당했다는 것은 자명한 사실.

도대체 일이 어디서부터 어떻게 틀어졌기에 이렇게 된 것인지 그의 머리로는 도무지 이해할 수가 없어서 미칠 지경이었다.

차라리 꿈만 같았다.

그러나 이건 꿈이 아니었다.

엄연한 현실이었다.

그의 눈앞에는 그간의 병약한 모습이 환상에 불과했다는 것처럼 당당한 모습의 황제가 형형한 안광을 뿌리며 서 있는 것이다.

'하지만……'

아직은 기회가 있었다.

이작언은 공포에 절어서 전신을 부들부들 떨면서도 내심 그렇게 생각했다.

그의 수하들이, 정확히는 왕진의 수족들이 황궁의 외원을 지키고 있는 것이다.

어떻게든 그들에게 연락할 수만 있다면 상황을 역전시킬 수 있었다.

아니, 굳이 연락을 취하지 않아도 된다.

시간만 끌면 된다.

예정된 거사 시간이 지나면 내원으로 들이닥쳐서 황궁 전역을 장악하는 것이 계획에 따라 사전에 정해진 그들의 임무이므로.

생각이 이에 이르자, 이작언은 더 생각할 것도 없이 바닥에 머리를 찧으며 눈물을 흘렸다.

눈물을 흘리는 것은 연극이 아니었다.

작금의 상황이 너무 황당하고 또 두렵기도 해서 절로 눈물이 났다.

"폐하, 부디 무능한 소신을 벌하여 주십시오. 소신은 태사부의 겁박을 이기지 못하고 그만 이와 같은 만행을 저지르고 말았습니다. 하지만 소신은 어떻게든 기회를 봐서……."

"무슨 말을 하고 싶은 것인가?"

황제가 단호하게 그의 말을 잘랐다.

"어떻게든 기회를 봐서 나를 살리려고 했다고 말하고 싶은가?"

이작언은 거듭 피가 나도록 바닥에 머리를 찧었다.

"바, 바로 그러하옵니다, 폐하. 해서, 밖에······."

"군사를 대기시켜 놓았다?"

"그, 그러하옵니다, 폐하."

이것이 도무지 말도 안 된다는 것은 이작언 그 자신도 익히 잘 알고 있었다.

하지만 다른 방법이 없었다.

억지를 부리든 뭘 하든 우기고 또 우기며 버텨야 했다.

시간을 끌어야 했다.

"그러니 폐하께서는 속히 이 자리를 뜨셔서 목숨을 보존하시길 바라옵니다."

황제가 허허 웃었다.

그리고 지그시 이작언을 바라보며 말했다.

"그렇게도 살고 싶은가? 그 비루한 목숨을 그렇게도 연명하고 싶으냐 이 말이다!"

"폐, 폐하!"

이작언은 거듭 바닥에 머리를 찧으며 간청했다.

"소신은······."

"그만두라! 명색이 황궁에서 일개 부를 관장하던 자가 그리도 염치가 없다니, 듣는 내가 더 부끄러워서 더는 용납할 수가 없구나!"

황제의 목소리에는 변하지 않는 의지가 담겨 있었다.

이작언은 그것을 느끼고는 불안하게 고개를 들어서 황제를 보았다.

황제는 그를 보고 있지 않았다.

황제의 시선은 곁에 서 있는 시비에게 닿아 있었다.

이작언이 대동한 열 명의 동창 위사를 일 수에 녹여 버린 바로 그 시비였다.

"어떻게 하는 게 좋겠나?"

황제의 물음을 들은 시비, 기실 시비의 복장을 한 당소군이 냉정하게 대답했다.

"인질로도 쓸모가 없는 자입니다."

황제가 말없이 고개를 끄덕였다.

당소군이 그 모습을 확인하고는 이작언의 목에 칼을 대고 있는 시비에게, 바로 그녀와 함께 황제를 보호하고 있던 사미륵에게 시선을 주었다.

사실 당소군과 사미륵은 사전에 떨어진 육태강의 지시에 따라 벌써 오래전부터 황제를 보호하고 있었던 것이다.

혈관음이 권감을 구해준 직후, 황제를 보호하기 위해서 육태강이 누구를 보냈는지 짐작이 간다고 했던 것은 바로 그녀들을 염두에 두었던 것이고 말이다.

황제와 육태강 사이에 그 어떤 밀약이 존재하는지는 아무도 알 수 없었으나, 이 모든 것은 벌써 오래전부터 그들,

두 사람 사이에 계획되어 있었다.

황제의 태도와 그녀들의 눈빛을 확인한 이작언은 대번에 불길한 감정에 사로잡혀 부르짖었다.

"폐하!"

그러나 황제는 그를 외면했고, 칼을 들고 있던 사미륵은 단호했다.

눈 깜짝할 사이에 사미륵의 칼이 들리고 다시 내려졌다.

그것으로 끝이었다.

섬뜩한 소음과 함께 두 눈을 부릅뜬 이작언의 머리가 바닥으로 떨어져 굴렀다.

뒤늦게 터진 핏물이 바닥을 붉게 적시며 그의 몸을 뒤덮고 있었다.

황제가 눈살을 찌푸리며 그 모습을 외면하고는 당소군을 향해 걱정스럽게 물었다.

"황태자는, 그리고 남명군주는 어찌 되었는가?"

당소군이 웃는 낯으로 대답했다.

"걱정하지 마십시오, 폐하. 황태자 전하와 남영군주 마마께서는 지금쯤 이쪽으로 오시는 중일 겁니다."

황제는 그녀의 말을 듣고도 안심이 안 되는지 서둘러 건청궁의 내실을 나섰다.

"마중하겠네."

그러나 황제는 굳을 나설 필요가 없었다.

건청궁의 내실을 벗어나자마자, 거기엔 당차게 침착한 모습을 유지하고 있는 남명군주와 울먹거리는 어린 황태자가 서 있었다.

"휘(輝)야!"

황제는 안도의 한숨을 내쉬며 두 팔을 벌려서 황태자를 안았다.

그리고 품에 안고 일어나서 장내를 둘러보았다.

건청궁의 밖에 꾸며진 소로와 좌우 측의 정원은 적잖은 주검과 피로 얼룩져 있었다.

그 주검들이 왕진의 명령 아래 이작언이 이끌고 온 반도들임은 자명한 일인데, 그 주검들을 등 뒤에 두고서 적잖은 무리들이 부복하고 있었다.

대략 이백여 명.

하나같이 우락부락하게 생긴 그들이 바로 건청궁의 반도들을 제거하고, 영화궁을 지키고 있다가 남명군주와 황태자를 구해온 주역들임은 두말할 나위도 없을 터였다.

황제가 물었다.

"그대들 모두가 육태강의 수하들인가?"

부복한 자들 중 산만한 체구를 자랑하는 사내 하나가 일어나서 멋쩍게 웃으며 대답했다.

"그렇다고 볼 수 있지요."

"그렇다고 볼 수 있다?"

황제가 고개를 갸웃거리며 다시 물었다.

"그건 무슨 뜻인가?"

산만한 체구의 사내, 바로 육태강의 명령으로 이번 일에 나선 유황도의 형제, 관철패는 너무 커서 어딘지 모르게 미욱해 보이는 머리를 긁적였다.

"그게 저는 그렇습니다만, 저들은……."

"소인이 설명드리겠습니다, 폐하."

사미륵이었다.

그녀는 조심스럽게 황제 앞으로 나서며 다시 말문을 열었다.

"저들은 소인의 수하들입니다. 소인의 주군께서 이번 일에 앞서 은밀히 저를 불러 말씀하시길 어느 누구도 모르게 활용할 수 있는 무사들이 필요하다고 하셔서 소인이 저들을 부른 것이라, 저분 관 사형이 그리 말씀드리는 것이옵니다. 다만, 소인은 이미 주군의 수하이니 황제 폐하께서는 저들 역시 주군의 수하로 보셔도 그리 큰 무리가 없을 것이라고 사료되옵니다."

그랬다.

당소군과 사미륵, 그리고 관철패를 제외하고 이번 황궁

에 투입된 인원은 바로 사미륵이 대당가로 있던 대막의 공포, 광풍사에서 차출된 인원이었던 것이다.

다만 어떤 식의 이야기를 가져다 붙여도 그들, 광풍사가 정부에 반하는 마적단임은 부정할 수 없는 사실이라 사미륵은 굳이 그들의 정체를 언급하지 않은 것이고 말이다.

황제가 씁쓸하게 웃으며 고개를 끄덕였다.

"그렇군. 아무튼 그 사람 참 대단한 사람이야. 만인지상의 자리에 앉아 있는 내 주변에는 다들 나를 못 잡아먹어서 안달인 역신들만 모여 있는데, 그 사람 주변에는 하나같이 목숨을 초개로 여기며 받치는 걸출한 인재들만 모여 있으니 말이야."

사미륵과 당소군 등은 황망히 고개를 숙였다.

"황공하옵니다, 폐하."

황제가 빙그레 웃고는 이내 다시 언제 웃었냐는 듯 단호한 표정을 지으며 말했다.

"하지만 앞으로는 절대 그리되지 않을 것이네. 이제 하늘이 두 쪽 나도 국정을 농단하는 역신들은 더 이상 내 곁에 발붙일 곳이 없게 될 게야."

미욱한 표정으로 우두커니 서 있던 관철패가 이 말을 듣고 나자 불현듯 정신을 차린 것처럼 황망히 나섰다.

"에구구, 하시면 폐하. 우선 이것부터 처리하셔야겠습니다.”

황제가 시선을 주자, 관철패가 서둘러 품에서 꺼낸 서신 하나를 건넸다.

서신의 내용을 본 황제의 두 눈이 크게 부릅떠졌다.

관철패가 건넨 서신에는 그의, 바로 황제의 죽음을 알리는 내용이 적혀 있었기 때문이다.

“이게 대체 뭔가?”

“그러니까, 그게…….”

관철패는 선뜻 대답하지 못하고 당소군 등의 눈치를 보았다.

당소군이 재빨리 눈치를 채고는 나섰다.

“폐하, 그건 태사감 왕진에게 보내는 서신입니다. 병필태감 교현이 죽기 전에 자필로 직접 작성한 겁니다.”

황제가 알 것도 같고 모를 것도 같다는 표정으로 고개를 갸웃거렸다.

“태사감 왕진에게 내 죽음을 알린다?”

당소군이 차분하게 설명했다.

“황공하지만 그래야 왕진이 병력을 돌리지 않을 테니까요. 곧 전 내각수보인 권감이 천군의 병력을 이끌고 입성할 때까지는 어느 정도 시간이 필요할 것입니다. 천군 내부에도 왕진의 간세가 적지 않아서 그 간세들을 처단하는 데에도 적잖은 시간이 소요될 테니까요. 해서, 그와 같은 기만술을 쓰는 것입니다. 만에 하나 왕진 그자가 작금의 사태를 파악하고 병력을 돌린다면 사태가 어떻게 변할지는 아무도 모르는 일이 아니겠습니까."

황제는 허허롭게 웃었다.

"그 사람 정말 내가 할 말이 없게 만드는군. 알겠네. 그리하게."

그리고는 문득 사뭇 냉정하게 안색을 굳히며 재우쳐 말했다.

"하지만 나도 이대로 가만히 그 사람의 비호만 믿고 있을 수는 없네. 지금 당장 육부(六府)와 도찰원(都察院)의 사령들을 소집하고, 영무위와 용호위를 대신해서 경사 북경의 수비를 책임지게 된 표기군과 황기군의 수장들을 불러들이게. 누가 뭐래도 황궁은 내 손으로 직접 장악할 것이네."

제십이장

　　대지급을 알리는 솔개 한 마리가 황궁을 떠나서 왕진에
게 도착한 것은 자시(子時:오후11~오전1시) 무렵이었다.
　　경사 북경성을 벗어나서 남하하다가 가장 처음 만나게
되는 들녘에 군영을 차리고, 자신의 막사에서 수뇌진들과
함께 대기하고 있던 왕진은 비교적 담담하게 대지급의 내
용을 확인했다.
　　대지급의 내용은 간단했다.

　　둘의 눈을 감기고, 하나의 신원을 확보했음.

　　　　　　　　　　　　　　— 병필태감 교현.

왕진은 대수롭지 않게 대지급이 적힌 종이를 구겨서 입안에 털어 넣고 씹으며 회심의 미소를 지었다.

둘은 현 황제와 전 내각대학사이자 내각수보인 권감이고, 신원을 확보했다는 하나는 바로 황태자를 의미하고 있었다.

거사는 완벽하게 성공한 것이다.

기실 실패할 이유가 없는 일이었다.

대내의 모든 병권이 이미 오래전부터 그의 수중에 떨어져 있고, 중신들의 대부분이 그의 뒤에 서 있는데 실패할 이유가 어디에 있을 것인가.

그럼에도 불구하고 그가 북경성을 벗어나자마자 군영을 차린 것은 오로지 타고난 치밀함의 소산일 뿐 그 이상도 이하도 아니었다.

그는 애초부터 이번 거사를 천군의 짓으로 돌리려고 했기 때문에 의도적으로 황궁을 비운 것인데, 그래도 만에 하나 계획에 차질을 빚을 경우를 대비해서 언제라도 자신이 나설 수 있게 만반의 준비를 갖추고 있었던 것이다.

그러나 역시 계획은 어긋나지 않았다.

거사는 완벽하게 성공했고, 이제 남은 것은 이번 사건을 빌미로 그간 마음 한구석에 골칫거리로 자리했던 천군을 소탕하는 일뿐이었다.

물론 그 전에 그의 앞날을 방해하는 요소들 중에서 최대의 변수라고 단정한 육태강을 제거해야겠지만 말이다.

'이제 남은 것은 놈 하나!'

누가 뭐래도 천군의 정신적인 지주는 황제와 전 내각수보 권감이었다.

결국 그 두 사람이 죽었다는 것은 천군이 머리를 잃은 뱀 꼴이 되었다는 것과 다르지 않았다.

그런 뱀을 때려잡는 것은 그야말로 식은 죽 먹기보다 쉬울 것이었다.

그러니 이제 실질적으로 그의 표적에 남은 것은 하나, 바로 육태강뿐인 것이다.

'이제 놈만 제거하면……'

그는 어린 황태자를 꼭두각시로 내세워서 절대의 권좌를 이어나가며, 보다 안전하고 안락하게 천하를 호령할 수 있게 되는 것이다.

생각만으로도 흐뭇한 일이었다.

왕진은 절로 떠오르는 미소를 막을 수 없었다.

그는 애써 근엄한 표정을 유지하며 입안에서 우물거리던 종이를 삼키고는 좌중을 둘러보았다.

그의 전면에는 직사각형의 탁자가 길게 늘어서 있었는

데, 그 좌측에는 오군도독부의 장수들과 영무위, 용호위의 위장들 이하 젊은 부관들이, 그 우측에는 신임 병부시랑 유조(柳照)를 선두로 금의위 대영반 하원웅과, 제독동창 위연을 대신해서 자리한 일급당두 금공추(金共抽) 등 동창의 수뇌진 다섯이 자리해 있었다.

그리고 그들 모두는 벌써부터 잔뜩 긴장한 채로 그의 입술에서 시선을 떼지 못하고 있었다.

제아무리 실패할 확률보다 성공할 확률이 더 높은 계획이라도 그 계획이 현 황제를 암살하는 대역죄고 보니, 다들 그 결과가 궁금해서 몸살이 날 지경인 것이다.

왕진은 그런 감정이 드러난 그들의 표정을 한동안 여유 있게 즐기고 나서 말했다.

"거사는 성공이다. 황궁은 새로운 주인을 맞이했다."

잔뜩 짓눌려 있던 장내의 분위기가 일시에 풀어졌다.

모두가 희색이 만연해진 가운데, 하나둘씩 손을 모아서 왕진에게 고개를 숙이기 시작했다.

"경하드립니다, 태사부."

"태사부, 경하드립니다."

왕진은 두 손을 들어서 들뜬 분위기를 누르며 말했다.

"축배는 아직 이르다. 우리는 새벽을 도모해서 그놈, 육태강과 그 졸개들을 처리하고 이번 거사의 마지막을 장식해야 할 것이다."

말이야 이렇게 했지만, 그 역시 속으로는 이제 다 끝난 일이라고 생각하고 있었다.

육태강이 제아무리 날고 기는 재주가 있어도 수만의 병사를 당해낼 수는 없었다.

그가 우려하는 것은 오직 하나, 혹시라도 육태강이 겁을 집어먹고 잠적하지 않을까 하는 것뿐이었다.

하지만 사실 그것도 기우, 걱정할 일이 아니었다.

육태강의 일거수일투족이 그에게 보고되고 있는 것이다.

이제 놈은 독 안에 든 쥐와 다름없다.

그런 생각을 하다가, 그는 문득 혹시나 하는 생각이 들어서 확인했다.

"놈은 지금 어디에 있나?"

좌중의 인물들에게 묻는 말이 아니었다.

그들도 이미 알고 있는 사실이거니와, 눈에 보이지는 않지만 좌중에는 그들 말고도 여러 사람들이 더 있었다.

수십 명을 웃도는 홍당의 매자들이 바로 그들이었다.

왕진의 질문은 그들의 수좌인 매영에게 던져진 것이었다.

역시나 좌중의 인물들이 침묵을 지키는 가운데, 주변을 우렁우렁하게 하는 목소리 하나가 들려왔다.

홍당의 수좌인 매영의 목소리였다.

"매자 칠 호의 연락에 따르면 조현부(趙縣府) 어름에서 노숙을 한다고 합니다."

왕진은 고개를 갸웃했다.

조현부라면 하북성의 북부와 가까웠다.

하북성의 성 경계를 넘은 지가 언제인데 이제 고작 조현부란 말인가.

"동창의 본대를 기습했던 놈의 졸개들은?"

"발 빠르게 북상해서 석가장에 집결해 있다는 보고가 있었습니다."

"그렇다면 졸개들과 합류할 생각인 것 같긴 한데……."

왕진은 연신 고개를 갸웃거리며 혼잣말을 중얼거리다가 문득 눈살을 찌푸리고 물었다.

"무언가 이상하다고 생각되지 않나?"

매영이 망설임 없이 대답했다.

"수하도 그 점을 이상하게 생각하던 중이었습니다. 어떤 꿍꿍이가 있는지는 몰라도 이건 확실히 그자답지 않은 행보입니다."

"영리한 놈이다. 아무런 이유 없이 그럴 놈이 절대 아니야."

왕진은 두 눈을 번뜩이고는 자리를 박차고 일어났다.

"놈에게 잔재주를 부릴 시간을 주지 않겠다. 다들 어서 돌아가서 출병 준비를 해라. 새벽까지 기다릴 것도 없이 지금 당장 석가장으로 출발한다!"

그의 명령을 들은 좌중의 인물들이 서둘러 일어나서 복명했다.

그때 어디선가 이상한 소음이 들려왔다.

무언가 깨지고 부서지며, 누군가 악을 쓰는 소음이었다.

왕진은 왠지 모르게 불길한 느낌이 치솟아 올라서 다급히 막사 밖으로 뛰쳐나왔다.

밖은 달도 뜨지 않아서 칠흑처럼 어두웠는데, 군영의 저편에서 거센 불길이 치솟으며 희뿌연 연기가 퍼져 올라가고 있었다.

북쪽과 동쪽에 가파른 언덕을 두고 차린 군영 초입에 해당하는 지점의 막사가 자리한 곳에서였다.

왕진은 막사 밖에서 번을 서고 있던 동창 위사의 멱살을 틀어잡으며 물었다.

"대체 무슨 일이냐?"

동창 위사가 기겁하며 대답했다.

"저, 저도 그건 잘……. 갑자기 불길이 치솟아 올랐습니다."

왕진은 위사를 내팽개치며 소리쳤다.

"저기가 어디 군영이냐?"

병부시랑 유조가 다급히 대답했다.

"저긴 말들을 모아놓은 막사입니다."

"말들을 모아 놓은 막사라고?"

왕진은 두 눈을 부릅떴다.

"설마 기습?"

하지만 그는 이내 고개를 저었다.

그럴 리가 없었다.

육태강과 그 졸개들은 아직 석가장 일대에 머물고 있다고 하질 않았나.

여기가 변방도 아니고, 그들 말고 감히 누가 황군의 군영을 기습한단 말인가.

'그럼 천군?'

왕진은 불같이 유조의 멱살을 잡아당기며 명령했다.

"당장 가서 자세한 내막을 알아 와라!"

"예, 알겠습니다."

유조가 허겁지겁 불길이 치솟는 천막군을 향해 달려갔다.

왕진은 그제야 애써 불편한 심기를 다스리며 다른 사람들을 향해 소리쳤다.

"뭣들 하는 게야. 어서 출병 준비를 서두르지 않고!"

그러나 그의 불같은 명령에도 사람들은 움직이지 않았다.

왕진도 더는 다그치지 못했다.

그들은 약속이나 한 것처럼 한순간 두 눈을 크게 부릅뜨며 굳어져 버렸다.

처음 불길이 치솟은 전막군과 대칭을 이루는 언덕 아래서 다시금 거센 불길이 치솟았기 때문이다.

그리고 또 다시였다.

일말의 시간 차이를 두고 동쪽과 남쪽, 그리고 다시 서쪽 방향의 천막군 사이에서도 거센 불길이 일어나며 희뿌연 연기가 퍼져 나가기 시작했다.

때를 같이 해서 사방에서 비명이 터졌고, 병장기가 충돌하는 예리한 쇳소리도 들려왔다.

도대체 어찌 된 사정인지는 모르겠으나, 이건 확실한 적의 기습이었다.

"으……!"

왕진은 그야말로 분기탱천해서 이를 갈아붙이며 전신을 부들부들 떨었다.

"어서 당장 가서 지휘 계통을 확립해라! 우왕좌왕하다간 아군끼리 싸우게 된다!"

명령을 받은 장수들이 허겁지겁 자신들의 진영으로 내달

렸다.

그들도 알고 있는 것이다.

같은 군영에 소속된 병사들이라고 해도 서로의 얼굴을 다 알고 있지는 않다.

게다가 지금은 어두운 밤이라 더욱 적아를 구분하기 어려웠다.

이럴 때 지휘 계통이 무너지면 아군끼리 칼부림을 해서 소수의 적에게도 엄청난 피해를 볼 수 있었다.

왕진은 눈에 불을 켜고 각자의 진영으로 뛰어가는 장수들을 바라보다가 다시금 소리쳤다.

"너희들은 뭐 하고 그리 멀뚱거리며 서 있는 게야! 너희들도 당장 가서 적의 인원과 신원을 확인해. 도대체 어떤 놈들인지 알아오라고!"

어찌할 바를 모르고 전전긍긍하고 있던 동창의 당두들에게 내리는 명령이었다.

하지만 그들보다 먼저 행동에 나선 것은 암중에 있던 홍당의 수좌 매영였다.

"수하가 먼저……"

명령과 동시에 한 줄기 바람이 왕진의 곁을 스치고 지나갔다.

그리고 앞다퉈 달려 나가는 동창의 위사들 사이를 뚫고

불길이 치솟는 방향을 향해 쏘아졌다.

가히 신기라 말할 수 있는 고절한 신법이었는데, 그렇게 빠르게 내달리면서도 그는, 바로 매영은 주변의 변화를 하나도 빠짐없이 살펴보고 있었다.

기실 왕진과 마찬가지로 그 역시 머리가 혼란스러운 상황이었다.

이렇게 황군의 진영을 공격할 적이라면 천군과 육태강밖에 없었다.

그런데 그가 이미 입수한 정보에 따르면 천군의 움직임은 포착된 바가 전혀 없고, 육태강은 아직 여기서 먼 석가장 부근에 머물고 있었다.

도저히 있을 수 없는 일이 벌어지고 있는 것이다.

'설마 우리가 그자의 술수에 놀아나고 있었던 것인가?'

그런 불길한 예감이 뇌리를 스치는 참인데, 돌연 예리한 칼끝 하나가 그의 면전으로 쇄도해 들었다.

불붙은 막사를 앞에 두고 막사와 막사 사이를 가로지르는 순간에 벌어진 일이었다.

"헉!"

매영은 본의 아니게 헛바람을 삼키며 옆으로 굴렀다.

그처럼 어느 정도 경지를 이룬 고수라면 이런 방법은 수치라고 생각해서 좀처럼 쓰지 않지만, 다른 방도가 없었다.

화망에 가려진 막사 사이에서 튀어나온 칼끝은 너무 갑작스럽기도 했지만, 더없이 예리하고 신랄한 기세가 담겨 있었다.

한마디로 고수의 칼질이었다.

다행히 그의 판단은 옳았다.

간발의 차이를 두고 그를 노리던 칼끝이 옆구리를 스치며 지나갔다.

그가 본능에 기대서 옆으로 구르지 않았다면 여지없이 심장을 관통했을 칼끝이었다.

그는 와중에도 곧바로 이어질 연환 공격에 대비해서 서너 바퀴나 더 바닥을 구르고 일어나서 번개처럼 자세를 바로잡으며 상대를 확인했다.

상대, 그를 노렸던 칼의 주인은 곱사등이 노인이었다.

그 곱사등이 노인의 주변에 넝마처럼 널브러져 있는 삼십여 구의 시체들도 눈에 들어왔다.

매영은 크게 당황해서 절로 두 눈을 크게 부릅떴다.

곱사등이 노인에게 당한 아군이 너무 많아서가 아니었다.

곱사등이 노인의 정체를 짐작할 수 있었기 때문이다.

"한천노!"

그랬다.

상대 곱사등이 노인은 바로 얼마 전에 육태강과 한패로 판명 난 흑선 용병들의 대장 한천노였다.

석가장에 있어야 할 한천노가 어떻게 지금 이 자리에 나타날 수 있단 말인가.

'당했다!'

매영은 내심 그렇게 부르짖으며 슬며시 뒤로 빠졌다.

지금은 싸울 때가 아니라 물러날 때였다.

한시라도 빨리 이 사실을 왕진에게 알려야 했다.

하지만 매영은 물러날 수가 없었다.

한천노가 허락하지 않았다.

한천노의 칼끝이 물러나는 매영과 같은 속도로 전진해서 거리를 유지하고 있었다.

섣부르게 움직이면 충분히 위험해질 수 있는 칼끝이었다.

그리고 그 상태로, 한천노가 히죽 웃으며 말했다.

"나를 아는 것을 보니 제법 지위가 있는 것 같은데, 그냥 곱게 놓아줄 수는 없지."

*   *   *

무언가 잘못되었다.

단순한 기습이 아니라 적극적인 공세다.

왕진이 이와 같은 느낌을 받은 것은 사방에서 동시다발적으로 일어난 불길이 쉽게 잡히지 않아서도, 지휘 체계를 잃고 우왕좌왕하는 병사들의 모습을 목도해서도 아니었다.

그조차 꿈에도 예상하지 못한 야습이었으니 그와 같은 모든 상황은 분노와 상관없이 충분히 이해할 수 있는 일이었다.

다만 상황을 파악하라고 보낸 자들이 감감무소식인 것은 다분히 문제가 있었다.

다른 자들이야 수하들을 단속하느라 늦어진다고 해도 홍당의 수좌인 매영과 동창의 당두들이 그런다는 것은 도저히 있을 수 없는 일이었다.

왕진은 조바심이 일어나 더 참지 못하고 나섰다.

그는 마치 계단을 밟듯 허공으로 뛰어 올라갔다.

대번에 오 장여의 허공에 우뚝 선 그는 군영의 좌우를 쓸어보며 소리쳤다.

"모두 들어라! 적을 상대하지 말고 군막의 전면으로 집결해라! 다시 말하지만 적을 상대하지 마라! 당장에 군막의 전면으로 집결해라!"

그는 그다지 악을 쓰는 것 같지 않았다.

그럼에도 불구하고 그의 목소리는 우렁우렁하게 장내의

구석구석까지 전달되었다.

그러자 대번에 효과가 나타났다.

당황한 모습으로 불타오르는 군막 주변을 맴돌며 우왕좌왕하던 병사들이 그의 명령을 듣는 즉시 군막 앞으로 집결하기 시작했다.

지휘 체계를 확립하기 위해서 분주히 움직이던 장군들과 그 예하의 무장들도 하나둘씩 군막의 전면으로 나서고 있었다.

그들 중에는 뒤늦게 모습을 드러냈으나 오히려 빠르게 나서는 자들이 몇몇 있었는데, 바로 금의위 대영반 하원웅과 금공추 등 동창의 일급 당두들이이었다.

왕진은 다시 계단을 밟듯 허공을 밟아서 지상으로 내려왔다.

그리고 대뜸 하원웅과 금공추 등의 뺨을 사정없이 후려갈기며 불같이 화를 냈다.

"대체 어떻게 된 일인데 네놈들마저 사리분별을 못 하고 헤매는 게야!"

하원웅이 한 무릎을 꿇으며 보고했다.

"적은 소수입니다. 대략 한두 명씩 짝을 지어서 불을 지른 모양인데, 워낙 능수능란하게 치고 빠지는 통에 애를 먹고 있던 참이었습니다."

"고작 한두 명이라고?"

왕진은 이를 갈며 하원웅의 가슴을 발로 걷어찼다.

"그럼 다해 봤자, 이십 명도 안 되는 놈들에게 놀아나서 이 난리란 말이더냐!"

하원웅이 재빨리 다시 부복하며 고개를 숙였다.

"죄송합니다. 하지만 저조차 감당할 수 없는 고수인지라…….."

왕진은 오만상을 찡그렸다.

"너조차 감당할 수 없었다고?"

"죄, 죄송합니다."

"너는? 너도 적을 확인했느냐?"

그의 시선을 받은 금공추가 곤혹스런 얼굴로 급히 부복하며 대답했다.

"저 역시 같았습니다."

왕진은 불길한 감정이 치솟았다.

금의위 대영반 하원웅이나 동창의 일급당두인 금공추의 무위는 그도 인정할 만큼 상당한 경지에 올라 있었다.

그런 자들이 상대하기 어려울 정도로 뛰어난 놈들이라면 아무리 못해도 무림에서 일가를 이룰 수준이라는 건데, 그런 자들이 고작 불이나 지르고 도주하자고 황군의 군영에 나타날 리는 만무했다.

틀림없이 무언가 더 있었다.

게다가 누구보다도 빠르게 돌아 왔어야 할 홍당의 수좌 매영이 아직도 감감무소식인 것이 더욱 불안했다.

"놈들이 누구든지 간에 고작 우리 군영을 교란하고자 이런 짓을 벌였다는 것은 말이 안 된다. 하 영반과 금 당주는 따로 조를 편성해서 당장에 놈들을 잡아라! 한 놈이라도 잡아야 이게 누구 짓인지 알 게 아니냐!"

왕진은 벼락같이 호통을 치고는 나머지 장수들에게 다시 명령했다.

"불길은 잡지 않아도 좋다. 우선적으로 전열을 정비하고 대기해라. 여차하면 막사는 포기하고 출정한다."

"알겠습니다."

장수들이 급히 복명하고는 앞서 왕진의 일갈을 듣고 그야말로 벌떼처럼 몰려든 병사들을 서둘러 통솔했다.

앞뒤 가리지 않고 몰려들어서 눈치를 보며 우왕좌왕하고 있던 병사들이 그제야 숨통이 트인 것처럼 빠르게 대열을 갖추기 시작했다.

왕진은 가만히 그 모습을 지켜보다가 문득 등골이 서늘해지는 것을 느꼈다.

군영의 사방에서 치솟아 오르는 불길로 인해 그들, 병사들이 집결한 막사 앞은 말 그대로 대낮처럼 밝았다.

그 모습을 보고 있자니 불현듯 뇌리에 그 옛날의 고사, 제(齊)나라의 손빈(孫殯)과 위(魏)나라의 방연(龐涓)이 싸운 마릉(馬陵)전투의 일화가 떠올랐기 때문이다.

칠흑같이 어두운 밤, 스스로 불을 밝히게 해서 방연을 화살의 제물로 만든 손빈의 지략이 말이다.

지금의 상황이 그와 유사한 것이다.

비록 불을 밝힌 것은 적이었으나, 그로 인해 대낮같이 밝은 곳으로, 요컨대 사방 어디에서도 표적으로 삼을 수 있는 장소에 병력을 한데 모은 것이 그였다.

이것이 그 옛날 방연을 잡으려는 손빈처럼 누군가의 계략에 의한 것이라면, 그래서 그들을 향해 화살을 겨누고 있다면 그야말로 최악인 것이다.

"설마……?"

왕진은 자기도 모르게 중얼거리며 사방을 두리번거렸다.

그러다가 어느 한순간 감지했다.

갈대숲 사이를 휩쓰는 것 같은 바람 소리가 들려왔다.

그건 연인의 속삭임보다도 더 부드럽게 귓가를 스치는 바람 소리였으나, 그 순간 그는 그 어떤 날카로운 비수에 찔린 것보다도 더 기겁하고 말았다.

불현듯 떠오른 그의 불길한 예상처럼 그 바람 소리가 다수의 화살이 공기를 가르며 내는 소리라는 것을 알아차렸기 때문이다.

"화살이다! 피해라!"

그러나 이미 늦었다.

희미하게 들려오던 바람 소리가 이내 쏴 하는 폭우 소리로 변하더니, 다시금 굵은 우박이 떨어지는 소리로 바뀌어서 요란하게 장내를 두드렸다.

그야말로 화살의 폭우였다.

"크악."

"으아악!"

사방에서 비명이 터졌다.

장내가 순식간에 아수라장으로 변해 버렸다.

물론 왕진이나 하원웅, 금공추, 그리고 금의위와 동창 위사들 같은 고수들에게 화살 따위는 아무리 많아도 소용없었다.

그리고 그것은 강호의 그 어떤 무공과 비교해도 절대 떨어지지 않는 대내무반의 무공을 한평생 수련한 장수들에게도 마찬가지였다.

그들은 가볍게 팔을 휘젓거나 병기를 뽑아서 휘두르는 것만으로도 화살 비의 공격을 충분히 방어해 낼 수 있었다.

하지만 정예들이라고는 하나 일개 군졸에 불과한 병사들에게 지금처럼 어둠 속에서 떨어져 내리는 화살은 그야말로 사신의 손길과 다름없었다.

겁을 집어먹은 병사들이 사방으로 흩어지는 가운데, 서로 부딪쳐서 넘어지는 바람에 고슴도치로 변하는 자들도 속출해서 장내는 말 그대로 아비규환이었다.

"엄폐물을 찾아라!"

"무작정 피하지 말고 죽은 자를 방패로 삼아라!"

악에 받친 장수들이 다급하게 소리치며 수습에 나섰지만, 단시간에 사태를 수습하기에는 역부족이었다.

속절없이 죽어 넘어가는 동료들의 죽음 앞에서 넋이 나가버린 병사들은 너무도 무기력하게 쓰러졌다.

죽은 동료의 주검이 장애물로 작용해서 더욱 그랬다.

게다가 날아오는 화살은 보통의 화살이 아니었다.

이리의 이빨처럼 하얀 화살촉에는 흉악하게도 날카로운 낚시 바늘과 같은 미늘이 돋아나 있었다.

소위 낭아전(狼牙箭)이라 부르는 이 화살은 일단 꽂히면 살을 베어 내지 않고는 뽑을 수도 없는 것인데, 병사들 중에는 이를 무리하게 뽑아내다가 핏줄이 터져서 고꾸라지는 자들도 속출해서 장내는 순식간에 피바다로 변해 버렸다.

왕진은 와중에도 부분적으로나마 무공을 발휘해서 화살 비를 걷어내고 있는 금의위와 동창의 위사들에게 눈짓으로 명령했다.

그의 눈짓을 확인한 위사들이 화살이 날아오는 방향으로 쏜살같이 신형을 날렸다.

궁수들을 찾아서 해치우려는 것이다.

그러나 그들은 화살이 날아오는 방향의 어둠 속으로 파고들기 무섭게 비명을 지르며 쏘아질 때보다도 더 빠른 속도로 튕겨져 나왔다.

"크아악!"

무엇에 어떻게 당했는지는 모르겠으나, 하나같이 피떡이 된 모습이었다.

적들은 이미 그에 대한 대비도 하고 있었던 것이다.

"이런 빌어먹을!"

왕진은 더 참지 못하고 으드득 이를 갈아붙이며 허공으로 떠올랐다.

그의 머리카락이 하늘로 곤두서고 그를 감싼 공기가 요란하게 울었다.

그가 전신의 내력을 운용하는 것인데, 그와 동시에 그는 한바탕 사납게 소매 깃을 흔들어서 바람을 일으켰다.

단순한 바람이 아니었다.

막강한 그의 공력이 담긴 기의 바람인지라 그 위력이 태풍처럼 엄청났다.

방원 십 장 내외를 뒤덮으며 쏟아지던 화살 비가 그가 만들어낸 기의 태풍에 휘말려서 허공에 흩뿌려지고 있었다.

그 가공할 위력에 주눅이 든 것일까.

아니면 이미 화살로 얻을 수 있는 이득은 다 취했다고 생각한 것일까.

빗발치게 쏟아지던 화살이 그쳤다.

왕진은 허공에 뜬 채로 두 눈을 희번덕거리며 소리쳤다.

"어떤 놈들이냐! 쥐새끼처럼 숨어 있지만 말고 어서 당장에 모습을 드러내라!"

어둠 속에서 대답이 들려왔다.

다만 화살이 날아온 방향, 그래서 왕진이 주시하고 있는 전면이 아니라 측면의 어둠 속에서였다.

"내가 생각해도 화살은 좀 졸렬했어. 그렇지?"

그 대답과 함께 어둠 속에서 횃불이 밝혀지며 일단의 사내들이 모습을 드러냈다.

대략 삼십여 명의 사내들이었다.

그리고 그 선두에는 낡은 마의를 걸친 더벅머리 사내, 육태강이 서 있었다.

"네, 네놈이 어찌……?"

왕진은 두 눈을 찢어질 듯이 크게 부릅떴다.

그는 너무 황당해서 할 말을 잊어 버렸다.

석가장에서 노숙을 하고 있어야 할 육태강이 어떻게 이

자리에 나타날 수 있단 말인가.

육태강이 피식 웃으며 말했다.

"뭘 그리 놀라나. 나를 잡으려고 군대까지 동원했는데. 이렇게 나타났으니 오히려 기뻐해야 하지 않나?"

왕진이 뭐라고 대답하기도 전에 육태강의 뒤에 서 있던 사내 하나가, 왕진도 익히 잘 알고 있는 화산제일검 금사랑군이 무언가 검은 물체 하나를 집어던지며 한마디 했다.

"이 자 때문이겠지."

금사랑군이 던진 물체는 또르르 굴러서 왕진의 발치에 멈추었다.

왕진은 그 물체를 확인하고는 한결 더 낯빛을 굳혔다.

그 물체는 다름 아닌 사람의 머리였다.

바로 왕진의 명령 아래 육태강의 뒤를 밟고 있던 홍당의 이인자, 반면귀(半面鬼)가 목이 잘려서 머리만 돌아온 것이다.

이것으로 상황이 명확해졌다.

육태강의 일거수일투족을 보고하던 반면귀는 벌써 오래전에, 적어도 육태강이 석가장 부근에 도착하기 전에 이미 노출되어서 죽었다.

그간 왕진은 육태강에 의해서 꾸며진 보고를 받았던 것이다.

왕진은 어금니를 악물며 육태강을 노려보았다.

"제법 머리를 썼구나."

육태강이 어깨를 으쓱하며 대답했다.

"여우를 잡으려니 여우 같은 짓을 할 수밖에 없더군."

왕진은 이해할 수 있다는 듯 고개를 끄덕거렸다.

그는 빠르게 평정심을 되찾고 있었다.

상황이 명확해지면 할 일도 명확해지는 법이다.

어차피 육태강을 잡으려고 나선 길이었고, 마침내 만난 것이다.

그러니 육태강을 잡아 죽이면 그만이었다.

예기치 않은 기습을 당해서 많은 병력을 잃기는 했으나, 아직도 그에게는 육태강보다 십 배는 많은 수하들이 남아 있었다.

그리고 그에게는 아직 꺼내지 않은 비장의 한 수가 있었다.

그는 한결 여유 있는 미소를 보이며 말했다.

"그래, 그 잔재주는 인정하지. 하지만 고작 그 인원을 가지고 정면 승부라니 기개는 가상하다만 너무 미련하구나."

육태강이 태연하게 대답했다.

"그 많은 화살을 보고도 그런 말을 하다니 생각보다 머리가 둔하군."

화살은 혼자 나는 것이 아니다.

누군가 시위에 걸어서 쏘아야 한다.

그러니 앞서 그 많은 화살이 날아왔다는 것은 그만큼의 병력도 있다는 뜻이 되는 것이다.

하지만 그건 왕진도 이미 생각하고 있었다.

다만 그는 다르게 생각하고 있을 뿐이었다.

그는 가소롭다는 듯이 차게 비웃으며 그 생각을 말했다.

"설마 지금 쥐새끼처럼 숨어서 화살이나 날리는 오합지졸로 나를, 그리고 대내무반의 정예들을 상대하겠다고 말하는 건가?"

육태강은 대답하지 않고 그저 웃으며 어깨를 으쓱했다.

그 순간 다른 곳에서 대답이 나왔다.

왕진의 정면, 바로 화살이 날아왔던 어둠 속에서였다.

"이런 젠장! 살다 보니 내가 쥐새끼 취급을 받을 때가 다 있군. 이봐, 불알 없는 영감탱이. 정말 당신 눈에는 내가 쥐새끼고 녹림십팔채의 정예들이 오합지졸로 보이는 거야? 응, 정말 그래?"

투박하고 사나운 그 말과 동시에 왕진의 전면 어둠 속에서 건장한 체구에 우락부락하게 생긴 털보사내 하나가 뚜벅뚜벅 걸어 나왔다.

그리고 그와 함께 털보사내의 뒤쪽, 저 멀리 어둠 속에서 동시다발적으로 횃불이 밝혀지며 대충 눈대중으로 봐도 일만을 웃도는 무리가 모습을 드러냈다.

왕진이 그 모습을 확인하고는 볼썽사납게 눈가를 실룩거렸다.

털보사내가 바로 녹림도 총표파자이기 이전에 천하제일을 다툰다고 알려진 십팔천강의 하나인 독수마군 엽초이며, 그 뒤에서 다가오는 일만의 병력이 사납고 거칠기로 유명한 녹림십팔채의 정예들임을 알아본 것이다.

"나도 꽤나 신중하게 머리를 썼어."

육태강이 말하고 있었다.

왕진이 경기를 일으키는 것처럼 씰룩거리는 시선을 돌려서 바라보자, 그가 다시 말했다.

"당신을 절대 놓치고 싶지 않았으니까."

가장 먼저 움직인 것은 독수마군 엽초였다.

사전에 그렇게 하기로 계획한 것처럼 육태강의 경고 혹은 다짐이 끝나기 무섭게 엽초가 손을 들어서 앞으로 뻗었다.

그게 신호였고, 도화선이었다.

녹림도들이 그의 손짓과 동시에 요란한 함성을 내지르며 벌떼처럼 달려들었다.

왕진은 적잖게 당황했다.

기실 그는 육태강의 오만한 태도에 분노하면서도 애써 참고 있는 중이었다.

머리가 복잡해서 움직일 수가 없었다.

숫자만 놓고 보면 아직도 그가 유리한 것이 확실했다.

몇몇 고수를 제외하면 전반적인 전력도 그가 앞서고 있었다.

기습적인 화살 공격에 당해서 절반 이상의 전력을 잃기는 했으나, 그래도 일만을 웃도는 황군의 정예가 건재했고, 무엇보다도 상대는 제아무리 비등한 인원이라고는 하나 일개 산적 나부랭이에 불과한 것이다.

그런데 문제는 밖으로 드러난 적 이외에 또 다른 적이 있다는 사실이었다.

앞서 동창의 본대를 괴멸시켰던 철면신 이하 흑선의 용병들이 아직 모습을 드러내지 않고 있었다.

그래서 애써 치솟는 분노를 억누르고 있는 참인데, 녹림도들의 공격이 시작된 것이다.

'빌어먹을!'

왕진은 복잡한 감정이 뒤엉킨 시선으로 돌격해 오는 녹림도들을 바라보았다.

그런 그에게 다급해진 금의위 대영반 하원응 등 수뇌진

들의 시선이 쏠렸다.

"태사감, 속히 하명을⋯⋯!"

왕진은 한차례 이를 갈고는 어쩔 수 없이 명령을 내렸다.

"반역의 무리들을 기필코 섬멸해라!"

새로운 함성이 터졌다.

영무위와 용호위 병사들이 일제히 칼과 창끝을 앞세우며 돌격해 오는 녹림도들을 마주해 나갔다.

그리고 마침내 두 세력이 격돌했다.

그 순간, 왕진이 우려하던 일이 벌어졌다.

두 세력의 격돌이 이루어짐과 동시에 병사들의 후방에서 지축을 울리는 소리가 들려오더니 일단의 기마대가 나타났다.

바로 철면신을 필두로 한 흑선의 용병들이었다.

왕진은 부지불식간에 소리쳤다.

"후방이다! 병력을 나눠서 후방을 막아라!"

그러나 상황은 이미 좋지 않은 쪽으로 기울고 있었다.

싸움이 본격적으로 진행되고 있는 상황에서 후방을 공격 당했으니 당연한 일이었다.

그것도 상대는 날고 기는 용병들의 기마대였다.

그들은 양 떼 속에 뛰어든 이리처럼 무차별한 살육을 펼치며 병사들을 가로질렀다.

병사들을 일일이 상대하는 것이 아닌, 그저 눈앞의 병사만을 척살하며 질주하듯 전장을 누비고 헤집는 방식의 공격이라 그 혼란은 이루 다 설명할 수가 없을 지경이었다.

"대열을 흐트리지 마라! 눈앞의 적에게 집중해라!"

장수들이 길길이 날뛰며 소리쳤으나, 소용없었다.

앞선 화살 공격으로 가뜩이나 사기가 바닥까지 저하된 병사들이 아닌가.

그런 그들의 눈에 들어가는 전세의 불리함은 그야말로 쥐약과 같았다.

눈앞의 적보다는 보이지 않는 등 뒤의 적에게 더 신경이 쓰일 수밖에 없는 것이 인지상정인지라, 그건 어쩔 수 없는 노릇이었다.

제대로 싸우지도 못하고 쓰러지는 병사들이 속출했다.

그런 병사들은 또 적극적으로 싸우려는 병사들의 장해물로 작용하는 악순환을 반복하며 전선을 이루는 병사들의 대오에 혼란을 가중시켰다.

대번에 병사들의 대오가 크게 흔들리며 전선을 이루는 전체적인 균형이 무너지기 시작했다.

반면에 녹림도들은 자신들의 대오를 더욱 확고하게 유지하며 조금씩 전진하고 있었다.

황군의 진영이 흔들리고 있으니 가차 없이 진격할 수 있음에도 그들은 전혀 서두르지 않았다.

그들은 더욱 견고한 전선을 유지하며 천천히 병사들을 압박해 나아갔다.

그건 사전에 치밀한 계획이 없었다면 절대 이루어질 수 없는 방식의 공격이었다.

왕진은 속절없이 무너지는 전선을 바라보며 전신을 부들부들 떨었다.

철저하게 속았다는 기분이 전신의 피를 싸늘하게 식히고 있었다.

"감히 네놈이……!"

그는 이글거리는 눈초리로 육태강을 노려보았다.

육태강은 어디까지나 태연하게 그의 시선을 마주했다.

그의 주변에 서 있는 자들의 모습 또한 크게 다르지 않았다.

그 모습이 가뜩이나 분노한 왕진의 가슴에 불을 질렀다.

그는 발작적으로 외쳤다.

"놈을 죽여라!"

그의 명령과 동시에 예리한 살기들이 육태강을 향해 노도처럼 밀고 들어갔다.

전장에는 나서지 않고 진작부터 그의 명령을 기다리며 암중에서 내기하고 있던 홍낭의 매자들이 일제히 공격을 개시한 것이다.

그러나 육태강은 무섭게 쇄도하는 그들의 살기를 느끼지 못했을 리 만무한데도 전혀 움직이지 않았다.

그저 무미건조한 눈길로 허공에 떠 있는 왕진만을 주시하고 있었다.

대신에 그의 주변에 있던 금사랑군과 무당삼자 등이 기다렸다는 듯 미끄러져 나왔다.

"저자의 목은 그대에게 맡기도록 하지!"

바람처럼 앞으로 나서며 조용히 흘린 금사랑군의 한마디였다.

왕진이 홍당의 매자들을 마중하는 금사랑군 등을 바라보며 눈썹을 꿈틀했다.

하지만 그것도 잠시, 그는 이내 의미심장한 미소를 머금고는 매섭게 일갈했다.

"지금이다! 놈을 죽여라!"

마침내 그가 숨겨둔 비장의 일수를 꺼내 든 것이다.

바로 육태강을 제거하기 위해서 암중에 대기시켜 놓은 과거 그날의 고수들을 말이다.

그런데 이상한 일이었다.

그의 명령이 떨어졌음에도 불구하고 아무런 기척이 없었다.

왕진은 이제야말로 당황해서 사위를 두리번거렸다.

그때 육태강이 픽, 웃으며 말했다.

"기대하지 마. 그들은 당신의 명령을 수행할 입장이 아니니까."

"뭐, 뭐라고……?"

"저런 모습으로 어떻게 당신의 명령을 수행할 수 있겠나?"

이 말과 동시에 육태강의 주변으로 일단의 그림자들이 나타났다.

왕진은 잘 모르겠으나, 무혼과 백무인 등 유황도의 형제들 여덟 명이었다.

왕진의 시선이 그들에게 돌려지자, 무혼이 앞으로 나섰다.

무혼의 어깨에는 큼직한 보자기 하나가 들쳐 메져 있었다.

왕진의 입장에선 불길하게도 핏물이 뚝뚝 떨어지는 보자기였다.

무혼은 메마른 얼굴을 펴서 피식 웃으며 왕진을 일견하고는 섬뜩한 그 보자기를 앞으로 내던졌다.

순간, 보자기가 활짝 펼쳐지며 시뻘건 물체들이 콩처럼 튀며 사방으로 굴렀다.

놀랍게도 그 물체들은 바로 혀를 빼물고 있는 사람의 머리들이었다.

그것도 강북사패의 하나인 철혈구호방주 홍안대호 위지광을 비롯해서 같은 강북사패의 하나인 취화성주인 천요비자 곡지, 지다성으로 알려진 제갈세가의 가주 제갈운도, 근자에 욱일승천의 기세로 명성을 떨치는 모산파의 장문인 초진립 등 별호만 대면 어린 아이도 다 알 정도로 하나같이 무림천하를 호령하는 쟁쟁한 고수들의 머리들이었다.

그들이 바로 왕진이 가진 비장의 일수이자, 과거 그날 육태강의 가문을 몰락시키는데 혁혁한 공을 세운 왕진의 하수인들이었던 것이다.

"어, 어찌 이런 일이……?"

왕진은 눈으로 보면서도 도저히 믿을 수 없다는 표정을 지으며 넋을 놓았다.

그는 정말 꿈에도 몰랐다.

대체 언제 저들이 제거당했단 것일까.

육태강이 너무 무심해서 오히려 섬뜩하게 느껴지는 눈초리로 왕진을 바라보며 나직이 말했다.

"별거 아냐. 그저 내가 당신이 생각한 것보다 훨씬 빨리 이곳에 와서 그들을 만났을 뿐이지."

왕진은 북풍한설에 노출된 사시나무처럼 전신을 부들부

들 떨었다.

분노가 극에 달해서 도저히 감당할 수 없다는 태도였다.

그러나 누가 뭐래도 왕진은 역시 권력의 최고봉에 앉아서 천하를 호령하던 희대의 노마였다.

그는 이내 평정을 되찾은 모습으로 차갑게 식어서 육태강을 바라보았다.

육태강은 이때를 기다렸다는 것처럼 왕진을 바라보며 느긋하게 발걸음을 내디뎠다.

앞으로 걸어 나오는 것이 아니었다.

그는 계단을 밟듯 천천히 허공으로 걸어 올라가서 왕진을 마주 바라보았다.

그렇게 두 사람, 육태강과 왕진은 요란한 함성과 거친 쇳소리 아래, 피와 살점이 난무하는 전장을 발아래 두고 공중에서 대치했다.

이글거리는 시선과 너무 무심해서 오히려 그 어느 것보다도 차갑게 느껴지는 시선이 서로 충돌하며 불꽃이 튀었다.

왕진이 입가에 비틀린 미소를 그리며 말했다.

"내 실수를 인정하지 않을 수 없구나. 내가 이렇게까지 수세에 몰리다니 정말이지 꿈에도 예상하지 못했던 일이다. 피는 못 속인다더니 정말 그렇구나. 네 아비 이후에 이런 경우는 처음이다. 진정으로 네 능력에 감탄한다."

육태강은 어디까지나 무심했다.

"그래서?"

왕진이 입가의 미소를 한결 더 짙게 드리웠다.

"하지만 여기까지다. 이 싸움에서 내가 져도 너는 죽는다. 이렇게 내 앞에 서게 된 것은 가상하다만 내 손을 벗어날 수는 없을 거다. 어차피 천하는 이미 내 수중에 들어와 있으니, 너의 죽음을 끝으로 모든 것이 정리될 것이다."

그의 전신을 감싼 주변의 공기가 서서히 이글거렸다.

어떤 신공을 발휘하는지는 모르겠으나, 엄청난 기세의 압력이 느껴지고 있었다.

하지만 육태강은 무덤덤하게 그 모습을 바라보면서 말했다.

"당신을 잡기 위해서 꽤나 심혈을 기울였다는 내 말을 벌써 잊었나?"

왕진이 슬며시 인상을 구겼다.

"그건 무슨 뜻이지?"

육태강은 무심하게 대꾸했다.

"석가장에 있어야 할 내가 지금 이 자리에 나타났다. 그럼 다른 곳의 상황은 어떨까? 이를테면 황궁 말이야. 과연 당신 뜻대로 되었을까?"

왕진의 안면 근육에 경련이 일어났다.

그는 애써 차갑게 웃으며 쏘아붙였다.

"가소롭구나. 고작 그따위 기만술로 내 평정심이 흔들릴 것 같으냐?"

육태강은 픽, 웃었다.

"벌써 흔들린 것 같은데?"

"허튼수작!"

왕진은 몹시도 살기가 동해 있었던 것이 분명했다.

아니면 육태강의 말마따나 이미 평정심을 잃고 흥분한 것인지도 모른다.

그는 두 눈을 희번덕거리며 발작적으로 한 손을 옆으로 들었다.

그의 수중에는 어느새 얼음으로 만들어진 듯 반투명한 한 자루 협도(夾刀)가 들려 있었다.

그는 그 협도를 천천히 가슴 앞으로 이동시켰다.

그를 감싼 공기가 가일층 이글거렸고, 그에 따라 살기도 더욱 짙어졌다.

"네놈을 죽이고 나서 확인해 보마!"

말과 동시에 협도가 가슴 앞에 세워지며 번개처럼 빠르게 육태강을 가리켰다.

허공에 서릿발 같은 기세가 뻗어 나갔다.

도기(刀氣)나 도경(刀勁)을 훌쩍 뛰어넘는 강렬한 기세였다.

육태강은 지체 없이 박도를 뽑아서 가슴 앞에 세웠다.

박도 주변으로 투명한 원형의 방패가 그려졌다.

검막과 같은 도막이었다.

허공을 가르며 다가온 왕진의 도세가 거기에 충돌하며 고막을 찢는 벽력음이 터졌다.

왕진이 그 순간 협도를 앞세우며 쇄도해 들었다.

협도는 아직 멀리 있는데 먼저 다가온 도세가 다시금 육태강의 전신 요혈을 노렸다.

육태강은 이번에는 마주 서지 않고 움직였다.

그의 신형이 허깨비처럼 옆으로 미끄러져서 왕진의 도세를 피했다.

"어딜!"

왕진이 이미 예상했다는 듯이 협도의 방향을 틀어서 공격을 이어 나갔다.

가히 번개처럼 빠른 연환격. 협도가 사방팔방으로 휘둘러지며 달무리처럼 그윽한 섬광을 맹렬하게 흩뿌렸다.

한 동작처럼 보였지만, 전혀 그렇지가 않았다.

눈으로 셀 수 없는 무수한 도광이 만들어졌다.

도강(刀罡)이라고 해도 부족함이 없는 강렬한 기세의 섬광이 흡사 그물처럼 펼쳐져서 육태강의 전신을 뒤덮고 있었다.

그 그물을 덮어쓰게 된다면 육태강의 전신은 그야말로 갈기갈기 찢겨서 형체도 없이 사라지고 말 것이었다.

하지만 그런 일은 벌어지지 않았다.

육태강이 박도를 들어서 한차례 수평을 그리자 그렇게 되었다.

아무런 광채도 기세도 느껴지지 않는 그 일도 아래 그물처럼 펼쳐진 왕진의 도세가 허무하게 찢겨져 나가며 소멸되어 버렸다.

다음 순간 육태강의 신형이 흐려지며 이내 사라졌다.

그리고 사라졌던 자리의 측면에서 거짓말처럼 다시 나타나며 박도를 휘둘렀다.

거센 바람이 일고 반월형 섬광이 밤하늘을 수평으로 갈랐다.

수평으로 펼쳐진 그 섬광의 중동에 그 자신이 펼친 검세의 그물 뒤를 따라서 쇄도하던 왕진이 걸렸다.

"헉!"

왕진이 기겁하며 다급히 협도를 휘둘렀다.

순식간에 수백의 칼 그림자가 만들어지며 수평으로 다가오는 육태강의 섬광과 연이어 충돌했다.

뇌성이 터지고 뇌전을 닮은 불꽃이 사방으로 튀었다.

수백 개의 폭죽이 터진 것 같은 번쩍거림이 일시지간 전장의 밤하늘을 어지럽게 수놓았다.

더 없이 강력한 그 충돌에, 아래에서 싸우던 사람들이 적아를 구분할 것도 없이 동시에 귀를 틀어막으며 그대로 주저앉았다.

격돌의 여파로 퍼진 경기가 사방으로 확산된 결과였다.

"익!"

가까스로 육태강의 공격을 막은 왕진이 이를 악물고 협도를 휘둘렀다.

협도의 주변으로 파괴적인 느낌의 불꽃이 일어나며 육태강을 향해 쏘아졌다.

육태강의 신형이 그 순간 흐려지듯이 사라져서 불꽃을 피했다.

왕진이 냉소를 날리며 지체 없이 협도를 하늘 높이 세웠다.

그의 신형이 육태강과 마찬가지로 흐려지며 사라졌다.

또다시 허공중에 뇌성이 터지고, 뇌전이 번쩍거렸다.

기실 두 사람의 신형은 사라진 것이 아니라 그렇게밖에 볼 수 없을 정도로 빠르게 움직이며 격돌하고 있는 것인데, 다음 순간 협도와 박도를 마주친 상태로 대치한 두 사람의 모습이 허공중에 나타났다.

협도과 박도가 맞물려서 밀고 긁히며 불꽃이 튀고, 소름 끼치는 쇳소리가 밤하늘을 가르며 전장에 울려 퍼졌다.

"내가 네놈을 너무 경시했구나!"

왕진이 소리가 나도록 이를 갈아붙였다.

그는 협도의 칼등을 어깨로 받치며 간신히 버티는 모습이었다.

그에 반해 육태강은 무심한 눈길로 왕진을 직시하며 미소를 지었다.

"그마저도 내 의도였다면 믿겠나?"

왕진의 두 눈이 크게 부릅떠지며 붉게 변했다.

그는 안구의 실핏줄이 터져서 피가 흘러내리고 있었다.

협도를 밀어붙이는 박도의 내력을 감당하는 데 한계가 온 것이다.

육태강이 그런 그의 모습을 지그시 바라보며 다시 말했다.

"너 하나의 목숨을 원했다면 이렇게 먼 길을 돌아오지 않았다. 내가 원하는 건 네 목숨만이 아니라 네가 가진 모든 것이다. 나는 복수에 앞서 꿈을 이루기 위해서 나섰기 때문이지."

왕진은 서서히 뒤로 밀리는 와중에도 도무지 이해할 수

없다는 표정을 지었다.

육태강이 피식 웃고는 박도를 앞으로 밀었다.

막강한 기세가 거기 박도의 서슬에 실려서 협도를 밀어 붙였다.

압력을 견디지 못한 왕진이 뒤로 물러났다.

사실은 튕겨진 것이었다.

전장에 나선 고수들 중 백의 하나도 제대로 볼 수 없겠으나, 튕겨지는 왕진의 입가에는 검붉은 핏물이 흘러내리고 있었다.

육태강은 그 순간을 놓치지 않았다.

주춤 뒤로 물러선 그의 상체가 앞으로 숙여지더니, 극한의 경공술이 발휘되었다.

그의 신형은 대번에 허공을 가로질러서 전장의 끝까지 튕겨 나가는 왕진을 따라붙었다.

"익!"

왕진이 가까스로 자세를 바로잡으며 협도를 앞세웠으나, 때가 이미 늦었다.

그때는 이미 코앞까지 육박한 육태강이 박도를 높이 쳐들고 있었다.

너무 빨라서 오히려 느리게 보이는 박도가 막대한 기류를 형성하며 일도양단의 기세로 왕진의 머리 위에서부터 떨어져 내렸다.

크게 부릅떠진 왕진의 두 눈동자로 불꽃이 일렁거리는 박도의 그림자가 짙게 드리워졌다.

박도가 뿜어내는 도기는 무한정 뻗어 나가고 있었지만, 정작 박도 자체는 깃털처럼 천천히 떨어져 내리는 것 같은 환상이 그림처럼 펼쳐졌다.

그 바람에 고수가 아니면 절대 볼 수 없는 그 광경이 은 연중에 그들의 격돌을 주시하고 있던 전장의 모든 사람들의 시선에 선명하게 들어갔다.

다만 그 순간에 돌처럼 굳어진 상태로 절망스럽게 흘린 왕진의 한마디는 아무도 들을 수 없었다.

"아수라파천무? 정녕 네가 마경칠서를 하나로……?"

왕진의 경악 어린 읊조림은 끝을 맺지 못했다.

그 순간 박도가 반사적으로 들어 올린 그의 협도를 때려서 산산이 조각냈고, 그대로 더 밀고 들어가서 두 눈을 부릅뜨고 있는 그의 얼굴과 그 아래 상반신에 이어 가랑이까지 길게 가르며 내려갔다.

"끄으으……!"

왕진의 두 눈이 서서히 뒤집어졌다.

그의 입에서는 비명대신 피가 흘러나왔다.

하지만 박도의 움직임은 거기서 멈추지 않았다.

아래로 내려갔던 박도는 다시금 반원을 그리며 들려서 반으로 갈라지기 직전인 왕진의 목을 쳐서 몸통과 떨어뜨려 버렸다.

육태강은 그와 동시에 손을 뻗어서 아래로 흘러내리는 왕진의 머리카락을 움켜잡았다.

반으로 갈라진 왕진의 머리가 그의 수중에서 덜렁거렸다.

그는 허공에 우뚝 선 채로 그런 왕진의 머리를 하늘 높이 쳐들며 전장을 향해 외쳤다.

"왕진은 죽었다! 더 싸울 의지가 없다면 칼을 버려라!"

그의 목소리는 그리 크게 느껴지지 않았으나, 전장의 이쪽 끝에서 저쪽 끝까지 우렁우렁하게 울리며 모든 병사들의 고막을 때렸다.

왕진의 잘려진 머리를 들고 허공에 우뚝 서 있는 그의 모습이 모든 병사들의 시선에 감히 범접할 수 없는 천신처럼 선명하게 그려졌다.

싸움은 그것으로 끝이었다.

제십삼장

　싸움이 끝난 전장에 남은 것은 피와 죽음과 허무뿐이었다.

　패자의 통곡도 없었지만. 승자의 환호도 없었다.

　패자는 그저 칼을 버리고 고개를 숙여서 패배의 아픔을 달랬고, 승자는 조용히 동료의 주검을 수습하는 것으로 승리의 기쁨을 대신했다.

　어둠을 사르고 동녘 하늘을 희뿌옇게 밝히며 떠오른 해가 다시금 서산으로 넘어가는 그 시간까지.

　육태강은 그때까지도 벌판의 한구석에 우두커니 서서 꼼짝도 하지 않았다. 엄연히 과거 그날의 상황과 지금의 상황은 판이하게 달랐다.

그러나 지금 그가 느끼는 감정은 과거 그날과 별반 다른 것이 없었다.

기쁘지 않은 것이 아니었다.

기쁘지만 맑은 기쁨이 아니라 어둡고 침침하며 무거운 감정이 잔존한 기분이었다.

한편으로 씁쓸하고 허탈하기도 했다. 누군가는 승자의 오만이라고 치부할 수도 있을 것이다. 그 자신도 그럴지 모른다고 생각했다. 하지만 어쩔 수 없었다.

뭐라고 딱 잘라서 설명할 수는 없지만, 분명히 마냥 기쁜 것만은 아니었다.

굳이 표현하자면 어렵게 오른 산의 정상에 서자 언제까지나 거기서 살 수 없다는 것을 깨닫고 다시 내려갈 걱정이 드는 마음이라고나 할까.

한마디로 원하는 바를 성취한 기쁨과 동시에 이해할 수 없는 걱정과 두려움이 느껴지고 있었다.

그런 육태강에게 전장을 수습하던 몇몇 사람이 다가왔다. 곱사등이 한천노를 위시한 흑천의 형제들과 밤새 자기 일처럼 전장을 수습하던 금사랑군과 무당삼자, 그리고 이번 계획에 가장 큰 도움을 준 독수마군 엽초 등이었다. 언제인지 모르게 전장의 정리가 마무리되고 있었던 것이다.

금사랑군이 빙긋이 웃으며 말을 건넸다.

"시원한가, 허탈한가?"

육태강은 역시나 선뜻 대답할 수 없었다.

엽초가 특유의 호탕한 목소리로 끼어들었다.

"시원섭섭하겠지. 이게 적당한 비유일지는 모르겠지만, 욕심을 내던 떡은 볼 때가 좋지 막상 먹고 나면 기분이 별로거든. 맛있으면 맛있는 대로, 맛없으면 맛없는 대로 말이야. 안그런가?"

육태강은 가만히 엽초를 바라보다가 불쑥 되물었다.

"당신도 그런가?"

엽초가 이 뜬금없는 질문에 낯빛을 굳혔다.

적잖게 당황한 모습이었다.

"나도 그러냐고? 어째서 그런 걸 내게 묻는 거지?"

육태강은 픽, 웃으며 대답했다.

"그냥 모르는 척 넘어가 주길 바라나, 단예중?"

엽초가 흠칫 놀라며 육태강을 바라보았다.

그런데 이상한 일이었다.

육태강이 엽초를 단예중이라는 생경한 이름으로 불렀음에도 불구하고 좌중의 그 누구도 놀라거나 당황하는 기색을 보이지 않고 있었다.

엽초가 뒤늦게 그런 좌중의 모습을 파악한 듯 쓰게 웃으며 말했다.

"대체 어떻게 안 거지?"

이 말은 곧 자신이 단예중임을 인정하는 것이었다.

그랬다.

독수마군 엽초는 천군의 수장 단예중이라는 또 하나의 신분을 가지고 있었던 것이고, 육태강은 진작부터 그것을 알고 있었던 것이다.

그리고 육태강이 알고 있는 것은 그뿐이 아니었다.

천군은 다름 아닌 녹림도 속에 숨어 있었던 것이다.

신출귀몰한 그들의 활동은 녹림도라는 방패막이가 존재했기에 가능했던 것이고 말이다.

육태강은 어깨를 으쓱하며 말했다.

"몰랐나 본데, 난 한 번 들어본 목소리는 절대 잊지 않아. 정신이 아무리 혼미한 상태에서라도 말이야."

엽초가 놀랍다는 듯 물었다.

"형문산 말인가?"

육태강은 그저 피식 웃었다.

그 어떤 대답보다 확실한 인정이었다.

엽초가 울지도 웃지도 못하겠다는 표정으로 길게 한숨을 내쉬며 투덜거렸다.

"젠장, 완벽하게 속였다고 생각했더니만……."

그는 이내 고개를 갸웃거리며 재우쳐 물었다.

"그렇다면 내가 천군의 수장인 것을 알면서도 도움을 청했다는 건데, 천군이라면 그렇게 쌀쌀맞게 굴던 자네가 무슨 연유로 생각을 바꾼 거지?"

육태강은 대수롭지 않게 대꾸했다.

"내 뜻이 아니야."

"그럼 누구 뜻?"

"대장군."

엽초가 희미한 미소를 지으며 고개를 끄덕였다.

"역시……"

육태강은 왠지 모를 무거움이 담긴 목소리로 혼잣말처럼 중얼거렸다.

"대장군이 그러더군. 천군이 돕게 해달라고. 그래야 황제를 제대로 보필하지 못한 당신의 죄과가 보다 가벼워질 것이라나."

엽초의 분위기가 숙연해졌다.

다른 사람들도 선뜻 입을 열지 못하고 침묵을 지켰다.

육태강이 불쑥 침묵을 깨며 엽초를 향해 말했다.

"대장군과의 인연은 이것으로 끝이야. 더 이상 은원도 은혜도 없다."

"그래서?"

엽초가 재우쳐 물었다.

"이제 어떻게 할 셈인가?"

육태강은 무심히 돌아서며 말했다.

"나머지 인연을 끊으러 갈 생각이야."

"어디로?"

"황궁으로."

황궁, 자금성의 하루는 스산하게 밝아온 동녘의 불빛이 동산을 넘어 치마폭처럼 너울진 기와지붕을 지나친 황금빛으로 물들이는 것으로 시작해서, 바람난 샌님의 새벽발걸음처럼 소리 없이 다가온 저녁노을이 처마의 그늘을 길게 늘여서 창가에 드리우다가 지우는 것으로 저문다.

그리고 그렇게 하루가 저물면 저녁 식사를 끝낸 황실의 어른들은 한 잔의 차향을 즐기며 서책을 보거나 조급하지 않게 정원을 거닐며 다시 오지 않을 오늘의 한가로움을 만끽하게 된다.

그러나 그건 오직 겉으로 드러난 모습일 뿐, 보이지 않는 곳에서는 그 어떤 곳보다도 부산한 움직임이 계속되고, 거칠고 사나울 정도로 활동적인 사람들의 기척이 무성한 것이 또한 그 시간의 황궁이었다.

특히 황제가 하루의 대부분을 상주하는 건청궁 주변은 그 세기가 더욱 강해서 평화롭게 보이는 겉모습과 달리 그 물밑 저변에는 개미 새끼 한 마리조차 얼씬하기 어려운 삼엄함이 물씬거렸다.

육태강은 그때 그 시간에 홀연히 건청궁으로 들어섰다.

독수마군 엽초 등과 헤어진 지 한 시진 반 만의 일이었다. 황제는 건청궁 내실의 문 앞에 홀로 나와서 난간에 기댄 채 달빛에 젖은 정원을 감상하고 있었다.

육태강은 느끼지 못하겠으나, 황제의 모습은 몰라보게 달라진 상태였다. 창백한 안색은 붉은 기운이 도드라졌고, 백지장처럼 핏기 하나 없이 하얗던 입술에도 선홍빛 생기가 돌았다. 무엇보다도 두 눈빛이 변해 있었다.

약 기운에 취한 것처럼 늘 흐리멍덩하던 눈빛이 반짝이는 정광과 그윽한 깊이마저 더해져서 그야말로 혁혁하다 아니할 수 없었다.

황제의 그런 변화를 아는지 모르는지, 육태강은 의식적으로 발걸음 소리를 내서 시선을 끌었다.

황제가 대수롭지 않은 반응을 보였다. 고개를 돌려서 그를 보고는 묘한 미소를 짓더니, 무슨 일이 있었느냐는 듯 별말 없이 다시 고개를 돌려서 정원을 바라보고 있었다.

육태강은 가만히 그 옆으로 다가가서 황제와 마찬가지로 난간에 기댔다.

황제가 정원에 시선을 고정한 채로 말문을 열었다.

"자네가 육태강이겠지?"

육태강은 대답하지 않았다.

무언의 인정이었다.

황제가 말했다.

"예상보다 더 일찍 나를 찾아왔군그래."

육태강은 정원을 감상하며 잠시 여유를 두었다가 대답했다.

"예상보다 더 일찍 일이 끝났으니까."

황제가 웃었다.

"듣던 것보다 더 하군, 자네는. 대장군의 전언보다 더 오만불손해."

육태강은 심드렁하게 말했다.

"대장군이 내 평가를 낮추었나 보지."

황제는 어이없다는 눈길로 육태강을 바라보다가 이내 피식 웃었다.

그리고 다시 정원으로 시선을 돌리며 나직하게 말문을 열었다.

"난 말이네. 솔직히 대장군의 말을 믿지 않았어. 내가 아는 최고의 영웅은 대장군인데, 그 영웅이 작금의 황궁은 자기도 어쩔 수 없다고 고변하면서 고작 열 살짜리 아이를 내세우며 미래를 걸어보라고 하니 내가 어찌 믿을 수 있었겠나."

기실 이 이야기는 대장군 종리천과 그 예하의 몇몇 지인들 빼고는 아무도 모르는 일이었다.

과거 대장군 종리천은 유황도로 떠나기에 앞서 비밀리에 황제를 배알했고, 지금 황제가 밝히는 것처럼 유황도에 있는 어린 육태강을 천거했던 것이다.

물론 육태강은 이와 같은 사실을 이미 알고 있었다.

이로 인해 그와 종리천, 그리고 황제와 거래 아닌 거래가 시작되었기 때문이다.

그는 문득 물었다.

"그런데 왜 승낙했지?"

"승낙이 아니었네. 그저 자포자기였지. 어차피 나는 머지않아서 죽을 목숨이라고 생각했으니까."

황제는 문득 피식 웃으며 다시 말했다.

"대장군의 청대로 황궁 무고의 마경칠서를 빼돌려 줄 때에는 조금 다른 생각이 들기는 했네. 그때가 언제가 되든지 간에 왕 노괴를 조금이라도 골려줄 수 있겠구나 하는 생각이었지. 왕 노괴가 그전부터 호시탐탐 황궁 무고의 마경칠서를 넘보고 있다는 것을 나는 익히 잘 알고 있었거든."

"그래서 골려주긴 했고?"

황제는 빙긋 웃었다.

그리고 다시 씁쓸한 표정을 지었다.

"물론이네. 대신에 그날부터 독을 먹게 됐지. 교묘하게도 딱 죽지 않고 골골할 정도만 먹이더군. 하여간 재주도 좋아, 그 사람."

그는 대뜸 두 눈에 힘을 주며 육태강을 바라보았다.

"그래, 그 재주 많은 사람은 어찌 되었나?"

육태강은 가만히 황제의 시선을 마주하다가 무심히 말했다. 대답이 아니라 오히려 질문이었다.

"이미 보고를 들었을 텐데, 무엇이 더 알고 싶어서 내게 그걸 묻는 거지?"

황제가 한동안 말없이 육태강을 바라보다가 슬며시 어색한 미소를 지었다.

"역시 그렇군. 나는 믿지 않았는데, 자네가 이미 알고 있으면서도 속아주고 있다는 그의 말이 맞았어. 대체 어떻게 안 건가?"

육태강은 뜻 모를 미소를 지었다.

"그저 어쩌다 보니."

그때 어디선가 누군가의 목소리가 들려왔다.

"아마도 그가 알아낸 것이 아니라 그를 아끼는 형제들이 알아냈을 겁니다, 폐하. 특히 그에게 고굉지신을 자처하는 환사라는 인물은 그에게 조금이라도 장애가 될 것 같은 의심이 들면 참지 못하는 성격인데다가, 본디 동창의 인물이라 대내무반에 정통해서 소관들의 뒤를 캐는데 매우 용의했을 줄 아뢰옵니다."

건청궁 내실의 문이 열리며 두 사람이 밖으로 나서고 있었다. 뜻밖에도 그들은 과거 무한의 흑도방파 대도회의 회주와 부회주였다가 육태강의 예하로 들어온 혈음도 원두추와 생사관 석이문이었다.

황제가 정말 궁금하다는 듯 확인했다.

"그러한가?"

육태강은 그저 웃을 뿐 대답하지 않았다.

이번에도 무언으로 인정하고 있는 셈이었다.

기실 원두추의 말대로였다.

원두추와 석이문이 육태강의 수하를 자청할 때부터 환사는 그들을 의심했었다.

그들이 의도적으로 본신의 무공을 다 드러내지 않는다는 것을 환사는 예리하게 알아보았기 때문이다.

환사는 그래서 은밀히 그들의 뒷조사를 했고, 마침내 그들의 정체를 알아냈다.

대외적으로는 십여 년 전 무한에 와서 갖은 사투 끝에 흑도방파 대도회를 일으킨 흑도 고수들이지만, 실제는 그 당시 황실의 지시를 따라, 정확히는 황제의 명령에 따라 주변을 정리한 연후 무한에 와서 흑도방파 대도회를 세우고 묵묵히 때를 기다고 있던 금의위의 부영반, 즉 좌영반과 우영반이 바로 그들의 진정한 정체였던 것이다.

원두추가 문득 육태강을 향해 정중히 포권했다.

"본의 아니게 속이게 된 점 사과드리오. 그리고 어떤 의도에서건 우리들의 신분을 알면서도 내치지 않아 줘서 고마웠소. 이 말을 꼭 하고 싶어서 황제폐하게 간청을 드리고 여기서 기다렸던 거요."

황제가 어색한 미소를 지으며 나섰다.

"그들을 너무 나무라지 말게. 그들은 그저 내 뜻에 따랐을 뿐이니까. 대장군의 청을 수락하고 나니 나도 무언가 의지할 구석이 필요할 것 같더군. 해서, 그리한 거네. 마침 대장군에게 자네 가문의 충신들이 무한에 자리 잡고 있다는 얘기를 들은 터라, 거기 자리 잡고 있으면 언젠가 자네와 연결될 수도 있겠다 싶어서 말일세."

육태강은 별반 감정의 동요 없이 담담하게 말을 받았다.

"뭐라고 나무랄 일도 아니야. 나 역시 내 행보를 그쪽에 알려줄 통로가 하나쯤은 있어야 한다고 생각했으니까. 그쪽이 나를 못 믿고 괜한 일을 벌이면 곤란할 것 같아서 말이야. 그런 면에서 저들이 딱이더군. 결국 나도 필요해서 속아준 척한 셈이니, 서로 미안해할 것도 고마워할 것도 없는 셈이지."

원두추가 거듭 포권의 예를 취했다.

"그래도 고맙소. 속인 건 속인 거고, 넘어가 준 것은 넘어가 준 것이니까."

육태강은 귀찮다는 듯 손을 내저었다. 원두추가 미소를 짓더니, 황제에게 예를 취하고는 돌아섰다.

내내 침묵하고 있던 석이문도 육태강을 향해 더 할 수 없이 진지하게 포권의 예를 취하고는 황제에게 고개를 숙이며 원두추의 뒤를 따랐다.

그들이 건청궁 밖으로 사라지고 나자, 황제가 어색하게 웃으며 말문을 열었다.

"이제야 말이지만, 자네가 직접 그를 죽였다는 말을 듣고 솔직히 나는 두려웠네."

육태강은 고개를 갸웃했다.

"두렵다? 무엇이 두려웠다는 거지?"

황제가 빙그레 웃으며 대답했다.

"자네가 말일세."

육태강은 어이없어하는 표정을 지었다.

"내가 두렵다?"

"그는 무서운 사람이었네. 그래서 나는 아직도 그가 죽었다는 실감이 나지 않는다네. 그러니 그런 사람을 철저하게 무너뜨린 자네가 어찌 두렵게 느껴지지 않겠는가."

황제가 자못 심각한 얼굴로 말하다가 문득 빙그레 웃으며 다시 말했다.

"나는 자네가 두렵네. 아주 많이. 어느 정도 많이 두려운가, 아니 어느 정도 많이 두려워했는가 하면……."

문득 말꼬리를 흐린 황제가 힐끗 육태강을 일별하며 천연덕스럽게 말을 덧붙였다.

"자네 도움으로 살아나서 황궁을 지키게 된 이후부터, 왕노괴가 죽으면 자네도 함께 죽이자고 권 수보를 꾀고 있을 정도로 말이네."

육태강은 픽, 웃으며 물었다.

"그 사람의 태도는?"

황제가 입맛을 다시며 대답했다.

"죽일 수 있으면 죽이라고 하더군."

"그래서 그러기로 했어?"

"아니네. 이미 포기했네."

"왜?"

"권 수보가 자기는 빠지겠다고 해서."

육태강은 재미있다는 듯 웃었다.

황제가 따라 웃다가 문득 심통 사나운 표정을 짓고는 투덜거렸다.

"하여간 권 수보, 그 사람도 여우야. 한마디로 날 바보로 만들어 버리다니."

육태강은 의미심장한 눈길로 황제를 바라보았다.

"날 죽이려는 걸 포기했다는 것은 결국 나와의 약속을 지키겠다는 소리군. 그렇지?"

담담한 표정이었으나, 진지한 목소리였다.

황제가 고개를 끄덕이며 대답했다.

육태강만큼이나 진지해진 목소리였다.

"물론이지. 자네와의 약속은 지켜질 것이네. 오늘 이후 관부는 무림의 일에 관여하지 않을 것이야. 적어도 내가 황제의 자리에 앉아 있는 한 그럴 것이네. 물론 내 유지를 받드는 황태자가 황제의 자리에 오른다면 그때도 그리될 것이고 말일세. 약속대로 무림의 하늘이 따로 정해지는 셈이지. 당연한 말이겠지만, 자네와 자네 후예가 무림에 존재하는 한 말일세."

육태강은 만족한 미소를 지었다.

기실 이것이 바로 대장군 종리천을 통해서 그와 황제가 맺은 약속이었다.

그는 과거 그날처럼 일개 무인이 그리고 일개 무가에 불과한 가문이 황궁의 권력에 놀아나서 죽고 또 멸문지화를 당하는 것을 더 이상 바라지 않았다.

아니, 용납할 수 없었다.

황제와의 약속은 그의 그런 의지에서 비롯된 것이었다.

"자네가 원한다면 따로 약정서를 내려주겠네. 원하는가?"

육태강은 웃는 낯으로 고개를 저었다.

"글로 남겨야 믿어지는 약속 따위는 필요 없어."

황제가 그럴 줄 알았다는 듯 피식 웃었다.

그리고 다시 안색을 바꾸며 진지하게 말했다.

"그래, 그렇지. 그런데 그렇게 얻은 하늘 아래서 자네는 무엇을 하려고 하나?"

육태강은 대수롭지 않게 대답했다.

"가게를 하려고 해."

"고작 가게?"

"그게 내 꿈이거든."

황제는 믿을 수 없다는 표정을 지으며 고개를 절레절레 흔들었다.

"천하의 반을 떼 주었는데, 고작 꿈이 가게라는 건가? 대체 그게 어떤 가게이기에 자네 같은 사람의 꿈이란 말인가?"

육태강이 길게 심호흡하고 나서 편안하게 대답했다.

"사는 사람도 파는 사람도 손해 보지 않는 가게. 그리고 세상의 그 어떤 물건도 다 취급하는 가게. 하다못해 싸움을 하거나 막고 중재하는 것도 취급하는 그런……."

"역시 보통 가게는 아니라는 뜻이군그래."

황제가 역시 무언가 있군 하는 표정으로 바라보다가 이내 빙그레 웃으며 재우쳐 말했다.

"다른 건 모르겠지만, 적어도 하나는 알겠군. 그 안에서는 절대 싸움은 일어나지 않겠어. 자네도 자네지만 거기 계신 무시무시한 자네의 안주인들 때문이라도 말일세. 안 그런가?"

육태강의 뒤에는 언제 나타났는지 모르게 홀연히 세 사람이 나타나 있었다.

하나같이 빼어난 미색을 자랑하는 여인들, 당소군과 사미록, 그리고 혈관음이었다.

육태강은 대답 대신 머쓱한 표정으로 그녀들을 바라보다가 이내 피식 웃으며 말없이 돌아섰다.

마찬가지로 머쓱하게 서 있던 세 여인 역시 서둘러 황제를 향해 예를 취하고는 그의 뒤를 그림자처럼 따라붙었다.

황제가 못내 아쉽다는 듯이 말했다.

"그냥 가나? 술 한잔도 안 하고?"

육태강은 어깨 위로 손을 들어서 흔들었다.

"오늘은 바빠. 나중에 연락해."

황제가 급히 물었다.

"가게 이름을 알아야 연락하지."

육태강이 대답했다.

"흑점(黑點)."

"흑점……?"

황제는 낯선 단어에 머쓱해하다가 급히 다시 물었다.

"어디에다 차릴 건가?"

육태강이 대답했다.

"어디에도 다 있을 거야."

황제가 고개를 갸웃하며 급히 다시 입을 열다가 그만두고는 허탈하게 입맛을 다셨다.

건청궁의 뜰을 가로지르던 육태강과 그 뒤를 따르던 당소군 등 세 여인의 모습이 한순간 귀신처럼 사라져 버렸기 때문이다.

"어디에도 있을 거라고?"

황제는 어이없다는 듯 웃고는 밤하늘을 쳐다보았다.

휘영청 떠오른 달빛 아래 여린 구름이 흘러가고 있었다.

그는 못내 아쉬운 눈길로 흘러가는 구름을 하염없이 바라보았다.

밤이 그렇게 깊어갔다.

〈大尾〉